光文社文庫

文庫書下ろし

# Ｊミステリー2023
FALL

光文社文庫編集部編



光　文　社

# 目次

CONTENTS

# どうして今夜の彼女は魅力的に映るんだろう

*

東川篤哉

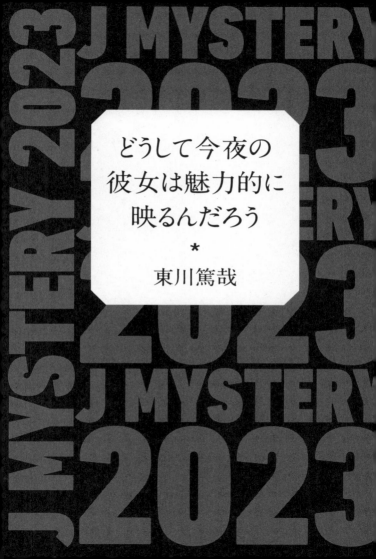

**東川篤哉**
（ひがしがわ・とくや）

1968年広島県尾道市生まれ。岡山大学法学部卒。'96年、鮎川哲也編『本格推理⑧』に「中途半端な密室」が初掲載。2002年、カッパ・ノベルスの新人発掘プロジェクト「KAPPA-ONE」に選ばれ、『密室の鍵貸します』で長編デビュー。11年、『謎解きはディナーのあとで』で第8回本屋大賞を受賞。同シリーズはテレビドラマ化もされるなど大ヒットを記録。その他、「鯉ヶ窪学園探偵部」シリーズ、「探偵少女アリサの事件簿」シリーズ、「かがやき荘西荻探偵局」シリーズなど著作多数。

# 1

ほろ酔い気分で飲み屋を出ると、駅裏の繁華街にはまだまだ多くの通行人の姿。腕時計を確認すると、ちょうど午後九時だ。江藤広明《えとうひろあき》は道ゆく人の流れを見やって考えた。

明日はコンビニのシフトがいっさい入っていない完全オフの日。したがって今夜は遅くまで出歩いても平気。吐くまで飲んでもOKな夜だ。——だったら、もう一軒いくか！　次は可愛い女の子のいるガールズ・バーかコスプレ居酒屋にでも！

と威勢良く歩き出した直後、「いいや、待て待て、落ち着け、俺」と広明は言葉に出して踏み留《とど》まった。「やっぱりコスプレ居酒屋はマズいだろ、絶対……」

なぜなら、ここ烏賊川《いかがわ》市は水産業で成り立つ（正確には、成り立っているか否か微妙な感じの）地味で冴えない地方都市。したがって新鮮な魚介類を売りにした店は数多いが、コスプレした美少女を売りにした店は少ない。彼の知る範囲では、その手の飲み屋はこの駅裏の歓楽街に一軒のみ。その名も居酒屋『えもえも』という店なのだが、残念ながらその店は彼にとって、かつての勤め先なのだ。

　といっても、コスプレ姿で接客していたわけではない（当然だ）。広明は厨房係として調理を担当していたのだ。ところが店のオーナーからあらぬ疑いを掛けられた彼は、

『はあッ、ふざけんじゃねーや！　誰が店の女の子に手ぇ出すかってんだい！』

と白い調理服を厨房の床に叩《たた》き付けた挙句、けっして突き出してはいけない指をオーナーの眼前に思いっきり突き出しながら、ひと言、『俺はアンタとは違うってーの！』

　こうして彼はその店を辞めてやった。たぶん辞めなくても辞めさせられていただろうけれど、それがつい一ヶ月ほど前のこと。それなのに、ほとぼり冷めやらぬこのタイミングで、彼が一般客としてその店を訪れることは、さすがに気まずいように思われたのだ。

「じゃあ仕方がない。今夜はガールズ・バーのほうにしとくか」と広明が選択肢の片方を選びかけた、まさにそのとき――「おや⁉」

　ふと彼は眉根を寄せて前方を見やる。背広姿の会社員やラフな恰好《かっこう》の大学生らに混じって、ひと際、異彩を放つ女性の姿が目に留まった。

　お人形さんのような目鼻立ちにバッチリメイク。黒くて長い髪は顔の左右でツインテールにしている。体形は女子としては中肉中背といったところ。その身に纏《まと》うのは闇に溶け込むような漆黒のワンピースだ。とはいえ喪服というわけではない。襟許《えりもと》や袖口などにはレースやら刺《し》繍《しゅう》やら過剰とも思えるほどの装飾が施されている。裾の長さは膝小僧が見える程度。

そこから覗《のぞ》く白い脚が美しい。足許は高さ一〇センチほどもあろうかという厚底靴だ。その色も、やはり光沢を放つ黒。ゴシック・ロリータ、いわゆるゴスロリと呼ばれるファッションである。広明はそのような特異な装いの女性に見覚えがあった。

——あれは、夕菜《ゆうな》じゃないか。

本名は榊《さかき》夕菜。店では単に『ユウナちゃん』と呼ばれて、大勢の常連客から人気を博していた。店というのは、もちろん『えもえも』のことだ。

コスプレ居酒屋というコンセプトである以上、その店の女性たちが何かしら萌え要素を含む衣装を身に纏って接客に当たるのは当然のこと。しかし、だからといって、彼女たちが普段からその手のファッションを愛好しているとは限らない。むしろ大半の女性たちは、仕事が終わればパーカーやTシャツやデニムパンツといった、至って普通のアイテムを身に纏って店を出ていく。それが当たり前の光景なのだが、そんな中にあって榊夕菜は数少ない本物のゴスロリ愛好家だった。店での接客の際はもちろんのこと、自宅と店との往復の際も漆黒のゴスロリ衣装。それが彼女の流儀なのだ。

「——にしても、こんな時間にどこいくんだ、夕菜の奴？」

広明は歩く彼女の姿を視線で追った。ただ漠然と歩いているわけではないらしい。足取りは妙にセカセカとしており、気安く声を掛けられるような雰囲気ではない。バッグなどの大きな荷物は持っておらず、肩に掛けた小さなポシェットが唯一の持ち物である。

「誰かと待ち合わせかな？　ひょっとして恋人か誰かと……」何気なく発した呟《つぶや》きに、彼自身がハッとなった。「まさか『えもえも』の変態オーナーと？　デートとか？」

勝手な妄想を膨らませる広明は、同時に小鼻も膨らませて「むふッ」と鼻息を荒くした。『えもえも』のオーナー海江田雄二《かいえだゆうじ》はイケメンの三十男。自分の店を開く前は、持ち前の美貌を武器に首都圏のホストクラブで荒稼ぎしていたという人物だ。独身でナルシスト、金持ちで女好き。男性従業員に厳しく女性キャストに甘々な彼のことを、広明は密《ひそ》かに『変態オーナー』と称して軽く軽蔑していた。

そんな海江田オーナーの恋人ではないか――と男性従業員たちの間で噂になっていたのが、何を隠そう榊夕菜その人だった。したがって、目の前を通り過ぎていくゴスロリ少女が、これから海江田雄二と夜のデートに向かうという彼の想像は、あながち的外れなものとも思えなかった。「――まあ、全然大ハズレってことも、あるけどな。ははは ッ」

自嘲気味な笑い声をあげる広明は、彼女とは正反対の方角へと足を向けてガールズ・バーへと向かう素振り。だが直後には、くるりと踵《きびす》を返して急遽、今宵の予定を変更した。

「やっぱ気になる。ちょっとだけ探ってみるか！」

そんなこんなで尾行を開始して数分。江藤広明は自分の直感が間違いでなかったことを、すでに確信していた。前を歩く少女の様子が、いかにも挙動不審に思えたからだ。妙に周囲を気にしたり、突然立ち止まったり、いきなり後ろを振り向いたり。その度ごとに広明は《自販機で飲み物を選ぶ人》になったり《道端で靴紐《くつひも》を結ぶ人》になったり、あるいは電柱と一体化したり、郵便ポストに抱きついたり——と実に大忙しである。

「くそッ、意外と難しいもんだな、探偵の真似事ってのも……」

と早々に弱音を吐く広明だったが、もはやこれは乗りかかった船だ。——こうなった以上は夕菜の秘密の恋人が誰なのか、絶対に突き止めてやる！

そんなふうに思い詰める広明は、もうすっかり榊夕菜という女性に恋をしている気分だ。これでもし本当に彼女が海江田雄二と逢引する場面に遭遇したなら、おかしな嫉妬心さえ覚えたに違いない。広明は何だか胸がドキドキする自分自身に戸惑いを覚えた。

——今夜の彼女がやけに魅力的に思えるのは、いったいなぜだろうか？

そんな疑問が脳裏に浮かんだものの、考えたところで答えが出るとも思えない。

すると広明の見詰める先、前を歩く彼女の背中が突然、暗がりの道を右に折れる。向かった先に見えるのは駅裏公園だ。その名のとおり烏賊川駅の裏通りに位置する市民公園で、それなりの広さがある。昼は散歩するお年寄りやボール遊びに興じる子供らで賑《にぎ》わう空間だが、なにせ現在は夜の九時過ぎ。《暗い》《怖い》《カツアゲされがち》の３Ｋが揃《そろ》った公園に人の姿など皆無だ。その分、秘密の逢瀬には相応《ふさわ》しいともいえるわけだが——

そう思って暗がりから彼女の姿を見守る広明。すると彼女が向かった先は、公園の片隅にある四角い建物。その壁際に沿って歩を進めるゴスロリ衣装の背中が、建物の角を直角に曲がる。一瞬、視界から消えた彼女の姿を追うように、広明もまた同じく建物の角を曲がる。その直後、前を行く黒い背中が、建物の中へと吸い込まれるように消えていく。

「あッ」と小さく声をあげて駆け出す広明。だが直後には、「ああ、なんだ……」と、その口から安堵《あんど》の溜め息が漏れ出た。彼の視線の先にあるのは、女性のシルエットをかたどった赤いマーク。そこは公衆トイレだった。すぐ隣には男性用トイレの出入口を示す青いマークも見える。さらにその隣は大型の多目的トイレだ。

「ちッ、何だ、トイレかよ！」誰にともなく毒づいた広明は、その直後には、ふとした不安に襲われた。「ん、ひょっとして夕菜って、ただ単に切羽詰まってトイレを探していただけだったのでは？　だから急ぎ足だったのでは……？」

あらためて思い返してみると、彼女の一連の振る舞いはそのように思えなくもない。だとするなら、ここに至るまでの自分の行動は、とんだお笑い種《ぐさ》となるわけだが――

そんなことを思いつつ、広明は建物の前の灌木の陰にいったん身を隠した。しゃがんだ体勢で煙草を口にくわえてライターで火を点《つ》ける。そうして待つこと三分、五分。やがて十分程度が経過して、二本目の煙草もすっかり短くなったころ。痺《しび》れを切らして立ち上がった広明は、火の点いた煙草を地面へと叩きつけた。

「遅いッ、遅すぎる、まったく何やってんだッ――大か？　大なのか？」

いや、もちろん大のほうでも全然構わないのだが、それにしたって時間が掛かりすぎだろう。――まあ、平均的な所要時間が何分ほどなのか、俺にもよく判《わか》んねーけどな！

内心でそう呟きながら、広明は先ほど地面に叩きつけた煙草を拾いなおすと、ちゃんと火を消して吸殻を携帯灰皿の中へ。そして彼は公衆トイレの建物へと歩み寄っていった。

ひょっとすると榊夕菜に、まんまと一杯食わされたのかもしれない。そんな不安が広明の胸中にじわりと広がった。きっと、この建物には裏口があって、夕菜はそこからコッソリと出ていったのだろう。大方そんなところに違いない。そう決め付けた広明は、女性用トイレを示す赤いマークを無視。堂々と建物の中に足を踏み入れていった。

――なーに、平気へーき！　きっと、もう誰もいないさ！

ところが次の瞬間、カギ形に曲がった薄暗い通路の先から唐突に現れたのは、若い女性だ。だが夕菜ではない。花柄の派手なワンピースを着た女性で眼鏡を掛けている。体形はスラリとして背が高い。身長一七〇センチの広明が見上げるほど長身の女性だ。

広明と危うく鉢合わせしそうになって、女性は「きゃッ」と驚いたような声。そして次の瞬間、怯《おび》えたように唇を震わせながら、「だ、誰……」

「わあ、怪しいものでは……俺は人を捜しているだけで……」

「ひ、人なんていませんッ」

「でも、さっき女の子が入っていくのを、この目で……」

そういいながら、広明が一歩だけ彼女へと歩み寄った次の瞬間、

「ち、近寄らないでッ」

叫ぶや否や、彼女は手にしたトートバッグをブンと振り回す。と、それは彼の側頭部に見事命中。バランスを崩した広明は、赤いマークの掲げられた出入口まで吹っ飛ばされてドシンと尻餅をつく。その隙に彼女はヒールを鳴らしながら彼の横をすり抜けると、出入口から外へと飛び出していった。「痴漢ッ、チカンですーッ！」

「あ、おいッ、待てよ！」と慌てて呼び止めたところで効果はない。

長い髪を振り乱して逃げ去る花柄ワンピースの女性。その背中は公園の暗がりに紛れて、やがて完全に見えなくなった。

「あ痛たた……くそッ、あの女め、勝手に勘違いしやがってぇ……」

腰を押さえて立ち上がった広明は、彼女の消え去った方角を恨めしい思いで見やる。

と、そのとき隣にある男性用トイレの出入口から、今度はひとりの男が姿を現した。

グレーのスーツを着た小柄な男性で、まだ若い。新人サラリーマンか、もしくは就職活動中の大学生のように見える。四角くてゴツゴツした顔はジャガイモのようだ。

そんな彼は女性用トイレの出入口に佇《たたず》む広明の姿を認めて、なぜかギクリとした表情。

そして次の瞬間、何を勘違いしたのか、薄いビジネスバッグを小さな盾のように身体《からだ》の前面に構えると、「きゃあ、痴漢ッ、チカンですーッ」

先ほどの女性と同様の叫び声を発しながら、男はやはり暗がりへと逃げ去っていった。

その姿を啞然《あぜん》として見送った広明は、その場でくるりと踵を返しながら、

「ふんッ、痴漢じゃねーや。そもそも俺、ジャガイモ嫌いだし……」

ブツブツと不満を漏らしつつ、再びカギ形に曲がった通路を奥へと進む。そうして女子トイレを覗き込んだ瞬間、彼の口から「あれッ⁉」という間抜けな声が飛び出した。

そこは見るからに無人の空間だった。薄暗い照明に照らされたコンクリートの床。壁際に二つ並んだ洗面台。そしてトイレの個室が三つ。ただし、三つの扉はすべて内側に向かって開きっぱなしになっている。もちろん個室の中には誰もいない。それらの個室に隣接する小さな扉は、掃除道具置き場だろう。念のため、その扉も開けて中を覗いてみる。すると、目の前にゴスロリ少女が身を潜めていて、『てへ、見つかっちった！』――なんていう愉快な展開には、もちろんならない。そこにはブラシやバケツといった掃除道具が乱雑に仕舞われているばかりだった。「おいおい、ホントに誰もいないじゃねーか」

扉を閉めながら、広明はブルッと身を震わせた。

「しかも、この建物って裏口どころか窓さえねーぞ」

したがって夕菜が密かに裏口などから逃げ出して、広明に一杯食わせたのではないか、という懸念は完全に払拭された。かといって彼女が身を隠す場所も、ここにはないのだ。

トイレ内の探索を諦めた広明は、再び女性用トイレの出入口へと舞い戻った。

出入口は正面の一ヶ所のみ。だが、その出入口は広明がずっと見張っていたのだ。出ていく女性の姿を見逃すはずはない。——てことは、どうなるんだ？

広明は建物の正面をウロウロと歩きながら沈思黙考。やがて彼は当然すぎる、しかし最も信じがたい結論に達して叫んだ。「消えた。夕菜がトイレで消えた。——んな馬鹿な！」

と、そのとき——ガラガラガラッ
彼の言葉を掻《か》き消すがごとく、目の前で大きなスライド・ドアが音を立てて開かれた。多目的トイレのドアだ。と同時に、扉の向こう側から聞こえてきたのは、妙にのんびりした雰囲気の女性的な声だ。

「やれやれ、なんだか、さっきから随分と外が騒がしいのではあるマイカ……？」

そういって大型の個室から、ぬうっと姿を現したのは巨大な白い物体だ。三角形の尖《とが》った頭に真っ白な胴体。そこから明らかに人間のものと思しき二本の脚が伸びており、ゴムマリのような丸っこい形状の靴を履いている。二本の脚の他にヒラヒラが八本、白い胴体から伸びているところを見ると、この物体はたぶん烏賊なのだろう。烏賊の化け物だ。

「わ、わわわッ……で、出たぁ！」

思わず悲鳴をあげた広明は、直後にドスン！　この夜、二度目となる尻餅をつく。そんな彼の姿を見下ろしながら、烏賊の化け物は独特の口調でもって不満を訴えた。

「いやいや、『出たぁ！』だなんて、他人のことを妖怪か幽霊みたいにいうのは、あまりに失礼ではあるマイカ。聞くところでは、そっちこそ不埒《ふらち》な痴漢野郎ではあるマイカ」

そういって烏賊の化け物は、烏賊には絶対ないはずの《手》を胴体の下側からにゅーっと伸ばすと、多目的トイレの扉をきちんと閉める。そして再び《手》を仕舞った後は、たくさんの足をゆらゆらと揺らしながら、悠然と公衆トイレの建物を後にしていった。

その特徴的なシルエットが夜の闇に消え去るのを、広明は唖然として見送る。そして尻餅をついた恰好のまま、ゴシゴシと拳で両目を擦《こす》りながら、呟くようにいった。

「あれ⁉ 俺、夢でも見てんのかな……」

2

「ハッ！」と両目を見開いた江藤広明は、布団を撥《は》ね退《の》けるようにしながらガバッと上体を起こした。次の瞬間、彼の口を衝《つ》いて出たのは、「ホッ、夢か……」という、ありがちな台詞《せりふ》だった。――なぜ、あんな夢を？ 烏賊のバケモンと遭遇する夢なんて、なぜ？

汗ばんだ首筋を拳で拭いながら、広明は首を傾《かし》げた。思い返してみれば、妙だったのは烏賊の化け物だけではなかった気がする。もっと奇妙な出来事が夢の中で起きていたような気がするのだ。――でもまあ、所詮、夢の中だから、べつにいっか！

そう割り切って枕元の目覚まし時計を確認すると、時刻は四時。早朝の、ではなくて夕方の四時だ。どうやら自分は完全オフの貴重な一日を、ほぼ睡眠に費やしてしまったらしい。しかも悪夢のオマケ付きだ。――ん、だけど、あれってホントに夢だったのかな？

と、そう思った直後――ピンポーン！

滅多に鳴らない呼び鈴の音が、アパートの一室に響き渡った。

誰だろう？　ひょっとして大家さんか。滞納家賃の督促か？　そんな悪い予感を抱きながら、恐る恐る玄関扉を開ける。廊下に佇むのは、背広姿の男性二人組だった。ひとりは厳しい顔の中年男。もうひとりは頼りなさそうな雰囲気を纏った若い男だ。

どうやら家賃の督促ではないらしい。そう判断して一気に気が緩んだ広明は、目の前の二人にぞんざいな口調で尋ねた。「ん、あんたら、誰だい？」

「江藤広明さんですね。実は我々、こういう者でして……」

そういって中年男性がおもむろに取り出したのは、なんと警察手帳だ。それを見るなり広明は両目をパチクリ。その眼前で、男たちはそれぞれに名乗りを上げた。

「烏賊川署刑事課の砂川《すながわ》です」「同じく志木《しき》です」

「け、刑事さん!?　え、刑事さんが、この俺に何の用です!?」

すると砂川と名乗った中年刑事が、手帳を仕舞いながら意外な質問。

「榊夕菜さんという女性をご存じですか」

「榊夕菜!?」その名を口にした瞬間、広明の脳裏に昨夜の出来事が鮮明に蘇《よみがえ》った。

間違いない。あれは夢ではなくて現実だった。だが昨日の今日で、なぜ刑事たちの口から夕菜の名前が出てくるのか、それが判らない。とりあえず広明は探りを入れるように、ありきたりな答えを返した。「ええ、もちろん夕菜ちゃんなら知っていますよ。ひと月ほど前まで働いていたコスプレ居酒屋で、彼女もキャストとして働いていましたからね」

「ほう、それだけ？」

「それだけって……」自分は何を期待されているのだろうか。そう思いつつ、広明は口にする必要のない最新情報を自ら付け加えた。「そ、そういや、昨日の夜に偶然見かけましたね。夕菜ちゃんの歩いている姿を、駅裏の飲み屋街で」

「ふぅん、見かけただけ？」

「え、ええ、見かけただけですよ」べつに尾《つ》けまわしたりなんか、していませんから――といった口調で平然と答える広明。だが、これはとんだ悪手だった。

次の瞬間、まるで鬼の首でも取ったかのように、中年刑事が声を張った。

「昨夜の九時ごろ、駅裏の飲み屋街を歩く榊夕菜さんと、その後を尾行する江藤広明さんの姿を見た。そう証言する人物がいるんですがね、それも複数人……」

瞬間、広明は「ぐうッ」と言葉に詰まった。複数の目撃者というのは、飲み屋街の顔見知り連中だろう。思い浮かぶ人物は何人もいる。が、しかし――「そ、それが、どうかしたんですか、刑事さん？　確かに昨夜、俺は夕菜ちゃんの姿を見つけて、その後をしばらく尾けましたけれど……それが何か？」

「あなた、なぜ彼女の後を尾けたのですか」

「な、なぜって……その、単なる興味というか好奇心というか、ええっと……」

たちまち広明は、しどろもどろの状態に陥った。そもそも、なぜ昨夜に限って尾行などという探偵じみた真似をしてしまったのか。なぜ、あのゴスロリ少女にあれほどまでに執着したのか。昨夜の自分の心理は、広明自身にも説明不能だった。

「で、でも、そんなの、べつにいいでしょ。それとも、尾行って犯罪ですか？」

「ええ、犯罪かも」

「いやいやいやいやいやッ」広明は両手をバタバタと顔の前で振りながら、「そりゃ四六時中、尾けまわしていたというなら、それは立派なストーカー行為でしょうよ。でも俺の場合、昨夜だけなんですよ。ちょっとした好奇心で彼女の後を尾けてみただけなんですから。それでも犯罪だというんですか、刑事さん？　だったら何罪ですか？」

「ひょっとすると殺人罪かも」

「はぁ、殺人!?」思いがけない単語を耳にして、目を白黒させる広明。

その顔色をジッと窺《うかが》いながら、中年刑事が意外な事実を告げた。

「榊夕菜さんは今日の早朝、烏賊川のほとりで遺体となって発見されました。現場は駅裏の飲み屋街から歩いて十五分ほどの場所なのですが。——おや、ご存じなかった？」

「し、知らない。初耳です」広明は信じられない思いで問い返した。「本当なんですか、刑事さん？　あの夕菜ちゃんが死んだって……いったい、なぜ？」

この問いには二人組の若い方、志木刑事が答えた。

「榊夕菜さんは背中をナイフで刺された状態で、川べりの水が澱《よど》んだ場所に浮かんでいたのです。今朝、河川敷を散歩していたお年寄りが、水辺に浮かぶ黒い服の女性を発見して、一一〇番通報しました。死因は溺死。発見されたのは今朝ですが、犯行自体は昨夜のことらしいですね。そう、江藤さん、あなたがまさに彼女を尾行していた昨夜のこと……」

「お、俺じゃありません！」

「でも尾けていたんでしょ、彼女の後を？」

「尾けていたことは認めます。だけどッ」――だけど見失ったのだ。公園のトイレで！

そんなふうに真実を主張しようとする寸前で、広明は懸命に思い留まった。

本当のことなど、いえるわけがない。榊夕菜がトイレの中で消失しただなんて！　おまけに多目的トイレからは、馬鹿デカい図体をした烏賊の化け物が現れただなんて！

まあ、後者の件に関してはそれこそ夢、まぼろし、もしくは着ぐるみだろうと想像できるのだが、前者についてはサッパリ意味が判らない。それを刑事たちの前で迂闊《うかつ》に喋《しゃべ》ったが最後、きっと彼らは『こいつ、とんだ嘘つき野郎だな！』と思い込むに決まっている。広明に対する疑惑は、より強固なものとなるに違いないのだ。

そう考えた広明は無理やり真実に蓋をすると、敢《あ》えて嘘の証言を口にした。

「俺、彼女を見失ったんです。駅裏公園の暗がりで……彼女、黒い服を着ていたし……」

「本当ですかぁ」と志木刑事はやはり疑いの目だ。「嘘をつくと為になりませんよぉ」

「う、嘘だなんて、そんなッ」――実際、真っ赤な嘘だけどよッ、でも仕方ないだろ！

そう腹を括《くく》って、その後も必死で嘘をつき通す広明。すると最後に砂川刑事が、再び質問の口を開いた。問われたのはアリバイについてだ。

「昨夜の九時から十時までの間。あなたは、どこで何を？」

「え、九時から十時？」問題となる時間帯が、たった一時間とは妙に短くないか？

その点、不思議に思ったものの、結局そのたった一時間におけるアリバイを、広明は明確に示すことができなかった。「公園で夕菜ちゃんを見失った後は、ひとりでこの部屋に戻りました。その後もずっとひとりです。ま、証明してくれる人は誰もいませんがね……」

3

幸いなことに二人組の刑事たちも、いきなり江藤広明のことを逮捕するほどの確証は持たなかったらしい。話を聞くだけ聞くと、刑事たちは揃って玄関先から去っていった。だが、そんな二人の顔には『またくるぜ』『首を洗って待ってやがれ』と極太の文字で書いてある。

少なくとも広明にはハッキリそのように読めた。

その直後、大急ぎで服を着替えた広明は、猛然とアパートの部屋を飛び出した。向かった先は、かつての勤め先、コスプレ居酒屋『えもえも』だ。それは駅裏の飲み屋街の片隅にてこの日も絶賛営業中だった。

奥まった席に腰を下ろして、とりあえずビール、そして料理を注文。すると間もなく聞こえてきたのは、「お待たせしましたぁ〜」というキャンディ・ボイスだ。注文の品を持って現れたのは、定番のメイド服を着たオカッパ頭の女の子。さっそく彼女は皿の上のオムライスにケチャップでハートを描きながら、「おいしくなぁれ、萌え萌え、キュ……」

「いや、明日香《あすか》ちゃん、俺そういうの、べつにいいから……」

片手を振って拒絶の意思を示すと、メイド服の少女、立花《たちばな》明日香の口から「ちッ」と、まさかの舌打ち。描きかけのハートを大量のケチャップで塗りつぶした彼女は顔を赤くして唇を尖らせた。「必要ないなら最初にいえ、馬鹿！　こっちだって恥ずかしいだろーが。一般客相手でも、まあまあ恥ずかしいってのに、ついこの前まで従業員だった男を相手に『萌え萌えキュン♥』って恥ずかしすぎるだろ。——おえ、反吐《へど》が出る！」

明日香は本気で吐きそうな顔色だ。広明は慌ててオムライスの皿を引き寄せた。

「実は、いろいろ聞きたいことがあってな。明日香ちゃんなら事情通だから好都合だ」

「聞きたいこと？　ひょっとして榊夕菜が殺された件か」

「そう。まさに、そのことだ」

「そうか。でも何を私に聞くことがある？　その件についてては、あんたがいちばんよく知ってるはずだろ。みんな、噂してるぞ。『あのトラブル・メイカー江藤広明が今度はストーカーとなって夕菜を尾けまわした挙句、夜の街で彼女を拉致して烏賊川の河川敷に連れ込み、ナイフで刺して川底にドボンと沈めたらしい』ってな。――おや、どうしたんだ、真っ青な顔して？　おいおい、ひょっとして図星か？」

「畜生、図星じゃねーや」弘明はジョッキのビールをグイッとひと口あおってから、「この俺が、そんな乱暴な真似する男に見えるってか！」

「見えるっつーか、あんた、実績あるじゃん。前に海江田オーナーに中指おっ立てて、乱闘になっただろ。あんたは、そういう男だよ。ここにいる連中なら全員知ってることさ」

「そ、そりゃ男と喧嘩《けんか》することはあるさ。だけど、女を殺したりはしない。まして夕菜ちゃんを俺が殺すだなんてあり得ない。そんなことする理由がないだろ」

「それは何ともいえないんじゃないか」明日香はメイド服の肩をすくめながら、「あんたは海江田オーナーとトラブって店をクビになった。きっと彼のことを恨みに思っているだろう。一方、夕菜は海江田オーナーの女だ。よって、あんたが夕菜に対して歪《ゆが》んだ殺意を抱く可能性も絶対ないとはいえない。――そうだろ？」

「馬鹿な。何で俺が海江田の女を……って、え⁉　待って。夕菜ちゃんって、やっぱり海江田と付き合っていたのか。そういう噂じゃなくて、もう間違いなく決定ってこと⁉」

「ああ、それはもう決定。海江田オーナーは松浦《まつうら》梨乃《りの》を捨てて、榊夕菜に乗り換えた」

「えッ、梨乃ちゃんを捨てて……え⁉　待って待って。海江田って以前は梨乃ちゃんと付き合っていたわけ⁉　嘘だろ。だって梨乃ちゃんと夕菜ちゃんって、いとこ同士だよな」

「嘘じゃないさ。実際、海江田オーナーはいとこ同士の二人を天秤《てんびん》にかけて、夕菜のほうを選んだんだよ。気付いていなかったのか、あんた？」

明日香は腰に手を当てて呆《あき》れ顔だ。広明は唖然としながら頷《うなず》いた。

「うん、全然……いま知った」

「やれやれ、随分とボンヤリだな。あんたがここで働いていたころ、海江田オーナーのお気に入りは松浦梨乃だった。で、実際オーナーは梨乃に手を出していたんだよ」

「サイテーだな。俺には『店の娘に手を出すな』とか何とかいっておきながら」

「ああ、彼はそういう男だ。だが彼はあんたと違って金持ちだし、顔もいいし頭もいい、何よりこの店のオーナーだ。フラれた梨乃はショックのあまりか、しばらく店を休んでいたな。いまはもう元気になって仕事に復帰しているが――ほら、あそこにいるだろ」

そういって明日香が指差す先にはチャイナドレスに身を包む長身の美女の姿。松浦梨乃だ。スリムなモデル体形で長い黒髪をポニーテールにしている。何よりスリットから覗く長い脚が彼女の売りだ。むっちりとしたふくらはぎから一転、キュッと細くなった彼女の足首には、この瞬間にも多くの客が密かにイヤらしい視線を向けているに違いない。

そんなことを思っていると——

「こらこら、あんた、そんなイヤらしい目で梨乃の脚を見るなっての！」

いきなり明日香の罵声が飛んできた。広明は慌てて視線を逸《そ》らすと、

「ば、馬鹿、見てねーだろ。べつに俺、梨乃ちゃん推しとかじゃねーし」

「おや、そうなのか？」明日香は心底意外そうな顔だ。「へえ、彼女の何が気に入らないんだよ。松浦梨乃、素敵じゃないか。お客さんからの人気も夕菜より上だぞ」

真顔で尋ねる明日香に対して、ここぞとばかりと広明は偽らざる本心を語った。

「いやまあ、気に入らないってこともないけどさ、彼女ちょっとスタイル良すぎで、背が高すぎるんだよなぁ。梨乃ちゃんって、俺と同じくらい身長あるだろ。そりゃ確かにモデルさんみたいで綺麗《きれい》だとは思うけど、俺の場合、もうちょっと小柄な女の子のほうがグッとくるんだよなぁ。脚だってスラッとして長すぎる。もっと短くていいし、足首だって、チョイ太目ぐらいのほうが可愛らしいじゃん。たとえば、そう、明日香ちゃんの足首ぐらいの太さのほうが、俺は断然好み……」

「やめろ、馬鹿、変態ッ」

「へ、変態って……」おいおい、とんだ偏見だな——と広明は暗澹《あんたん》たる思いだ。

背は高ければいい。脚は長ければいい。足首は細ければいい。この世のすべての男性が、

そんな目で女性を見ていると思ったら大間違いだ。短い脚にグッときて、太い足首にウットリする。そんな男性だって、たぶん存在するのだ。――俺以外にも、多少はな！

と広明は心の中で熱弁を振るったものの、口に出した途端に明日香から、『やめろ、ド変態！』と再び罵倒されそうなので、何もいわないことにする。

「まあ、俺の好みなんて、この際どーだっていい。とにかく海江田は梨乃ちゃんを捨てて、夕菜ちゃんに乗り換えたんだな。てことは、ひょっとして梨乃ちゃんがその恨みで夕菜ちゃんのことを……」

と、肝心な質問を口にしかけた、ちょうどそのとき、

「すみませーん、注文お願いしまーす」

と離れた席から客の声。すると明日香の口から再び「ちッ」と舌打ちの音。彼女は広明に視線を向けると、「じゃあ私は仕事に戻る。いいな、諦めるなよ。立派に逃げおおせるんだぞ」と、すっかり勘違いした激励の言葉。そしてメイド服の少女はその場でくるりと踵を返すと、「お待たせしましたぁ、ご主人様。何なりとお申し付けくださいませぇ♥」

と再び得意のキャンディ・ボイスで接客の仕事へと戻っていった。

――プロだ。立花明日香、マジでプロだぜ！

少女の変わり身の早さに舌を巻きつつ、広明はジョッキのビールを飲み干し、ケチャップ多めのオムライスを平らげる。そうして飲み食いを終えると、席を立ってレジへと移動。す

ると、こんな日に限って、あの男が店に顔を出していた。レジ横で睨《にら》みを利かせているスーツ姿のイケメンは、間違いなく海江田雄二だ。彼は元従業員の姿を目に留めると、

「なんだ、江藤じゃないか。おまえ、こんなところで何してるんだ。警察に出頭しなくていいのか。おまえだって知ってるだろ。自首すると多少は刑が軽くなるんだぞ」

「何だとぉ！」広明の怒りは一瞬で沸点に達した。「てめー、いつまでも上司ヅラしてんじゃねーや。今日の俺は客だぞ、客！　この店はお客様に自首を勧めんのか、ああん！」

凄《すご》みながら海江田に歩み寄る広明。すると海江田は急に真剣な口調になって、

「そんなことより、実際どうなんだ、江藤？　おまえが夕菜を殺したのか」

「はぁ!?　そういう、あんたこそ夕菜ちゃんを殺したんじゃねーのかよ？　聞いたぜ、夕菜ちゃんと付き合ってたんだってな。だったら痴情の縺《もつ》れってやつで、ついウッカリ……」

「な、何だと、貴様ッ、いわせておけば！」

「ヘッ、うるせーや」そういって結局、広明は突き出してはならない指を、再びかつての上司の眼前に突き出しながら、「この、○○野郎め！」

「チクショーッ、誰が○○野郎だ！」

広明の発した暴言は、どうやら海江田の逆鱗に触れたらしい。怒り心頭のイケメン経営者は髪を振り乱しながら摑《つか》み掛かってくる。もちろん広明も応戦する構えだったのだが、

「いけませぇん、オーナー」「挑発に乗っちゃ駄目ぇ」「そうだぞ、いいじゃんか、べつに○

○でもよ」「そうですよぉ、オーナー」「ここは抑えてくださぁい」「お店のためですぅ」

海江田の暴走を大慌てで制止したのは、騒ぎを聞きつけて集結したコスプレ従業員たち（メイド服のオカッパ少女を含む）だ。もちろん『えもえも』のレジ前は大混乱。その隙に乗じて、広明は飲食代相当の現金を放り投げると、すぐさま店の外へと飛び出す。

「やれやれ、とんだ大騒ぎじゃん……」そう呟いて、広明はホッとひと息。

耳を澄ますと店内からは、怒り冷めやらぬ海江田雄二の声が、なおも響き渡っていた。

「塩だッ、塩を撒《ま》け！　あの男に二度とこの店の敷居を跨《また》がせるな！」

4

そんなこんなでコスプレ居酒屋から退散した江藤広明は、そのまま駅裏公園へと足を延ばした。すっかりと日も暮れて、あたりはすでに夜の景色。人けの絶えた公園は、今夜も立派な3K空間である。そんな中、彼が向かった先は当然ながら公衆トイレだ。

四角い建物は昨夜と変わらぬ姿で、闇の向こうに浮かんでいる。広明は薄《うつす》らと明かりの灯《とも》る出入口へと歩み寄った。榊夕菜は昨夜、この女性用トイレに入り、そのままいなくなったと思われる。信じられない話だが、そうとしか考えられない状況だった。

「で、今朝になって、彼女は烏賊川のほとりで遺体となって発見された……」

これは、いったいどういうことなのか。夕菜の消失と、その後に起きたであろう殺人事件。この両者は当然、繋《つな》がりがあると見るべきだろう。だが広明には何がどう繋がるのかが判らない。——なぜ夕菜は消えたのか。どのようにして夕菜は公衆トイレから出ていくことができたのか。

出入口は監視された状態にあったというのに、いったいなぜ？

思考を巡らせる広明は、建物の前を右へ左へウロウロ。すると、そのとき——

「ちょっと、あなた、そこを退《ど》いてはくれマイカ？」

と背後から聞き覚えのある女性の声。ギョッとなって振り返ると、目の前に立つのは白くて巨大なフォルム。この場所で昨夜も見かけた、あの烏賊の化け物だ。

「わ、わわわッ」——ドスン！

驚きのあまり、悲鳴を発して尻餅をつく広明。まるで昨夜の再放送だ。その視線の先で巨大烏賊は昨夜と同様、存在しないはずの《手》でスライド・ドアを開ける。そしてゴムマリのような足で地面を踏みしめながら、多目的トイレへと飛び込んでいった。

「なんだ、またあのバケモンか。ビックリさせやがって！」広明は立ち上がりながら呟くと、その直後には「いや、しかし待てよ。これはむしろ好都合かも……」

そう思いなおして、多目的トイレのドアが再び開かれる瞬間をジッと待つ。

やがてジャーッというトイレの流水音が響くと、スライド・ドアが中から開かれた。そうして再び姿を現した巨大烏賊は、やはりというべきか化け物でも怪物でも何でもない。それは白い烏賊をモチーフに擬人化された着ぐるみ。いわゆる《ゆるキャラ》というやつだ。サイズ的にいって通常の個室では使い勝手が悪いため、大型の多目的トイレを利用しているのだろう。いずれにしても、ここで再会できたのは願ってもないチャンスである。

広明はさっそく目の前のゆるキャラに問い掛けた。

「おい、君は昨夜もこの多目的トイレを利用していたよな。ん……いや、待てよ。それともアレか？　着ぐるみが同じだけで、中の人は昨日とは別なのか？」

ふと不安に駆られる広明。その眼前で烏賊のゆるキャラは白い巨体を揺すりながら、

「いってる意味が判りませぇん。『着ぐるみ』って何でしょうかぁ。『中の人』って何ぃ？　私は生まれたときから、この姿。あなた、何か勘違いしているのではあるマイカ？」

「ああ、そっか。確かに君のいうとおりだ」

ゆるキャラに『中の人』なんていない。何かを着ているわけでもない。元々こういう生命体なのだ（そういう設定なのだ）。そのように理解して広明は質問を続けた。

「じゃあ、君はやはり昨夜このトイレを利用したのと同一人物、いや、《同一ゆるキャラ》ってわけだな？」

「ええ、もちろん。そういうあなたは昨夜の《痴漢さん》ではあるマイカ？」

「ああ、そうだ」とウッカリ頷いてから、広明は「いいやッ」と首を真横に振った。「俺は痴漢じゃないんだ。そうじゃなくて、ちょっと君に聞きたいことがあるんだ。実は昨夜、君

が多目的トイレを利用している、まさにそのとき、女子トイレからひとりの少女が消えたんだ。間違いない。俺がしっかりと監視している中で、どういうわけか消えたんだよ」

「え、『消えた』って、煙のようにですかぁ？　いやいや、そんな馬鹿な話、あるわけないのではあるマイカ？」

「ああ、確かに信じられない話だ。おまけに、その消えた少女は今朝、烏賊川のほとりで発見されたんだ。溺死体となって」

「あ、そのニュースならテレビで見ましたぁ！　警察は被害者を尾け狙っていたストーカー男の行方を捜しているのだとか……ハッ」烏賊のゆるキャラは何事かに思い至ったらしく口を噤《つぐ》む。そしてブルブルと白い巨体を震わせながら、「ひょ、ひょっとして、あなた《痴漢さん》ではなくて《ストーカーさん》なのではあるマイカ。現に先ほどは、『少女を監視していた』みたいなことをいっていたのではあるマイカ？」

「ち、違うんだ。俺は何もしていない」広明は両手を顔の前で振りながら、「俺は確かに榊夕菜って娘をこっそり尾けていた。けれど見失ったんだ。本当にこの女子トイレで消えたんだよ。――なあ、君は何か知っていることはないか。昨夜、君が多目的トイレを利用している間、隣の女子トイレで何事か起こっていたと思うんだ」

「さあ、そういわれても物音も話し声も聞こえなかったですし、あなた以外に、誰か怪しい人物と遭遇することもなかったですし……ところで、あなた！」

「え、何だい、急に？」

「他人に質問するなら、あなたも自分の名前ぐらい名乗るべきではあるマイカ」

「ふむ、なるほど」それは実に、もっともな要求だ。広明としても、この烏賊モチーフのゆるキャラを何と呼んでいいのか、正直困っていたところなのだ。そこで彼は胸に手を当てながら名乗った。「俺の名は江藤広明だ。そういう君は？　ゆるキャラなら名前があるはずだよな。『ひこにゃん』とか『くまモン』とか『ふなっしー』とか……」

「もちろん、あるに決まっているではあるマイカ」そういって巨大烏賊のゆるキャラは着ぐるみの胸を張りながら、ようやく名乗りを上げた。「私の名前は剣崎《けんさき》――剣崎マイカっていいますぅ。どうぞ、これからは親しみを込めて『剣崎』とお呼びくださぁい」

「判った。じゃあ『マイカちゃん』だな」――どう考えても、そっちの呼び方だろ！

こうしてお互いが名乗りあった数分後。剣崎マイカと江藤広明は夜の街を早足で進んでいた。聞くところによると、マイカは公園からほど近いところにある居酒屋『うま烏賊』で客寄せの職務に励む最中、尿意をもよおして公園のトイレへと駆け込み、そこで広明と遭遇したということらしい（昨日も今日もだ）。ならば、とりあえず店に戻らなくてはなるまい。そこで二人は『うま烏賊』へと場所を移すことにしたのである。

「それに、その店には、ちょうどウカイさんもきていますぅ。ウカイさんなら、きっと助けになってくれるのではあるマイカと思いますぅ」

「え、『ウカイさん』って?」広明は歩きながら尋ねた。「そいつも、ゆるキャラなのか」

「はい、ゆるキャラですぅ」マイカが迷いもなく頷くと、

「誰が、ゆるキャラだあッ」突然、背後から響く男の声。

驚いて振り向くと、目の前に立つのは、くたびれた背広を着たゆるキャラだ。いや、ひょっとすると、ゆるキャラではないのかもしれないが、とにかく冴えない印象の三十男だ。

一方その隣には、なぜか若い女性の姿。パッとしない三十男とは対照的に、こちらは純白のブラウスもベージュのスカートも大変お洒落で見栄えがする。二人の関係が広明にはサッパリ理解できない。そんな彼をよそに、マイカは二人の姿を見るなり、

「あ、鵜飼《うかい》さん、朱美《あけみ》さん、ちょうど良かったですぅ」

と、やけに親密な態度。すると『朱美さん』と呼ばれた美女がマイカに歩み寄りながら、

「マイカちゃんがなかなか戻ってこないから、私たち、迎えにいこうとしていたのよ」

「そうだぞ、マイカちゃん」と横から口を挟むのは『鵜飼さん』と呼ばれた三十男だ。「君が仕事の現場を離れるから、店の大将はもうカンカンだ。さあ、早く戻って戻って!」

「うッ、ごめんなさぁい。私としたことが、ついつい人間消失の謎に興味を惹かれ、本業をおろそかに……これでは、ゆるキャラ失格といわれても仕方ないのではあるマイカ」

「ん、『人間消失』って⁉」そのワードに三十男が敏感に反応する。「それ、何の話だい⁉」

そこで広明が彼に尋ねた。「なあ、ひょっとして、あんたが鵜飼さんって人か？」

「ああ、そうだ」男は胸を張って答えた。「街でいちばんの私立探偵、鵜飼杜夫《もりお》だ」

「え、私立探偵⁉　そうか、あんた探偵なのか」

「そういう君は何者だ？　マイカちゃんの友達か何かかい？」

そのように問われて、広明は返事に窮する。そのとき隣でマイカが率直すぎる答え。

「この人は烏賊川のほとりで起きた殺人事件の関係者ではあるマイカ。いや、ひょっとすると容疑者ではあるマイカ」

「なんだって⁉」と驚きを露《あらわ》にした探偵は、「うーむ、それは実に興味深い」と呟きながら顎に手をやる仕草。そして真剣な表情を広明へと向けながらいった。「だったら君、せっかく、こうして出会えたんだ。ぜひとも詳しい話を聞かせてもらおうではあるマイカ」

「………………」なんで、あんたがその口調なんだよ！

広明は内心で激しく脱力。そして密かに納得した。

――なるほど、この鵜飼という探偵、なんだか妙にゆるキャラっぽいな！

5

こうして江藤広明は剣崎マイカを通じて、《ゆるキャラっぽい謎の探偵》鵜飼杜夫、そして《ブルジョアっぽい謎の美女》二宮《にのみや》朱美の二人に出会った。そのまま四人は——いや、三人と一匹は、いやいや三人と一杯は『うま烏賊』の店頭へと移動。さっそく剣崎マイカは《客寄せパンダ》ならぬ《客寄せマイカ》となって「マイカを食べてはくれマイカ〜」と道行く人に呼びかけながら、居酒屋の売り上げ向上と烏賊の消費拡大に努める。

一方、人間の姿をした三人は路上に並んだテーブル席に腰を落ち着けて、「とりあえずビール」そしてサキイカ、イカのお造り、ゲソ焼きにイカそうめん……といった具合にツマミの品を注文。だが何より最高のツマミは事件の話だ。ジョッキ片手の広明は、昨夜に自分が遭遇した奇妙な人間消失事件について、その詳細を語った。それから今日の刑事たちとのやり取り、さらに『えもえも』で得た情報も付け加える。

鵜飼と朱美は真剣な顔つきで、広明の話を聞いている。路上で愛嬌を振りまいているマイカも、その実、耳をダイオウイカのようにして彼の話を聞いているのに違いない。

そうして、ひと通り事件の話が終わった直後、まず口を開いたのは探偵ではなく、彼の隣に座る美女だった。二宮朱美はジョッキを傾けながら、ごく常識的な見解を口にした。

「普通に考えるなら、裏口がなくて窓もないトイレの中から人が消えるなんて絶対あり得ないわ。てことは、考えられる可能性はひとつだけ。そのゴスロリ少女は、ちゃんとした出入口を通って堂々と女子トイレから出ていったのよ。確か、女子トイレから出ていった女性が、ひとりだけいたはずよね」

「てことは」と鵜飼がいった。「花柄ワンピースを着た眼鏡の女性というのが、実は……」

「そう、ゴスロリ少女、榊夕菜の変装した姿だったってわけ」

朱美はズバリ断言して続けた。「べつに、おかしくはないでしょ。トイレの個室の中でゴスロリの服を脱ぎ捨てて、花柄ワンピに着替える。靴も厚底靴から普通のパンプスか何かに履き替える。ツインテールにしていた髪の毛を下ろして眼鏡を装着。そうしてトイレを出ようとした途中で、彼女はバッタリ江藤さんに出くわしたってわけ。トイレの照明は薄暗いし、江藤さんだってそんなにマジマジと相手の顔を見詰めたわけじゃないはずよ。だから、その女性が榊夕菜の変装した姿だってことに気付かなかった。――そういうことなんじゃないの？」

朱美の説明を聞けば、それはいとも容易なことのようだ。だが、そんな彼女の推理に対して、隣に座る鵜飼が異を唱えた。彼はイカそうめんを箸で摘《つま》みながら、

「着替えたっていうけど、そのゴスロリ少女は小さなポシェットしか持っていなかったんだろ。とすると、その花柄ワンピやパンプスって、いったいどこから出てきたんだ？」

「え、えーっと、それは……」朱美は一瞬思案した後に、「そう、着替えのためのアイテムは、あらかじめトートバッグに詰めて公衆トイレのどこかに隠してあったのよ。きっと、掃除道具置き場ね。ゴスロリ衣装の榊夕菜はトイレに入るなり、掃除道具置き場からトートバッグを取り出して個室に入り、そこで花柄ワンピに着替えた。そして脱いだ服をトートバッ

グに詰めると、それを手にして何食わぬ顔でトイレを出たのよ。確か、花柄ワンピの女性はトートバッグを持っていたはずよね？」

「そうか、江藤さんの側頭部をぶん殴ったトートバッグだな。なるほど、そのバッグの中身はゴスロリ衣装と厚底靴だったわけか」呟くようにいって鵜飼は、目の前の広明に視線を向けた。「どうだい、君、いまの朱美さんの推理に何か問題な点などは？」

「もちろん問題アリだな」広明は即答した。「公衆トイレに入っていった夕菜は身長一六〇センチ程度の中肉中背の女の子だ。一方そのトイレから出てきた花柄ワンピの女性は、俺が見上げるほどの背丈だった。俺の身長は一七〇センチちょうどだ。てことは、あの女性は一八〇センチ近くあったんじゃないか。女性としては、かなりの長身といっていい。夕菜とは文字どおり段違いだ。服を着替えて別人に成りすますことはできるとしても、一瞬で身長を二〇センチも高く見せることはできないはずだよな？」

「んーと、じゃあ高下駄を履いていたのかもね」

朱美が苦し紛れのようにアイデアを口にすると、

「いや、それも無理だな」と広明は即座にその可能性を否定した。「花柄ワンピの女性は俺をトートバッグでぶん殴り、尻餅をついた俺の横をすり抜けて、そのまま小走りで外へと逃げていったんだ。二〇センチの高下駄を履いて、そんな真似はできないだろう。もっとフラフラとした動きになるはずだ。——ていうか何だよ、高下駄って！　あの女、天狗《てんぐ》かよ！」

「まったくだな」と頷いたのは鵜飼だ。「まあ、ハイヒールを履けば一〇センチ程度、身長を高く見せることは可能だろう。だが、それが限界。二〇センチなんてあり得ない話だ」

「うーん、そうねぇ」言い出しっぺの朱美も、納得した様子で小さく溜め息だ。

こうして朱美の唱えた《入れ替わり説》は、木っ端微塵《こっぱみじん》に打ち砕かれた。

そもそも彼女が推理したぐらいのことは、広明自身の脳裏にも、事件直後から漠然と浮かんでいたことだ。ただ、あまりに凡庸かつ無理なトリックなので、まともに検討してこなかっただけ。広明が求めているのは、それとは違う現実味のある説明なのだ。

と、そのとき鵜飼が別の角度から新たな見解を示した。

「君は昨夜、確かにゴスロリ少女、榊夕菜を尾行していた――そのつもりだったろう。だが話を聞く限りでは、君はその少女の姿を主に背後から見ていただけ。至近距離で観察したわけでもない。――違うかい？」

「そりゃ、そうさ。でも、それが何だって？」広明は先回りするように問い掛けた。「ひょっとして、俺が尾行したゴスロリ少女が夕菜じゃなくて、誰か別人だったとでも？」

「ああ、まさに僕は、その可能性を考えたんだがね」

「だが仮にそうだとしても、結局は同じことだろ。俺の目の前を身長一六〇センチぐらいのゴスロリ少女が歩いていたことは事実。その女の子が女子トイレで消えたことには変わりがない。てことは、やっぱり謎は謎のままだ。人間消失の解決にはならないぜ」

そうだろ、と視線で訴えながら広明はジョッキのビールをゴクリ。だが鵜飼は首を左右に振りながら、「ところが、それが解決になるんだよ。ひょっとして君の目の前を歩いていたのが、中肉中背の女子ではなくて、小柄な男子だったとするならば……」

「！」瞬間、驚愕《きょうがく》のあまり広明は口に含んだビールを「ぶぅーッ」と盛大に吹く。正面に座る鵜飼が《泡鉄砲》の餌食となり、隣に座る朱美がとばっちりを受ける。広明は音を立ててジョッキをテーブルに置くと、あらためて驚きの思いを言葉で表した。「なんだって⁉ 女じゃなくて男⁉ それ、どーいうことなんだよ」

するると鵜飼は手にしたハンカチで泡まみれの顔面を拭いながら、

「どうもこうもないさ。公衆トイレから出てきた人物は二人いる。ひとりは女子トイレから出てきた花柄ワンピの女性。もうひとりは男子トイレから出てきたスーツ姿の男性だ。だったら、その男性のほうも当然、疑ってかかるのが筋ってものだろ」

「そ、それは判るが、しかしゴスロリ少女は女子トイレに入っていったんだぞ」

「絶対そうだって断言できるかい？」鵜飼は意地悪な笑みを浮かべて続けた。「相手は女性なんだから当然、女子トイレに入ったはず。君にそういう思い込みが、あったのでは？」

「うッ……」

「話を聞いたところでは、尾行中だった君は四角い建物の角を曲がった直後に、前をいくゴスロリ少女がトイレの出入口に入っていくのを見た、とのことだ。そのトイレの出入口は男性用と女性用の二つが隣り合っている。つまり、君は二つ並んだ出入口を正面から見ていたのではなくて、それを真横の方角から見ていたわけだ。とするなら、尾行相手が男女どちらの出入口に入っていったのか、君の立ち位置からでは角度的に見づらかったはず。それを君は『女性だから女子トイレに入ったに違いない』と早合点した。それで君は女子トイレを見張り、やがて痺れを切らして女子トイレに入っていこうとした。そのとき男子トイレの個室の中では、ゴスロリ衣装を着ていた男性が、それを脱ぎ捨てスーツ姿に着替えていたというわけだ。先ほど朱美さんが推理したのと同様のやり方でね」

「…………」

「やがて着替えを終えた会社員風の男性と、ゴスロリ少女を捜す君とが、出入口付近でたまたま鉢合わせした。だが君は目の前の男性がゴスロリ少女の正体だなんて微塵も思わない。一方、スーツ姿の男性は「チカンですーッ」と間抜けな叫び声をあげながら公衆トイレから逃げ去っていったというわけだ。――ほら、ちゃんと説明になっているだろ？」

鵜飼は得意げな表情でビールをあおる。だが広明にしてみれば、探偵の推理は盲点を衝くものではあったとしても、そこまで納得のいくものではなかった。

「じゃあ昨夜、この飲み屋街では、小柄な男性がゴスロリ衣装を着てウロついていたっていうのかい？」

「ああ、女装が似合う男性も結構いるものさ。小柄な男性なら、なおさらね」

「いや、しかし、いくら何でも……」身長一六〇センチというサイズは、成人男性としては相当に小柄なほうだ。昨夜、公衆トイレで遭遇した会社員風の男性は、そこまで小柄だったろうか。正確な記憶がないけれど、そんなことより何より――「いやいや、あのゴスロリ少女の正体が男性だなんて到底思えん！」

「ほう、なぜ、そう断言できるんだい？」不満げに鵜飼が問うと、

「そう、例えば……」と広明が答えた。「刑事たちの話によれば、そのゴスロリ姿の人物を目撃した者は複数人いるとのことだ。とすると、そいつら全員が《ゴスロリ女装男性》のことを本物の女の子だと勘違いしたってことになるぞ。いやいや、まさか、集団催眠じゃあるまいに！　それに俺が遭遇したスーツ姿の男性は、ちっとも女性的なタイプには思えなかった。顔なんて四角いシャガイモのようだったな。あの顔にどれほど女性のメイクを施したって、夕菜のような可愛い感じには絶対ならないと思うぞ」

「そんなの、やってみなくちゃ判んないだろ！」と鵜飼が叫ぶ。

「なに急にキレてんだよ、あんた！」広明には、この探偵がサッパリ理解できない。

「彼のいうとおりよ、鵜飼さん」と横から探偵をなだめたのは朱美だ。「それに花柄ワンピの女性はトートバッグを持っていたけれど、その会社員風の男性は薄いビジネスバッグしか持っていなかったはず。そんなバッグじゃ、脱いだ衣装や厚底靴を仕舞えないわ」

「うッ」鵜飼は痛いところを衝かれた様子で呻《うめ》き声を発すると、「じゃあ、きっとその男、

脱いだ衣装はそのまま男子トイレに放置して立ち去ったんじゃないか……」

「いや、それもあり得ないな」広明が駄目を押すようにいった。「実は俺、マイカちゃんが立ち去った後、自分で男子トイレに入って用足ししたんだ。そのとき、男子トイレの個室とか掃除道具置き場とかを、念のため覗いてみた。だが脱ぎ捨てられたゴスロリ衣装なんてなかった。もちろん厚底靴もだ。――ていうか、あるわけないだろ、男子トイレに！」

「ちぇ、何だよ！　だったら先に、そういえよな、君」

ボヤくようにいって、また鵜飼はビールをゴクリ。それから椅子に座ったまま唐突に背後を振り返りながら、「おーい、マイカちゃーん！」

居酒屋の店頭では、着ぐるみの巨大烏賊が酔客相手に、愛嬌を振りまいたり抱きつかれたりグーで殴られたりと、散々な目に遭っている。そんな彼女に鵜飼は問い掛けた。

「いままでの話、君も聞いていただろ。何か気付いたことなど、あったかい？」

するとマイカは巨体を揺らして広明たちのテーブルに歩み寄ると、「はい、話は聞かせていただきましたぁ」といって自らの感想を述べた。「朱美さんの推理も鵜飼さんの推理も、大変興味深いものでしたが、やはりどちらも真実には届いていないのではないでしょうか。両者の推理には大事な何かが欠けているのではないかと思いますぅ」

そんなマイカの発言を耳にするなり、鵜飼と朱美は急に慌てたような表情。揃ってテーブル席から腰を浮かせると、巨大烏賊の尖った頭の付近に顔を寄せながら、

「マ、マイカちゃん、君ッ、キャラは……ほら、君のキャラは……」

「そ、そうよ、マイカちゃん、ほら、忘れたの？　例の喋り方……」

「えッ」と声をあげたマイカちゃんは、次の瞬間「ハッ」と息を呑む。そして先ほどの自らの発言を、あらためてキャラっぽく言い換えた。「どちらも真実には届いていないのではあるマイカ。大事な何かが欠けているのではあるマイカと思いますぅ」

するとようやく鵜飼と朱美はホッと胸を撫《な》で下ろす仕草。「そうそう、それだよ、それ……」「まったくマイカちゃんったら、ウッカリなんだから……」と苦笑いしながら椅子に座りなおす。その様子を見ながら広明は思った。――この際、キャラとか喋り方とか、どーだっていいのではあるマイカ（くそッ、この口調、なんだか癖になるぜ！）。

一方、本来のキャラを取り戻したマイカは、テーブル席の三人に自らの考えを語った。

「ゴスロリ少女の正体が榊夕菜であれ、他の誰かであれ、その人物が公衆トイレの個室の中で服を着替えて出ていったということは、間違いないのではあるマイカ。その点においては、朱美さんの推理も鵜飼さんの推理も一致しているのではあるマイカ」

「そうだ。俺もそう思う」広明は頷いた。「男だろうが女だろうが、人ひとりがトイレの中で煙のように消えるわけねーもんな。きっと別の姿で出ていったに違いない」

「うむ、それは僕も同感だが」鵜飼がいった。「そのやり方が問題だ」

「要は、誰がどう姿を変えたのかよね」と朱美が続けた。「サッパリ判らないわ」

テーブルを囲む人間たちが揃って腕組みしながら沈黙する。と、そのとき——

「いいえ、むしろ考え方は、ひとつに絞られたのではあるマイカ」

意外なことに、巨大な烏賊のゆるキャラが宣言するかのようにいった。まるで解決篇を間近に控えた名探偵のようにだ。すると、さらに意外なことに、鵜飼と朱美はマイカの発言を真に受けた様子。「本当かい、マイカちゃん？」「さすが、マイカちゃんだわ！」と揃ってテーブルから身を乗り出す。そんな二人の反応が、広明にはまるで理解できなかった。

「おいおい、探偵はコッチの彼だろ？　あんたら、ゆるキャラに、なに期待してんだよ？」

「いやいや、僕も確かに探偵だが、何を隠そう、このマイカちゃんも優れた探偵能力の持ち主でね。過去にはその類稀《たぐいまれ》な推理力でもって難事件を解決に導いた実績があるのだよ。人呼んで『ゆるキャラ探偵、剣崎マイカ』——キャラもゆるいが推理もゆるい！」

「じゃあ駄目じゃんか！」

思わずツッコミを入れる広明の前で、ふと鵜飼は声を潜めると、

「まあ、その実態は、この居酒屋にお酒を卸している『吉岡《よしおか》酒店』の看板娘、吉岡沙耶香《さやか》ちゃんその人だ。彼女が烏賊の着ぐるみを着て名推理を披露しているってわけさ」

そういって『中の人』の正体を暴露した鵜飼は、何食わぬ顔でゆるキャラ探偵にいった。

「では、さっそく聞かせてもらおうか、マイカちゃんの推理というやつを」

「ええ、でもその前に」といってマイカは、その白い顔面を広明へと向けながら、「江藤さ

ん、ひとつだけ教えてはくれマイカ」

「な、何だよ?」

「昨夜、ゴスロリ少女の履いていた厚底靴ですが、それは踵《かかと》があるタイプでしたかぁ?」

「え、踵!? そりゃ、どんな靴にだって踵はあるだろ」

「いえ、そういう意味ではなくて、私が聞きたいのはヒールが有るか無いか、つまり高いヒールを持つ厚底靴だったか否か、ということなのですが、ご記憶ではあるマイカ?」

「ああ、そういう意味か」ヒールの有る無しのいったい何が問題だというのか。正直よく判らなかったが、とにかく広明は昨夜の記憶を頼りに答えた。「そういや、ヒールは無かったな。靴底は普通の運動靴や長靴みたいに平らだった。ただ一〇センチほどの分厚さがあるだけの平べったい靴底だ。――それが何か重要なのか?」

「はい、とても重要ですぅ」マイカは嬉しそうにいった。「これで謎が解けましたぁ!」

6

酔客が行き交う飲み屋街の路上。剣崎マイカはテーブル席に座る三人を見下ろしながら、名探偵らしく「さて」といって自らの推理を語った。「そもそも今回の人間消失事件は昨夜、この飲み屋街を身長一六〇センチほどの中肉中背の女子がゴスロリ衣装を身に纏って歩いていた、という場面から始まったはず。しかし実は、その根本的な認識こそが間違っていたのではあるマイカ。私はそのように考えましたぁ。かといって、そのゴスロリ少女の中身が実は男性だった、なんていう話はさすがに突飛すぎると思いますがぁ」

「じゃあ何なんだい？」鵜飼が尋ねた。「そのゴスロリ少女が実はオバサンだったとか？」

「いいえ、年齢の話でもありませぇん」マイカは首を振る代わりに大きな身体を左右に振りながら答えた。「そのゴスロリ少女は身長一六〇センチの中肉中背の女子ではなくて、実は身長一七〇センチほどもあるスラリと背の高い女子だったのではあるマイカ」

「なんだって⁉」思わず眉根を寄せたのは江藤広明だ。「いやいや、そんなわけないだろ。あのゴスロリ少女の正体が榊夕菜かどうかは別として、あの少女が身長一七〇センチだなんて絶対あり得ない。だって、あの少女は高さ一〇センチほどもある厚底靴を履いていたんだぞ。そんな彼女の身長が一七〇センチもあったら、どうなる。頭のてっぺんは一八〇センチ程度の高さになるぞ。一八〇センチっていえば、そこらへんの男性の身長を余裕で上回る高さだ。当然、道行く人は背の高い女性として記憶に留めるだろう。普段、街で見かける夕菜とは大違いだ。それを見れば街の人は、『ああ、夕菜ちゃんが歩いているな』とは思わないはず。もちろん俺だってひと目で別人と気が付いただろう。『あれ、妙に背の高い誰かが夕菜みたいな恰好で歩いているぞ』っていうふうにな」

「確かに、そうだったろうと思いますぅ」

「だろ。つまり、あのゴスロリ少女が身長一七〇センチもあったはずがない。見た目どおり、彼女は中肉中背の少女だった。間違いない」

「そうッ、そこですぅ！」マイカは珍しく声を張っていった。「問題なのは、その『見た目どおり』というところではあるマイカ！」

「というと？」広明は首を傾げながら、「マイカちゃんは、そのゴスロリ少女は見た目どおりではなかったって、そういいたいわけか？」

「はい。その少女は実際よりも背を低く見せていたのではあるマイカ。実物はもっと背が高いモデル体形の少女だったのではあるマイカと、そう思いますぅ」

「んな馬鹿な！」広明は目を見張って反論した。「この世の中、背を高く見せる方法は、いろいろあるだろうさ。ハイヒールを履くとか、それこそ高下駄を履くとかな。だが、その逆はないだろ。背を低く見せる方法なんて！　そんなの物理的に絶対不可能じゃんか！」

「いや、絶対不可能ともいえないのではあるマイカ」ゆるキャラ探偵は真剣な口調で続けた。「トリックの肝となるのはゴスロリ少女の履いていた厚底靴ではあるマイカ。その少女は厚底靴を履くことで自分の身長を一〇センチほど低く見せていたのではあるマイカ」

「はぁ!?　どういう意味だよ、それ。厚底靴を履いて身長を一〇センチ高く見せるっていうなら話は判る。だが逆に一〇センチ低く見せるって何だよ。その厚底靴って魔法の靴か!?」

「はい、ある意味、『魔法の靴』かもしれませぇん」意味深なことをいってマイカは愉快そうに大きな身体を揺すった。「その厚底靴には魔法が掛かっているのですぅ。といっても魔法使いが呪文を唱える必要はありませぇん。すべて人間の力で可能ですぅ」

「よく判らんが要するに、厚底靴に仕掛けがあったんだな。で、どういう仕掛けだ？」

「簡単なことではあるマイカ。その厚底靴は分厚くなった靴底の部分が、くりぬかれたものではあるマイカ。一〇センチの高さがあるように見える靴底も、その実、中は空洞になっていたのではあるマイカ。そうすることで靴を履いたとき、足の裏が地面スレスレの低い位置になるよう調整されていたのではあるマイカ。そういう特殊な加工を施された靴だったのではあるマイカ」

マイカ、マイカ、あるマイカ——まさにマイカの波状攻撃だ。広明は目を白黒させながら、

「な、なんだって!?　靴底がくりぬかれて……中が空洞だと!?　じゃあ、その厚底靴は……要するに厚底じゃなくて普通の……」

「はい、運動靴や長靴と何ら変わりなかったのではあるマイカ」

「そうか、判ったぞ、マイカちゃん」そういって後を引き取ったのは鵜飼だ。「つまり、その厚底靴は厚底であって厚底じゃない。実際には、履いている人の身長を高く見せる効果は何もないわけだ。しかし外見は間違いなく厚底靴だから、何も知らない人が見れば、それを履いている人物は身長が一〇センチほど底上げされているように映る。昨夜のゴスロリ少女は、そういう特殊な厚底靴を履いていた。すると街の人たちは、そんな彼女の姿を見て、そ

れが一〇センチほど底上げされた姿だと思い込む。少女の頭のてっぺんが一七〇センチほどの高さだとするなら、一〇センチ差し引いて、少女の身長は一六〇センチ程度だろうと認識する。もともと榊夕菜はそれぐらいの身長だから、何も違和感はない。おまけに彼女特有のゴスロリ・ファッションとツインテール、そして化粧濃いめの顔を見て、街の人たちはそれを間違いなく榊夕菜だと信じ込んだ。いや、街の人たちだけじゃない。彼女を尾行する彼もそうだった。だが実際は違ったんだな。そのゴスロリ少女は榊夕菜ではなかった。彼女よりも一〇センチほど背が高く、それでいて目鼻立ちや雰囲気だけはよく似た別の女性だったってわけだ」

「え、えッ、えーッ」思い当たる節がある弘明は、目を丸くして叫んだ。「てことは、昨夜のゴスロリ少女の正体は榊夕菜じゃなくて……ひょっとして松浦梨乃！」

「はい。まさしくぅ、そういうことではあるマイカ〜」

ゆるキャラ探偵、鵜飼杜夫が我が意を得たりとばかりに頷く。

隣の席で二宮朱美が即座にツッコミを入れた。

「キャラ泥棒は、やめてあげて、鵜飼さん！　マイカちゃんが可哀想でしょ！」

キャラ泥棒の良し悪しはともかく——衝撃の推理を耳にして、江藤広明が愕然としたことは間違いない。昨夜、彼の前を歩いていたゴスロリ少女の正体が、榊夕菜ではなくて松浦梨乃だったというのだから、容易には信じがたい話だ。だが確かに二人はいとこ同士。もともと顔立ちは似ている。髪形は異なるものの、二人とも黒くて長い髪の持ち主だ。そんな二人の最大の相違点が身長にあることは間違いない。その身長差を、特殊加工の厚底靴が補うとするなら、松浦梨乃が榊夕菜に成りすますことも充分可能だと思われた。

だが問題なのは、その理由だ。広明は目の前のゆるキャラ探偵に尋ねた。

「しかし、なぜ？　昨夜、松浦梨乃は何の理由があって、榊夕菜のフリをしていたんだ。そんな奇妙な振る舞いをするからには、それ相応の目的があったはずだよな？」

「ああ、もちろんだとも。僕が思うに、その目的はね……」

「あんたにゃ聞いてねえ！」広明は背広姿のゆるキャラを一喝して黙らせると、あらためて本物のゆるキャラ探偵、剣崎マイカに尋ねた。「なあ、どうなんだ、マイカちゃん？」

「はい、私が思いますに、松浦梨乃の目的はアリバイ工作だったのではあるマイカ」

「アリバイ工作!?」その言葉に広明はハッとなった。「そういや同じ夜に、烏賊川のほとりでは榊夕菜殺害事件が起きている。てことは、松浦梨乃はその事件に関わっているのか」

「はい。関わっているどころか、まさしく彼女こそが榊夕菜殺しの犯人ではあるマイカと、そう私は睨んでいるのですぅ」

「なんだって!?　梨乃が夕菜を……」マイカの意外な指摘に、再び広明は愕然となった。

だが確かに、梨乃には夕菜を殺そうとするだけの動機がある。立花明日香の話によれば、梨乃は親密な関係にあった海江田雄二を、ここ最近になって夕菜に奪われたとのこと。ならば夕菜に恨みを抱いたとしても不思議はない。あるいは夕菜を亡き者にすれば、再び自分が海江田と元の鞘《さや》に収まることができると、そんな期待を持った可能性もある。だが、いくら動機があるとしても――「まさか、あの松浦梨乃が夕菜を殺しただなんて！」

「あり得ないでしょうかぁ？」マイカは呟くようにいった。「しかし、長身の松浦梨乃が特殊加工の厚底靴を用いて、中肉中背のゴスロリ少女を演じたならば、結果として榊夕菜の死亡推定時刻を後ろにズラすことができるのではあるマイカ。これは、そのためのトリックではあるマイカと、私はそう思うのですが……」

「ん、死亡推定時刻を後ろにズラす⁉」広明はふと引っ掛かるものを感じた。「そういや俺にアリバイを尋ねた刑事たちは、昨夜の九時から十時までの一時間だけを問題にしていたっけ。随分ピンポイントだなって、あのときも不思議に思ったんだが」

「それは昨夜の九時ごろに、この街を歩くゴスロリ少女の姿を多くの人々が目撃しているからではあるマイカ。だから警察は午後九時以降の時間帯に犯行があったと考えているだけのこと。実際に死体現象から医学的に導き出された死亡推定時刻には、二時間なり三時間なりの幅があったのではあるマイカと思いますぅ」

「じゃあ仮に死亡推定時刻に二時間の幅があったとすると、どうなるんだ？」

「その場合、死亡推定時刻は昨夜の八時から十時となりますぅ。松浦梨乃は午後八時台に烏賊川のほとりで榊夕菜をナイフで刺して川の澱みに突き落として殺害。その後、午後九時ごろになって、ゴスロリ衣装と特殊加工の厚底靴を身につけた松浦梨乃が、これ見よがしに街を歩いたのではあるマイカと思いますぅ」

「午後九時の時点で、榊夕菜がまだ生きてピンピンしていると思わせるためだな」

「はい。その後、松浦梨乃は駅裏公園に移動。公衆トイレでゴスロリ衣装と厚底靴を脱ぎ捨てて、花柄ワンピースとハイヒールに着替えますぅ。やり方は先ほど朱美さんが説明したとおり。そうしてトイレを出ようとしたところで、彼女はバッタリと江藤さんに遭遇しました。これは彼女にとって予想外の出来事だったはず。ですが江藤さんは、その目の前の女性が松浦梨乃だとはまったく気付きませんでした。そもそも江藤さんはゴスロリ衣装を着た中肉中背の女性を追っていたので、目の前にいる長身の女性をあまり注意深く観察しなかったのではあるマイカ。もっとよく見れば、それが松浦梨乃だと気付くことができたのではあるマイカと、そう思うのですが……」

「そ、そういや、そうだったかも。それに照明も薄暗かったしよ……」と言い訳する広明は面目ない気分で頭を掻いた。「で、俺の前から立ち去った後、梨乃はどうしたんだ？」

「彼女は再び飲み屋街に戻ると、どこか馴染《なじ》みの店に飛び込んだのではあるマイカ。そして、その店で飲み続けることで、松浦梨乃のアリバイを人々に印象付けたのではあるマイカ」

「なるほど。午後九時に飲み屋街を歩いていた夕菜を烏賊川のほとりに連れていって殺害するには、往復だけでも三十分程度の時間が掛かるはず。一方、松浦梨乃は午後九時半になる前には、もう馴染みの店に顔を出していただろうから、彼女による犯行は不可能。お店の人は、そう思って彼女の無実を証明してくれるだろうし、警察もそれを信じて彼女を容疑者リストから外すだろう。まさに、それこそが松浦梨乃の狙いだったってわけだ。——おおッ、凄いじゃんか！」広明は思わず掌《てのひら》でバシンとテーブルを叩きながら、「さっすが、ゆるキャラ探偵、剣崎マイカ。スルメのように味わい深い推理だぜ！」

手放しの賞賛を口にする広明の前で、マイカは恥ずかしそうに大きな身体をよじった。

「いえいえ、いま語った話は、あくまでも私の想像。べつに確たる証拠があるわけでは、ありませぇん。ですが、とりあえずそのように考えたなら、昨夜のゴスロリ少女の消失の謎にも合理的な説明がつくのではあるマイカ。そう思っただけですからぁ」

そんなマイカの言葉に、ふと広明は現実に引き戻されたような気がした。

「ふむ、確たる証拠か……確かに証拠がないんじゃ、俺への疑惑は晴れねーな……」

「あの、君……」

「くそッ、何かないのか、松浦梨乃が犯人だっていう動かぬ証拠が……」

「いや、君ぃ……君ねえ……」

「畜生ッ、何も思い浮かばねえ。これじゃあ、マイカちゃんの推理も台無しに……」

「おいッ、聞けよ、君！」痺れを切らしたように鵜飼が声を張ると、

「わッ、ビックリした！」と広明は椅子から転がり落ちそうになる。

慌てて体勢を立て直した広明は、目の前に座る背広姿の探偵を見やりながら、

「やあ、何だよ、あんた、まだいたのか？」

「ああ、まだいたよ。一個の置物と化しながらな……」と鵜飼は自虐まじりに呟いた。

剣崎マイカが見事な推理を語る一方で、鵜飼はロクに発言の機会さえ与えられないまま、ただ黙ってサキイカを齧《かじ》ってビールを飲むだけの存在に成り下がっていたのだ。そのことが当人としては大いに不満だったらしい。ここぞとばかり、彼は探偵らしさをアピールするようにいった。「証拠がないというが、いやいや、そんなことはないと思うぞ」

「ん!? というと……」

「おや、まだ気が付かないのかい？　君がトイレでバッタリ遭遇した女性、その正体は松浦梨乃だった。そして彼女は直後に自分のアリバイ作りに向かったわけだ。馴染みの店に飛び込むなどしてね。だとするなら、そのとき彼女は花柄の派手なワンピース姿だったはずだろ。他に着替える服も、そんな時間的な余裕もなかったろうからね。てことは……」

「あッ、そうか」広明は思わずパチンと指を鳴らした。「松浦梨乃のアリバイの証人になっている人物——それが誰なのか、俺は知らないけれど——そいつは彼女の花柄ワンピース姿を間近で見ているはずだよな」

「そうだ。その目撃証言と君の昨夜の体験談を教えてやれば、警察だってそれを単なる偶然

の一致だとは思わないだろう。マイカちゃんが説明したようなトリックの可能性を認めてくれるはずだ。なんなら、僕の口から警察に進言してやってもいい。君のアパートを訪れた二人組は、どうやら僕のよく知る刑事さんらしいから。――そうだろ、朱美さん？」

「そうね」と頷いた朱美は、「でも、鵜飼さん」といって自らの素朴な考えを口にした。「そんな面倒なことしなくたって、べつに問題ないんじゃないの？　この飲み屋街の防犯カメラのいくつかに、きっと昨夜のゴスロリ少女の姿が映っているでしょ。それを『科捜研の女』がコンピューターで解析すれば、だいたい判るんじゃないかしら。『あら!?　この女の子、おかしな靴を履いて変な歩き方しているわ』ってな具合に……」

「こ、こらッ、朱美さん！」彼女の発言を中途で遮って、鵜飼が叫ぶ。「興醒めなことをいうもんじゃないッ。せっかく優れた推理を披露したマイカちゃんが可哀想だろ！」

「もうッ、どの口がいってんのよッ」と朱美も負けじと言い返す。

「まあまあ、喧嘩はやめてくれマイカ」と慌てて二人を取り成したのはマイカだ。

騒々しくも愉快な彼らの様子を、『いったい何のイベントだ……？』と勘違いした目で眺めながら、多くの酔客たちが店の前を通り過ぎていった。

こうして事件は、とりあえずの解決を見た。ゆるキャラ探偵、剣崎マイカは人間消失の謎を解き明かし、それと同時に榊夕菜殺害事件の犯人さえも明らかにしたのだ。事件の意外な真相とマイカのゆるキャラとは思えない推理力に、広明は驚きを禁じ得なかった。だが、それとは少し違ったところで広明は「あ、ということは……」と、ひとつ腑《ふ》に落ちた点があった。「そうか、あの厚底靴は厚底じゃなかった……てことは、あの靴から覗いていたのは、榊夕菜の足首じゃなくて松浦梨乃の……」

「はい、そのとおりですぅ」隣で聞いていたマイカが、白く大きな顔を広明へと近づけながら聞いてきた。「足首が、どうかしましたかぁ？」

「え⁉　いやいや、何でもない何でもない……」

何かを誤魔化すように片手を振りながら、広明はジョッキに残ったビールをひと飲み。そして頭の中で昨夜のゴスロリ少女の姿を描きつつ、密かに思った。

——あれは夕菜じゃなくて梨乃だった。普段よりも一〇センチほど背が低く見える梨乃だ。彼女ご自慢の長い脚も、昨夜に限っては短かった。靴から覗く足首だってチョイ太め。ていうか足首じゃなくて、あれ、ふくらはぎだもんな！　そうか、そうだったのか！

こうして彼は昨夜来、頭の片隅にあった小さな謎に、ようやく答えを見つけた。

「どうりで昨夜の彼女は、やけに魅力的に映ったわけだ……」

J MYSTERY 2023

# スプリット

*

逸木裕

## 逸木 裕

(いつき・ゆう)

1980年東京都生まれ。ウェブエンジニア業のかたわら小説を執筆。2016年、『虹を待つ彼女』で第36回横溝正史ミステリ大賞を受賞しデビュー。’22年「スケーターズ・ワルツ」で第75回日本推理作家協会賞（短編部門）受賞。ほかの作品に『少女は夜を綴らない』『電気じかけのクジラは歌う』『五つの季節に探偵は』『世界の終わりのためのミステリ』など。

split ①分裂させる　仲間割れさせる（『エースクラウン英和辞典 第3版』）

＊

「第一巡選択希望選手……湘南。猪浦辰也《いのうらたつや》。外野手。西京大学《さいきょう》」

高梨渉《たかなしわたる》は、モニターから流れてくる司会者の声に耳を傾けていた。

プロ野球ドラフト会議。ここ数年は新型コロナウイルス禍のせいで無観客開催されていたが、今年から観覧が解禁され、新東京プライムホテルの宴会場〈翡翠《ひすい》〉の客席は満員だ。

モニターには、湘南ウェイブスの円卓が映し出されている。球団社長、監督、ゼネラルマネージャー、スカウト部長……臨席しているのはいずれも球団の中枢だ。

「今年こそ引いてほしいよな。当たりを」

渉の正面にいる町田《まちだ》スカウトが、呟《つぶや》いた。同感だった。湘南ウェイブスは二年連続でドラフト一位の抽選を外している。どちらも引いたのは権田茂《ごんだしげる》ゼネラルマネージャーだ。

球団には多くの職員がいるが、〈翡翠〉の円卓でスポットライトを浴びられるのはごく一部だ。湘南ウェイブスのスカウト部からは部長の五十嵐《いがらし》が出ているだけで、自分たち残りの九人は、宴会場の下の階にある会議室に押し込められている。

十二球団の一巡目指名が終わり、猪浦には三球団の指名が入った。これから抽選をし、当たりクジを引き当てた球団が交渉権を獲得する。猪浦辰也は西日本大学リーグの本塁打記録を塗り替えた逸材で、大砲不足の湘南ウェイブスにとって喉から手が出るほど欲しい選手だ。春先には権田GMが一位指名を公言し、スカウト総出で何度も関西まで足を運んだ。入団が決まった暁には、球団史上の名選手が負ってきた背番号9を進呈することも内定している。

あとは、当たりを引くだけだった。

「あれ?」

町田が呟いた。抽選ボックスに向かったのは権田ではなく、監督の吉岡《よしおか》だった。二年連続で外していることもあり、担当者を代えたようだ。

ドラフト会議は、水物だ。氾濫《はんらん》した濁流のように、刻々と姿を変えていく。指名予定の選手を他球団にかっさらわれることもあれば、監督やGMの気まぐれで突然指名が変わることもある。一スカウトにすぎない自分は、災害にも似たそれを、ただ見守ることしかできない。

〈俺、プロ野球に行きたいです〉

渉は、柵山翔大《さくやましょうだい》の言葉を思い出した。

長い時間をかけて地層の中で形成された宝石のように、硬く、輝くような言葉だった。

1

高梨渉が〈株式会社湘南ウェイブス〉にスカウトとして就職したのは、五年前。それまで渉は、中小規模の商社で営業職をしていた。

当時、異色の人事として球界で話題になったのは、渉に一切の野球経験がなかったからだ。子供のころ、少しだけ〈見《ケン》ちゃん〉と呼ばれていた時期があった。小学生のころは身体《からだ》が弱く、体育を見学することが多かった――こともあるのだが、そこからついた渾名《あだな》ではない。渉には、じっと立ち止まり、ものを見る癖があった。

遠足先に広がる田園風景。美術館にある巨匠の絵画。足の速い同級生が走る姿。対象はまちまちだが、子供のころから気になるものがあると、ただそれを見ることに集中してしまう。そういうときの渉は時間が止まったように固まっていたらしく、同級生から〈怖い〉と言われることも多かった。

たぶん、美しいものが好きだったのだと思う。

日常風景、芸術作品、人間や動物の動作――世界には様々な種類の美が存在していて、そのきらめきを感知すると思わず足が止まってしまう。その正体が何かを見極めたくなる。どうやら自分は、そういう人間らしい——と、いまなら言語化できるが、当時は自分の気持ちがよく判《わか》らなかった。判らないままふらふらと、渉は十代を何にも打ち込むことなく過ごした。

野球を見はじめたのは、大学生のころ。当時付き合っていた彼女の影響だった。

初めて訪れた湘南スタジアムで、渉は野球に衝突した。激突といっていいほどの、強烈な体験だった。

ピッチャーが投げた球が、線を引くようにキャッチャーミットに収まり、乾いた音を立てる。バッターが打った打球が、球場の上段まで高い放物線を描いて届く。内野陣のフォーメーションが、機械のように精緻《せいち》に動く。

こんなものがあるのかと思った。野球の試合には、時折息を呑《の》むほどの美しい瞬間が現れる。それは、野球をやることでしか表出しない美だ。渉の目は、その輝きに釘づけになった。

渉は、球場に通い出した。

就職してからは頻度が上がり、週に一、二度見に行くことは当たり前になっていた。入った会社が人間関係・業務内容ともにストレスフルで、現実逃避を求めていたこともあるのだろう。渉は野球にのめり込み、出張に行くたびにその土地の球場に足を運ぶようになった。生まれて初めて、夢中になれるものを手に入れたのだと思った。

何ごとも集中してひとつのことに打ち込んでいると、次第に見えてくるものがある。渉に見えてきたのは、野球の美醜についてだった。

ピッチングフォームでもバッティングフォームでも、美しい選手と醜い選手がいるのだ。これはいわゆる〈正しいフォーム〉であるか否かではない。変則的なフォームでも美しい選手はいるし、教科書に載るようなフォームでも醜い選手はいる。この違いは、どこから生まれるのだろう。調べた限りでは同じようなことを唱えている人はおらず、渉は自分の感覚に興味を覚えた。

湘南ウェイブスに、町田光《ひかる》という投手がいた。

サウスポーで、当時のウェイブスのエースだった。もっとも美を感じる投手のひとりで、スリークォーター気味の左腕から投げられるスライダーの軌道は、一流の画家が描いた線のように優美だった。

そんな彼のフォームが、あるころから醜くなったのだ。

そのころの町田は、新しい球種としてシンカーを投げはじめていた。三十歳を迎え、球速が落ちていたこともあるのだろう、スライダーとは逆方向に曲がる変化球を習得してピッチングの幅を広げようとしていたのだろうが、町田のフォームは徐々に醜いものとなっていった。少しずつ落ちていた成績はそのころから急降下し、町田は三十四歳でトレードに出され、二年後に引退した。

美醜と成績には、相関がある。

ある日、そのことに気づいた。美しさを増していく選手は、それに伴って成績も上がっていき、醜くなった選手は成績が悪化して消えていく。どうやら自分が感じる美醜は、そのまま選手としての輝きに影響しているらしい。

感覚が研ぎ澄まされていくにつれ、徐々に〈予知〉もできるようになった。選手がどういう球種を覚え、どういう打撃フォームになれば、より美しくなるのか。〈予知〉通りの進化を選手がしたときは、飛び上がるほどに嬉《うれ》しかった。

やがて渉は、観戦記を動画サイトに投稿するようになった。美醜を基軸に独自理論を展開するユーチューブチャンネルは人気を博し、プロ野球選手から〈見ています〉と書かれるまでになった。渉はアマチュアの野球評論家として、有名になっていた。

湘南ウェイブスから、スカウトにならないかと打診があったのは、そんなある日のことだった。


外回りを終え、湘南ウェイブスのオフィスがある関内《かんない》へ向かう。

会議室に入ると、ちょうどスカウト部の会議が行われるところだった。渉が入室すると、ロの字に組まれたテーブルで談笑していたスカウトたちが、ぱたりと会話をやめる。

スカウトはほとんどが元プロ野球選手で占められていて、渉のようなケースは異例中の異例だ。入団して五年も経《た》つのに、いまだに体内に侵入したウイルスのように、異物として扱われる。

空いた席に座っていると、五十嵐スカウト部長が入ってきた。会議がはじまる。

「来月はドラフトだ。今日はみんなから意見を聞き、集約して権田さんに伝えようと思う。各自思ったことを言ってくれ」

一九九〇年まで〈ドラフト外入団〉というものがあったが、現在日本の球団に入るには、必ずドラフト会議で指名される必要がある。各球団のスカウト部は毎年二百から三百人の候補生をピックアップし、一年かけて六十人ほどに絞り込んでいく。ドラフトの当日は他球団の動向を見ながら、リストの中から指名をしていくのだ。

湘南ウェイブスのスカウトは、十人。日本を十のエリアに分け、ひとりひとつを担当する。ドラフトで指名されるのは、七人前後だ。担当するエリアに優れた選手がいるかは運にすぎないが、その中から指名選手が出ないことは、一年の作業が無駄に終わることに等しい。

モニターに、左打席に立つ猪浦辰也が映し出される。今年の目玉のひとりで、評価は〈特A〉。一九〇センチある全身が鍛え上げられていて、サラブレッドのように見事だ。

「おおっ」

猪浦が内角低めの球を掬《すく》うように打ち、ライトスタンドにホームランを叩《たた》き込んだ。デッドリフト二百キロを上げるパワーを誇りながら、猪浦は関節が柔らかく、インサイドの球も肘を畳んで器用に打つ。紛れもない天才だった。

——ふん。

関西エリアを担当するスカウトが、自分の手柄のような顔をしているのが気に食わない。天才は発掘するものではなく、自然と発生してくるものだ。スカウトの能力など関係ない。

天才に出会っただけで何かをした気になっている意識の低さが、鼻についた。

何人かの候補生が映し出され、そのたびにスカウトが所感を口にする。一位は猪浦で確定しているとはいえ、二位以下は団子で、誰がどういう順番に指名されるかはまだ誰も知らない。

モニターに、柵山翔大が映し出された。

埼玉の小駒《こごま》高校に通う投手だ。思わず全身に力が入ってしまう。翔大は、今年の渉の秘蔵っ子だった。紛れもなく、渉が〈発掘〉した選手だ。

マウンドに立った翔大が、投球練習をしている。美しい。見惚《みと》れるほどの投手としての美が、十八歳の少年から立ち上っていた。

「柵山翔大か……」五十嵐スカウト部長が、思わせぶりにため息をついた。

「彼はたぶん、指名されないだろうな」

「はい？」

渉は思わず、立ち上がっていた。非難するようないくつかの目が、一斉にこちらを向く。

座らなければいけない。判っているのに、膝を折ることができなかった。

「翔大は、三位で行くという話だったはずです。指名されないって？」

「おい、興奮するな。そもそも三位で決まりなんて話にはなってないだろう」

「本人もくる気満々で、渋ってた親御さんともなんとか話がついたんですよ。どういうことですか」

「本当に話はついたのか？」

何を言われているのか判らなかった。テーブルにいる誰かが、嘲笑《あざわら》うように息を吐いた。

「返ってこないんだよ。調査書の返答が」

調査書の返答が、ない――？

想定すらしていない事態だった。

「調査書を送ったのに、一週間も返答してこない。柵山は、プロになるつもりがないんじゃないのか？」

2

ドラフト会議にかけられる選手には、条件がある。〈日本国籍を持っている〉か〈日本の中学校、高校、大学、これに準ずる学校や団体に在学した経験を持つ〉かだ。まれに中卒の選手が指名されることもあるが、実質的には高校卒業からドラフトが解禁されると言っていいだろう。

スカウトが選手を追いはじめるのは、それよりもずっと前だ。有力選手ともなると小学生のころからマークされていることも稀《まれ》ではない。

渉が柵山翔大に出会ったのは、彼が中学三年生のときだった。

翔大は当時、リトルシニアのチームに所属していた。渉がその試合を見に行ったのはただの気まぐれで、翔大はその日の先発投手だった。身長は一七七センチ程度、線も細い。左投手であるのは好材料だったが、練習で投げていた直球《フォーシーム》の速度も、目を見張るものではなかった。

試合がはじまり、渉はバックネット裏に陣取った。

異変を覚えたのは、三回表あたりのことだ。

スカウトの常として、渉はスコアブックをつけながら試合を見ている。三回表、翔大が先頭打者を三振に切り捨てたところで、渉は気づいた。ここまでの七アウトのうち、五つが三振だということに。

しかも翔大はフォーシームしか投げておらず、変化球はひとつもなかった。慌ててスピードガンを出して測ってみたものの、球速は百十二キロほどで、中学生としては平均的なものだ。そんな選手が、なぜか奪三振の山を築いている。

涉は、襟を正して翔大に向き合った。

そこで、彼が類《たぐい》まれな美を誇っていることに気づいた。

肩の可動域が広く、股関節も柔らかいのだろう。傾斜する上半身の真上から、すらりと長い腕が滝のように垂直に下りてくる。球速こそ平凡だが、球が打者の手元で伸びているようにも見えた。

——見つけた。

いまはトレーニング技術が発達し、球速を上げることは以前よりも容易になっている。だが、指先や身体の微妙な感覚は、教えることができない。線を引くような翔大のストレートは、天性のバランスから生まれるものだった。わずか百十キロの球が描く航跡に、プロの可能性がきらめいて見えた。

トランペットの音が、聞こえた。

気がつくと涉は、小駒高校の近くまできていた。

埼玉県の北部にある、進学校色の強い私立高校だ。吹奏楽部が活動しているのか、近づくにつれ様々な楽器の音が聞こえてくる。

〈小駒高校に行くのかい?〉

くだんの試合のあと、涉は翔大に話しかけ、顔見知りになった。スカウトはアマチュア選手との接触が禁じられているが、短い時間の立ち話程度は黙認されている。中学三年の夏ごろ、翔大から進路について教えてもらったのだ。

〈小駒高校は、進学校だろう？　甲子園出場の目もない。もっと強豪に行って、才能を磨いたほうがいいと思うよ〉

〈強豪なんて、俺には無理っすよ〉

翔大は宇宙人でも見るように、目を丸くしていた。

〈大学行って、ちゃんとした会社に入れって、親にも言われてるんで。高校で野球をやるつもりは、ないんです〉

吹奏楽の音が響く中、渉は校門をくぐった。警備室に向かうと、若い警備員がすぐに入館証を用意してくれる。この高校にはさんざん通ったので、彼とも顔なじみだ。

「あのー……」警備員は、言いづらそうな表情になる。

「柵山くんは、もう帰りましたよ」

「は？」

渉が誰を目当てに通っているのかも、当然把握されている。

「帰ったって……今日、野球部は練習でしょう？　練習道具を取りに行ったとか？」

「いやあ、そこまでは判りませんけど。まだ戻ってきてはないですよ」

「ほかの出入り口から入ったということはありませんか」

「うちは正門しかないですからねえ。塀を乗り越えて入ることはできますけど……」

涉は入館証を首から下げ、走るようにグラウンドに向かった。

高校野球では夏の甲子園が終わると代替わりが行われ、秋季大会から二年生と一年生による新チームになる。三年生が引退する学校もあるのだが、小駒高校はそのあたりは緩やかで、去年までは練習の手伝いや自身のトレーニングに顔を出す選手がかなりいた。翔大は、ドラフトでの指名を間近にしているのだ。練習をしていないのはありえない。

「やあ、高梨さん」

グラウンドにたどり着くと、監督の樋口《ひぐち》が出迎えてくれた。でっぷりと膨らんだ腹をしているが、まだ三十代前半と若い。

翔大は、いなかった。それどころか、三年生がひとりもいない。去年までは見られなかった光景に、涉は啞然《あぜん》とした。

「ああ、三年生は、全員帰りましたよ。事前に連絡をくだされば、お伝えしたのに」

「帰ったって……なぜですか」

「学校から通達があったんですよ。今後公式大会に出る予定がない三年生は、部活動に出ないようにって。いままでにもルールはあったんですけど、それを厳格に運用しようという方向になっていまして」

「まさか。翔大も、それに従って帰ったんですか？」

「まあ、この時期の三年生は、受験とか色々ありますから」

「受験もクソもない。あいつはプロになる男ですよ？　この時期にダラダラしてしまったら、春のキャンプで痛い目を見ます。才能のある人間に練習をさせるのは、指導者の責務でしょう」

樋口はさすがに面食らったようだった。彼とこんな険悪な雰囲気になるのは、初めてだ。

「でも……三年生が部活を解禁されても、翔大はこないと思いますよ」

「なぜですか」

「お父さんのこと、聞いてないんですか」

「何のことですか。知りませんよ」

「お怪我《けが》をされたんですよ。会社のほうで事故があって。入院してるから、放課後になるとお見舞いにいってるようですよ」

「事故……？　どんな事故ですか」

「すみません、あとは個人情報なので、ここまでで。失礼します」

樋口はグラウンドに戻り、シートノックをはじめる。

チームの雰囲気が、別物かと思うほど緩んでいる。

翔大がいなくなったからだ。エースで四番としてチームを引っ張ってきた彼がいなくなったことで、一気にチームは弛緩したのだ。皮肉なものだ。翔大のいないグラウンドに、彼の強烈な存在が漂っている。

渉は、翔大に電話をかけはじめた。スカウトが選手と連絡を取るのは問題になりかねないので、電話など一度もしたことがない。試合で彼がいいピッチングをしたときに〈素晴らしかったよ〉などとメールを送っていただけだった。

スマホを握りしめる。祈りながら、呼び出し音を聞く。

電話は、つながらなかった。

3

翔大が高校一年生のとき、渉は、彼を動作解析の業者につれていった。〈甲子園なんて考えていない〉〈俺がプロなんて、ありえないっす〉。そう言っていた彼を口説き落とし、業者の練習場に連れ出したのだ。

〈素晴らしいですね〉

翔大の投球動作を解析してくれた担当者が、分析データを見ながら言っていた。

〈フォーシームの回転数が二千二百前後。これは紛れもなくプロ野球選手の水準です。何よりも素晴らしいのは、回転軸が完璧《かんぺき》に水平なことです。まだ彼は身体ができていません。球速と回転数が今後上がっていけば、ストレートだけで銭が取れる投手になりますよ〉

近年の野球では、球速と同時に〈回転数〉と〈回転軸〉——要するに球の質が可視化されるようになり、重要度を増している。バックスピンの量が多く、地面と平行するような回転をかけられる投手は、質のいいストレートの投げ手として活躍する傾向にあるのだ。翔大はその感覚を持っている。天性のフォーシーム・ピッチャーだった。

最大の問題は、彼の性格だった。いくら才能を持っていようと、強いモチベーションを持っていなければプロのユニフォームを着ることなどできない。

渉はいままで、潰れていく選手を大勢見てきた。

潰れるまでの経緯は様々だが、彼らに話を聞いてみて共通していたのは、〈自分を諦めた〉ことだった。自分は駄目だ、自分は通用しない、自分には才能がない、自分の未来は暗い……人間は根本的な自信を失うことで、すべてが崩壊する。

〈深く、昏《くら》い穴が見えた〉

そんな証言をした人間も、ふたりいた。自分が決定的に自信を失ったときに、目の前に真っ黒な穴が現れたのだという。ふらふらとそこに引き寄せられ、ふたりは穴に落ちた。その瞬間気力が失われ、二度と戻ることはなかったという。

翔大に必要なのは、自信だった。〈君は天才だ〉〈野球をやることは好きなんだろう？　より高いレベルでやれば、より好きになるよ〉〈俺が必ずドラフトにねじ込む。信じてくれ〉。よ

渉は強い言葉をかけ続けた。彼の根底に自信の種を植え、育てることが何よりも大切だと思

ったのだ。

翔大は徐々に変わっていった。グラウンド上での真剣さは目に見えて増し、ときには闘志をむき出しにして上級生に食ってかかるような姿を見せることもあった。練習量も増え、ときにはオーバーワークではないかと思うほどにバットを振り、走り込む姿も見えた。

彼が二年生の、秋季大会。

翔大はすでにエースで四番打者になっていた。ストレートの球速は百三十キロまで上がり、地方予選レベルではほとんどバットがボールにかすらないほどの投手になっていた。

チームは創部史上初のベスト八まで勝ち進み、甲子園優勝経験もある高徳《ごうとく》高校と対戦して敗れた。試合終了後にベンチで泣き崩れる翔大の姿を見たときに、渉は、彼が湘南ウェイブスの門を叩くことを確信した。

だが――。

「お疲れさん」

球団オフィスの狭い談話室に、権田茂が入ってきた。渉は、反射的に直立不動になる。

権田茂ゼネラルマネージャーは、渉を勧誘した張本人だ。湘南ウェイブスの元ピッチャーで、かつて禁忌とされていたウェイトトレーニングに積極的に取り組み、沢村賞も受賞した名選手だ。引退してからはウェイブスの監督に就任し、球団史上唯一の日本一に導いて正力《しょう》松太郎《りきまつたろう》賞も取っている。

監督をやめてから二十年、低迷する湘南ウェイブスの再建を託され、裏方のトップであるGMに就任した。新しい人材を登用しはじめ、畑違いの渉に声がかかったのもその一環だ。

「柵山翔大、飛んだんだって？」

今年で七十六歳を迎えるのに、声には張りがある。

「調査書の返信もないし、連絡もつかない。うちにはくる意思がないと見なしていいか？」

プロ野球ではドラフト会議の二ヶ月ほど前から、指名する可能性がある選手に対し〈調査書〉という質問リストを送付する。〈あなたを指名することを検討しています、つきましてはあなたについて教えてください〉という誘いであり、返送をもって入団意思ありと見なす。

「判りません。いま、確認を取っているところです」

「柵山は三位までに指名してほしい。そう言ってたな」

「はい」

「ドラ三は、北堀《きたぼり》で行こうと思ってる」

頭を殴られたようなショックを受けた。

北堀浩介《こうすけ》は、四国担当の町田スカウトが推している、独立リーグの遊撃手だ。守備の上手《うま》さに定評があり、打撃に開眼すれば、ショートのレギュラーに長年恵まれていないウェイブスにとって大きな戦力になる。

渉は、翔大をドラフト三位で指名することにこだわっていた。

入団時の順位は大切だ。下位指名から這《は》い上がってくる選手もいるが、上位であればあるほど、与えられるチャンスの量は増える。一位は猪浦で決まっており、二位にねじ込むのも難しい。現実的なラインとして、三位を狙っていたのだ。

「北堀は、もっと下位でも取れるでしょう」恨み言めいた口調になってしまう。

「うち以外はマークしていない選手です。四位でも五位でもいいはずです」

「柵山もそうだろう？　下位指名でも充分に取れる」

「彼の親は、息子をプロ野球に入れることに不安を感じています。下位指名だと、拒否される恐れがあります」

「調査書の返答がない時点で、入団拒否されているようなもんだがなあ」

権田はするりと渉の言葉をかわしていく。議論に引きずり込むことすらできない。虚《むな》しい。

翔大を追いはじめて、三年。渉が発見し、大切に温めてきた卵だったのに、孵化《ふか》する直前に割られて無に帰そうとしている。これまでの労力はなんだったのか。蝕むような虚無感が、全身に染み出していた。

「おかしいと思わないか」

不意に、権田が呟いた。

「柵山に何かを囁《ささや》いている人間がいる。そんな気配を感じる」

「昔も、ウチと相思相愛だった選手が、直前になって翻意したことがあった。そのときは他球団のスカウトが秘密裏に接触し、囲い込みをしていた」

「まさか。翔大の周囲で、おかしな人間の影など見たことがないですよ」

「二十四時間張りついていたわけじゃないだろ？　いいスカウトは、隙をつくのも上手い」

確かにそういう可能性はあるが、渉は翔大を信じていた。他球団から何を言われても、翔大は裏切ったりはしない。恩義を大切にする人間だという確信がある。

権田が突如、立ち上がった。渉も慌てて腰を上げる。

「調査書の返答がない限り、柵山は指名しない」

権田の眼光が鋭くなっている。

「スカウトの仕事は、選手を発掘して点数をつけることだけじゃない。選手の懐《ふところ》に飛び込んで、誘拐するように引っ張ってくる。荒っぽいことが求められる場合もある」

渉は、息を呑んだ。

なんとしても返答を書かせろ。そうすれば指名を考えてやる——権田は、そう言っている。

「まあ、ドラフト会議は水物だ。当日、監督や社長の気まぐれで、すべてがひっくり返ることもある」

「判ってます」

「囁く？」

「俺がひっくり返すこともある。ドラフトは野球そのものだ。筋書きのないドラマなのさ」

肩を叩かれる。かつての大投手の手は、岩のように無骨だ。

＊

猪浦辰也の抽選を、ウェイブスは外した。

よりにもよって同じリーグの強豪・東京クラウンズに引き当てられるという最悪の結果で、控え室の空気は通夜のようだった。

テレビ画面では、クジが開かれる瞬間の猪浦の様子がリピートされている。〈意中の球団はない〉と繰り返し言っていた彼は、東京クラウンズの小田《おだ》監督が手を上げた瞬間、抑えきれないように拳を握った。

「日本のプロ野球も、早く完全ウェーバー制にしろってんだよ」

町田スカウトが悪態をつく。ウェーバー制とは、前年の下位のチームから順番に選手を指名していく制度だ。日本のドラフトは一巡のみクジ引きが導入されていて、戦力均衡よりエンターテインメント性が優先されている。

「弱いチームがいい選手を取れなきゃ、いつまでも弱いままじゃねえか。メジャーを見習えってんだよ。ほんと、真似しなくていいところだけアメリカの真似をして、肝心なところは真似しない。どうなってんだかな」

「でも、完全ウェーバー制も、問題がありますよね」

渉が言った瞬間、控え室の空気が冷え込んだ。町田がじろりと睨《ね》めつけてくる。

「何がだ。クジ引きのほうが盛り上がるとか、ミーハーなことを言うつもりか」

「盛り上がるのは事実です。ファンの楽しみが増えるのはいいことですよ」

「結果的に戦力の均衡が上手く行われない。ファンの最大の楽しみは、応援してるチームが優勝することだろ。ウチが何年、王座から遠ざかっていると思ってる」

「ウェーバー制にすると、最下位のチームから順に指名権が与えられます。メジャーリーグではシーズン終盤になると、ドラフト指名権欲しさにわざと負けに行くチームが増えて、問題になってます」

タンキングと呼ばれる行為だった。敗退行為ほど、ファンが冷めることもない。

「それにメジャーも戦力均衡なんかできてないです。FA、トレード、ポスティング……補強の方法はドラフト以外にも色々あります。ウェーバー制にすれば解決するかというと、限界があると思いますよ」

町田は黙り込んでしまった。控え室の空気は、痛いほどに険悪なものになっている。渉は、自分が平静でないことを自覚した。同僚を論破して顔に泥を塗るなど、何の意味もない。

自分が異物であることを、こういうときに思い知らされる。特に町田スカウトに関しては、かつて渉が自身のチャンネルで失敗例として評論してしまったこともあり、渉を目の敵《かたき》にしているところがあった。

だが、元プロ野球選手である彼らと渡り合うには、同じやりかた、同じ考えかたをしていては駄目なのも確かだ。彼らに対抗するには、少しでも新しく、正確な知識を得ていなければならない。自分なりのやりかたを見つけなければ勝ち目が生まれないのは、選手もスカウトも同じだ。

会場のモニターに、目をやる。

猪浦を外したウェイブスは、外れ一位で別の選手を指名して交渉権を得た。順位はひとつ繰り上がり、三位指名する予定だった選手を、二位で指名することになる。

「第二巡選択希望選手……」

アナウンサーの声が響き渡る。翔大が読まれる可能性のある二位指名の読み上げが、はじまっていた。

4

〈高梨さん〉

翔大が深刻な顔をして聞いてきたのは、一年生の秋季大会が終わったあとだった。県内最強の高徳高校を相手に六回4失点、先発投手としては失敗の数字だったが、進学校の一年生としては大健闘と言ってよかった。

〈高徳に勝つには、どうすればいいと思いますか〉

硬い言葉の中から、翔大の闘志が感じられた。

小駒高校には、まともなトレーニング環境がない。

監督の樋口は元ラガーマンで、野球経験は草野球のみ。コーチはOBがやってきて代わる代わる教えているだけで、漏れ聞こえてくる指導内容はめちゃくちゃなものだった。もともとプロ野球を目指すような才能が入る部ではないのだ。

〈スプリットを覚えたほうがいい〉

長年鍛え上げた〈予知〉の能力が、囁いていた。

〈スプリットは、速い球速のまま打者の手元で落ちる変化球だ。君はストレートがホップするようにノビてくるから、同じ腕の振りでボールを下に落とせるようになれば、強力な武器になる。いまは優れた動画や書籍がたくさんある。それらを見て研究するといい。身体に負担をかけない範囲で、少しずつな〉

スカウトが候補生に指導をするのは、日本学生野球憲章によって禁じられている。

だが渉は全国を歩いている中で、指導者に恵まれず、せっかくの才能を活かせないまま消えていく選手が多いことに気づいていた。同時に、プロ野球出身のスカウトが彼らのことを見逃しているケースが、あまりに多いことにも。

背が高い。パワーがある。足が速い。速いフォーシームや変化量の多いスイーパーを投げることができる。

元競技者には〈才能への憧れ〉があると、渉は感じていた。同世代のスターに憧れ、嫉妬してきたからこそ、綺羅星《きらぼし》のような天才に目を引かれやすい。〈観戦者〉である自分は、そうではいけないと感じた。独自の審美眼で、埋もれている才能を見つけなければならない。往々にしてそういう選手は、環境を持っていない。彼らに武器を授けることも自分の役割だと、確信していた。

三年生の春季大会、小駒高校と高徳高校の試合が、ベスト十六で組まれた。

結果は6対1で高徳高校の勝利だったが、翔大は七回を投げて10奪三振、被安打4、2失点、それも味方のエラーに絡んだ失点だった。スプリットがよく決まっており、高徳のバットは面白いように空を切っていた。

思い出しながら歩いていると、再びトランペットの音が聞こえてくる。二日ぶりに、渉は小駒高校を訪れていた。

「柵山は、今日は休みです」

グラウンドに行くと、二年生以下の新チームが練習をしていた。樋口監督はうんざりしたように言ってくる。

「お父さんが退院されるとかで、病院に付き添いに行ってます。学校自体、きていませんよ」

肩を落としそうになる。一連の問題が起きてから、翔大に会うことができていない。

翔大の父、柵山繁文《しげふみ》は大工だった。現在は高台《たかだい》建設という大手建設会社に籍を置いている。〈日本一の職人集団〉を標榜《ひょうぼう》している会社で、優秀な職人を多く雇用しているという。

〈あいつを野球選手にするのは、俺は反対だ〉

繁文とは一度、立ち話をした。彼は息子の試合を見にこない。翔大の家の前で、少しだけ話すことができたのだ。

翔大の家は、ここから歩いて十分ほどのところにある。大きなセントバーナードを飼っていて、前に小駒高校を訪れたとき、彼が犬の散歩をしているところにつきあたったのだ。ヤスという人懐っこい犬で、翔大が毎日散歩をしているのだそうだ。

話しながら歩いているといつの間にか柵山家の前にきてしまい、そこで繁文に出会った。

〈俺はあいつには、安定した人生を歩んでほしいと思ってる〉

翔大が家に入ったあと、忠告するように言われた。

〈プロに入っても、通用しなくてすぐにクビになる選手のほうが多いだろ？　そういうときにおたくらはろくなフォローもしてくれないだろう。高卒で野球しか知らない男がいきなり

社会に放り出されて、やっていけると思うか？〉

折しも、他球団から戦力外通告を受けた二十五歳の若者が、強盗で逮捕されたニュースが流れていたころだった。犯罪者にまで身をやつすケースは少ないが、プロ野球選手の多くがセカンドキャリアに苦しんでいるのも事実だ。

〈一度だけだ〉繁文は言った。

〈あいつとは、一度だけだと約束した。今年ドラフトで指名されなければ、あいつは大学に行く。野球はもうやらない〉

繁文はもともとフリーランスの大工だったが、三十歳を過ぎて息子が生まれたあたりで、高台建設に就職したそうだ。安定した収入を持つことの重要性を、身に沁《し》みて理解しているようだった。大学に行って、普通の会社に入ってほしい――彼にとって渉は、息子を地獄に引きずり込むメフィストフェレスなのかもしれない。

高台建設の現場で事故が起きたことは、新聞記事になっていた。

二週間前、とある建築現場で移動式クレーンの荷が落下し、地上にいた高台建設の作業員三人が怪我を負った――というものだった。怪我人の名前は出ていなかったが、そのうちの一名が繁文なのだろう。

この事故があってから、翔大には一度も会っていない。彼の変節と、何か関係があるのだろうか。

「樋口監督」今日は、もうひとつ聞かなければならないことがあった。「私以外のスカウトが誰か、接触しているということはないですよね」

「はい？」

樋口は、きょとんとした表情で言った。

「柵山のもとに、誰かきたかということですか？　いえ、心当たりはありませんが」

「そうですか。ならいいんですが」

失礼と言い、樋口はまたノックへ向かってしまう。渉は、踵《きびす》を返した。

――きてるな。

渉の観察眼が、そう囁いていた。樋口の様子に変わったところはなかったが、言葉にできない微弱な違和感が漂っていた。

渉は、警備室に向かった。「もうおかえりですか」と警備員が迎えてくれる。

「すみません。少し伺ってもいいですか」渉は、スマホを出した。

「いまからお見せする人がここを訪れたか、教えていただけませんか」

「はい？」

写真を表示し、警備員に見せる。

「この人、ここにきていませんか」

「すみません、ちょっとそういう質問には……」

「これは、ただの独り言です。あなたには話しかけていない」

「はい？」

「この学校に、他球団のスカウトがきている可能性があります。柵山翔大は私が惚《ほ》れ込んで、三年以上も追いかけてきた逸材なんです。他球団にさらわれたくない。誰かに助けてほしいと思っています」

警備員の目を覗《のぞ》き込んだ。彼とも長年友好的な関係を築いてきた。きっと協力してくれる。

渉は、スマホの操作をはじめた。

表示されているのは、他球団のスカウトだった。関東エリアを担当しているスカウトは全員顔見知りで、いままで撮影してきた膨大な選手の写真の端々に映り込んでいた。それらをトリミングして、スマホに入れてきたのだ。

ひとりひとり、スマホをスワイプして彼に見せていく。警備員は見るともなしに見ているが、反応を返してこない。

ある一枚がきたところで、彼の身体がぴくりと固まった。

画面を見たところで、渉は背筋がこわばるのを感じた。

警備員の目を覗き込み、目で問いかける。この人ですか？　警備員は、パチパチと瞬《まばた》きを繰り返した。肯定の合図だった。

――最悪だ。

絶望的な気分になる。この男なら、渉の目を盗んで翔大に接近することも容易《たやす》いだろう。

ライバルである東京クラウンズの、名物スカウトだった。

亀井均《かめいひとし》。

＊

「第二巡選択希望選手……大阪。木島宗一郎《きじまそういちろう》。投手。山梨平成高校」

同僚の唸《うな》り声が控え室に響く。木島はウェイブスもピックアップしていた選手だったが、これで指名はできなくなった。選手たちの人生にとって、恐らくはもっとも重要な瞬間のひとつが、毎分のように現れては消えていく。ドラフト会議とは、なんと重たく、因果なものだろう。

会議では一巡のみ一斉に指名が行われるが、二巡以降は前年最下位から順に指名を行うウェーバー方式となり、指名した選手の交渉権が即確定される。狙っていた選手を直前でかっさらわれることもあり、そのときの悔しさは筆舌に尽くし難い。

正面の町田スカウトが、身を硬くしているのが判る。

彼にとっても、担当の北堀浩介が指名されるかは運命の分かれ道だ。いつもは会話の輪に積極的に加わっていく男が、唇を引き結んだまま黙っている。

目が合った。

その瞳には、何の色も浮かんでいなかった。スカウトの目だ。長年この因果な時間に傷つき続け、もはや何も期待していない。

渉は、両手を握りしめた。

――翔大が、指名されますように。

あえて反対のスタンスを取ることにした。町田が期待を捨てるなら、自分は思いきり期待してやる。異分子が生きていくには、子供じみた意地を通すことも必要なのだ。

「第二巡選択希望選手……湘南」

控え室が静まり返った。世界から音という概念が消えたのではないかと思うほどの、深い静寂だった。

「北堀浩介。内野手。高知スキップジャックス」

バン！　と音がした。

町田が両手でテーブルを叩く音だった。その手を高く掲げ、ガッツポーズをする。

再び、何も聞こえなくなった。視界が歪み、深い海の底に引きずり込まれるような気がした。

5

渉が向かったのは、〈42〉という名前のダイニングバーだった。黒人野球選手の道を切り開いたジャッキー・ロビンソンの背番号から採られた店で、カウンターとテーブル合わせて二十席ほど、入ると正面のモニターで往年の名試合を流している。

カウンターの奥に、ひとりの男が座っていた。客はまばらだ。渉はまっすぐに、男の隣に腰を下ろした。

「亀井さん」

亀井均は、ウィスキーのグラスを持ったまま、目を閉じている。近くから話しかけられても、微動だにしない。

亀井さん――と、もう一度話しかけようとしたところで、亀井は目を開けた。「高梨か」と呟く。

「なんとなく今日、お前に会うような気がしてたよ」

「行きつけの店にまで押しかけてしまい、すみません」

「いい店だよ。野球とスコッチは、よく合うんだ」

亀井均、四十八歳。

東京クラウンズの元外野手だ。決して一流の選手ではなかったが、平均寿命が四年から五年といわれるプロ野球において十二年間現役を続け、三百安打を放って一億五千万円を稼いでいるので、そこそこ成功した部類だろう。だが彼の本領は、引退後にあった。

父は亀井誠《まこと》。〈球界のすっぽん〉と呼ばれた名物GMで、大物新人の獲得や大型トレードを次々と成立させ、八〇年代から九〇年代のクラウンズ黄金時代を支えた。だがその手法はダーティーで、栄養費という名の裏金を配る、選手の親の借金を球団で肩代わりする、選手をドラフト前にクラウンズの関連企業に就職させて抱え込むなど、反則すれすれのものが多かった。

そのころに比べて、いまのドラフトはかなりクリーンなものになっている。だがそんな時代にあっても、異端はいるものだ。亀井均は父親譲りの強引な手法を取ることも多く、毀誉《きよ》褒貶《ほうへん》の激しいスカウトだった。

「いい時代だったナア」

モニターには四対三の画角の映像が映し出されている。九〇年代前半ごろの、東京クラウンズと大阪ドッグスの東西対抗戦のようだった。

「クラウンズが球界の盟主として輝いていた、最後の時代だ。テレビで毎日ナイターが放送されていて、国民の二十パーセントが見ていた」

「それを言うなら、私は残りの八十パーセントでしたね。試合が延長されるとあとの番組が延びたりするから、いい迷惑でしたよ」

「迷惑をかけても許されるくらい、大きなパワーがあった。面白い時代だったよ」

亀井はこの〈42〉に入り浸っているのだと、同業者に教えてもらった。毎晩のように昔の野球を眺めては、静かに酔っているのだと。かつて隆盛を誇ったクラウンズも、このところはいまひとつ戦果を上げ切れていない。

「迷惑なら、いまもかけてるじゃないですか」

棘《とげ》のある声になってしまう。亀井はこちらを見ようともしない。

「翔大に、何を吹き込んだんですか」

化かし合いを生業《なりわい》とするスカウトマンに――それも亀井均という異端に、こんな質問をぶつけても意味はない。だが愚かしいと判っていても、正面から門を叩くことしかできない。

亀井は狙った選手に食いつき、ありとあらゆる手段でさらっていく。選手にメジャー挑戦を表明させてから指名する。自前のメディアに〈クラウンズ以外は入団しない〉と書かせる。女子アナウンサーやアイドルとの飲み会をセッティングする。家族親戚の会社に仕事を発注する。利益供与が禁止された時代にも寝技を使うことはできる――それを証明するかのように、亀井は暗躍している。ただし、どれも彼の仕業であるという確証はない。絶対に尻尾《しっぽ》を摑《つか》ませないあたりも、亀井の底知れなさだった。彼が父の時代に生まれていたら、〈球界のすっぽん〉を超える業績を叩き出していたかもしれない。

「何のことだ？　翔大？」

「とぼけないでください。あなたを小駒高校で見たという証言があるんです」

「見間違いだろう。こんなつまらない顔の人間は、いくらでもいる」

「翔大と何を約束したんですか。引退後の就職先ですか」

東京クラウンズは球界屈指の人気球団で、出身であることに高いブランド価値がある。関連企業も多く、引退した選手を手厚くサポートすることでも有名だ。

翔大の父は、息子の安定した人生を望んでいる。亀井はそれを察知し、手を突っ込んできたのではないだろうか。彼ならセカンドキャリアを保証することなど、容易いだろう。

「うちは翔大を、三位で行きますよ」

亀井はモニターに目をやっていて、こちらを見ようとしない。

「翔大にちょっかいをかけても無駄です。クラウンズさんがそこまで高い評価をつけているとは、思えない。残念でしたね」

「なら泰然としてりゃいい。権田さんが、いい順位で指名してくれるといいな」

この野郎――。

翔大が調査書の返答をしていないことを、知っている節があった。むしろ、調査書を出させないように誘導しているのは、亀井なのではないか。

「手を結びませんか」

亀井の目が、興味深そうに光を放った。続けろと、顎で促してくる。

「今年の翔大は譲ってください。あいつには思い入れがあるんです。目の前であなたにさらわれるのは耐え難い」

「それで？」

「翔大と手を切っていただければ、来年、私が独自に注目している選手の情報を渡します。もちろん全員というわけにはいきませんが、掘り出しものは何人かいる。どうですか」

「お前、まだ気づいてないのか」

亀井は面白がるように笑った。

「何がですか」

「お前に教えてもらわずとも、お前の尻を追いかけてれば充分なんだよ。情報の遮断とか、そういうことも覚えないとな、オールドルーキー」

すっと、背中に冷たいものが走った。

亀井がなぜ翔大に目をつけたのか、不思議だったのだ。翔大に注目しているスカウトなど、自分以外いないはずだった。

亀井が注目していたのは、自分だったのではないか。自分のあとを追い、柵山翔大という少年に執着していることを知った。そして、手を突っ込んできた——。

怒りが込み上げてきた。亀井に対するものなのか、自分の間抜けさに対するものなのかは、判らなかった。

「このピッチャー――」ふと、亀井がモニターを指差した。

「どう思う。お前の目から見て」

このころのクラウンズのユニフォームは背番号だけが大きく刺繍《ししゅう》されていて、選手名がない。38を背負った投手が誰なのか、渉には判らなかった。

「……投球間隔が、速いです」

気分を落ち着けながら言う。背番号38はキャッチャーの返球を受けとったらすぐに振りかぶり、ポンポンと球を投げ込んでいる。高校野球並みのテンポの速さだ。

「かなり勝ち気な投手に見えます。さっきからちらちらと見ていましたが、フォーシームの割合、七割を超えているんじゃないですか。打てるものなら打ってみろ――そう言っているようです」

「鹿島《かしま》という投手で、俺の先輩だ。俺はこの年に新人で、二軍にいた。いまお前が言ったことは当たっているが、半分は間違いだ。鹿島さんはいつもは投球間隔が長く、カーブとチェンジアップ主体の技巧派だった」

「モデルチェンジを図っているんですか。ハマってるみたいですね」

試合は九回表に入っている。奪三振こそ6しか取っていないが、被安打2、四死球に至ってはひとつも出していない。ほぼ完璧な投球内容だった。

「素晴らしいだろ。だけどな、この試合は、彼にとって現役最後のマウンドになったのさ」

「何かこのあと、アクシデントでも起きたんですか」

「いや、何も。鹿島さんはするすると完封して勝利投手になった。ところがこの翌週に二軍に落ち、もう上に呼ばれることはなかった。翌年に、体力の限界を理由に引退している。最後のマウンドが完封だったことは当時少し話題になったが、すぐに何も言われなくなった。二流選手の引退なんてそんなもんだ」

亀井が、モニターを見ながら問いかける。

「クイズだ。鹿島さんが引退に追い込まれた本当の理由は、何か」

「正解できたら、なんなんですか」

「お前の望みをひとつ、聞いてやるよ」

「二言はないですね」

亀井が頷《うなず》くのを見て、渉はモニターに向き直った。

九回表、一死。

鹿島の投球で真っ先に目につくのは、やはり投球テンポの速さだ。余計な外し球を投げることもなく、ストライクゾーンにどんどんストレートを放り込んでいる。

だが、渉の目から見て、そのフォームは美しくはなかった。全身の動きがちぐはぐで、歯車の噛みあっていない機械を無理やり動かしているような印象を受ける。

鹿島は、普段のスタイルとは全く違う投球をしているらしい。完封できたのは、相手がそれに対応できなかったからだろう。逆に言えば、対策が済んでしまえば、この程度のレベルの投手はプロでは通用しない。

「鹿島さんは、自信を失ったのではないでしょうか」

渉は、答えた。

「確かに勢いよく投げていますが、投げている球自体は決してよくありません。それでも完封できたというのは、いつものスタイルとあまりに違うため、相手が戸惑ったからでしょう」

「続けろ」

「鹿島さん本人も、自分の球がたいしたことはないと判っていたはずです。いまは上手くいっているが、次に登板したら間違いなく打ち込まれる。完封に抑えながらも、鹿島さんは自らの投手としての能力に限界を感じた。ならば最後は、有終の美を飾って引退したほうがいい——彼は自分を見限ったのではないですか」

「それがお前の答えか」

「違うんですか」

「お前は、選手を機能として見ているんだな」

どこか、失望したような口調だった。心の底を見透かすような亀井の目に、渉は怯《おび》えた。

「お前は、ほかのスカウトが気づかない才能を掘り出してくる名人なのかもしれない。ただ、選手は機能じゃない。血の通った人間なんだぜ」

「そんなことは判ってます。当たり前でしょう」

「鹿島さんはな、酒を飲んでたんだよ」

想定外の答えに、渉は耳を疑った。

「鹿島さんはこのとき、成績の下降に悩んでいた。プレッシャーから逃げるために、本番前に酒を飲んでしまったんだ。いつもと投球スタイルが違うのは、アルコールで気が大きくなってるからだ。完封したはいいものの、試合後に飲酒していることがばれて、懲罰として二軍行きを命じられた。そのまま引退だ」

「そんな話、聞いたことがありません……」

「この業界には、表に出ていない話のほうが多い。有終の美を飾って引退したい？　鹿島さんはな、最後まで一軍に上げてくれと言っていたよ。自分は新しいスタイルを見つけた、絶対に戦力になれるってな。彼が自分を機能として見ていたら、もう通用しないと判断して自分を見限っていたかもしれない。だけどな、たとえ気づいていたとしても、そんなもの見たくないし考えたくもないのが、人間ってもんだろ」

亀井は立ち上がった。財布を取り出し、五千円札をカウンターに置く。

「帰るんですか」

「もうおねむだよ。今日は鹿島さんのピッチングを見ながら、一杯やろうと思っただけだ。勘弁してくれ」

「翔大は、渡しませんよ」

「お互いに、いいドラフトになるといいな。なかなか楽しかったよ、ありがとう」

じゃあなと言い、亀井は去って行く。

モニターの中では、人生最後の登板を終えた男が、ヒーローインタビューを受けていた。

## 6

渉は、柵山家の近くにきていた。

〈42〉を出てから、ふらふらと導かれるようにここまできてしまった。すでに二十時を過ぎている。埼玉郊外の住宅街には家が点在しており、街灯も少ない。闇に身体を溶けこませるにはいい環境だった。

翔大の顔をひと目、見ておきたかった。いま彼がどういう状態なのか、自分の目で確かめたかった。

〈俺、プロ野球に行きたいです〉

三年生の春季大会、高徳高校を抑え込んだ翔大は、渉に初めてそう漏らした。

〈もっと高いレベルで野球をしたい。どこまで通用するか、試してみたいんです〉

淡々とした口調の中、闘志が静かに燃え上がっていた。長年口説き続けてきた相手が、やっとアプローチを受け入れてくれた嬉しさは、感じなかった。翔大をなんとしてでもドラフトにねじ込まなければいけないという責任感が、重くのしかかった。

——翔大は、俺を裏切ったりはしない。

このところ、何が起きているのかを探っているだけで、柵山翔大という少年と向き合うことができていなかった。彼がいま何を思い、何を感じているのか——彼をひとりの人間として見ることが、必要だと思った。

夜は深い。翔大が住む一軒家は、闇の中にぼんやりと浮かんでいるだけだ。このまま暗がりの中に身を潜めていれば、彼の顔を拝むことはできる。算段通りに事態は動いていた。

そのときだった。

背後から、犬が吠える声がした。

「待て、おい、ヤス」

男性の声と同時に、闇の奥から巨大なセントバーナードが現れた。以前一度だけ会った、翔大が連れていた犬だった。渉のことを覚えているようで、再会を喜ぶように尻尾をバタバタと振っている。

「高梨さん……？」

追いかけるように現れたのは、柵山繁文だった。

犬に見つかるとは、全くの予想外だった。いくら夜が深かろうと、犬の嗅覚の前では無意味だ。そんなことも思いつけないほど、いまの自分は鈍っているのだ。

「今日はお父さんが、犬の散歩をしているんですね……」

気まずさを隠すために、頭をかく。

「なんですかあんたは。なぜこんなところにいる」

「夜分遅くに申し訳ありません。仕事で小駒高校に伺っていたもので、その、少し」

「少し、なんですか」

「少し、翔大くんの顔を見たいと思っただけです。最近お会いできていないので。すぐに帰ります、失礼しました……」

頭を下げたところで、繁文の左手に巻かれた包帯が目に入った。見舞いのひとつでも持ってくればよかったと思ったが、あとの祭りだ。

心証は最悪だろう。ウェイブス入団の可能性は、さらに下がったに違いない。だが、すでにこれは負け戦なのだ。亀井にさらわれるところを、座して見ていることしかできない。

――俺がこの三年、どんな思いであんたの息子を追いかけてきたと思う。

捨て鉢な気分が、心の奥から湧いてきた。

「私は本当に、残念に思っています」

「何？」

「中学生のころから栅山翔大という才能に惚れ込んで、彼のために多くの時間を捧げてきました。それがようやく実りそうになったタイミングで、わけも判らず失おうとしている。本当に悔しいんです。湘南ウェイブスは、確かに弱小球団です。親会社からのサポートも薄い。でも私はこのチームを強くしたいと思って、長年働いてきました。ウェイブスのユニフォームを着た栅山翔大は、チームの中心選手になると確信していたんです」

ウェイブスのホーム・ユニフォームは、ライトブルーを基調にした爽やかなものだ。翔大の素朴な雰囲気とよく合うだろう――その姿を想像しただけで、涙がこぼれそうになる。

「翔大は、出かけている」

繁文は何の表情も浮かべていない。

「友達と出かけていて、何時に帰ってくるか判らない」

「どちらへ出かけているんですか」

「そんなこと、教えられるわけないだろう。申し訳ないが、帰ってくれないか。こんなところで待たれたら、近所に迷惑だ」

繁文はため息をついた。

「あんたの思い入れは判ったが、あいつはあなたには会いたがらないと思う。理解してくれ」

はっきりとした拒絶の言葉に、渉は頬を張られた気分になった。

「せっかくここまできてもらったんだから、本当は軽くおもてなしでもさせていただきたいんだが……申し訳ないな」

繁文は右手で猪口の形を作る。そこで、彼の口からアルコールの匂いがすることに気づいた。散歩前に晩酌でもしたのか、軽く酔っているようだった。直接的な拒絶の言葉が出てくるのは、そのためかもしれない。

「待たせていただこうとは思っていません。スカウトがこの時期に選手の家に上がるなど、判ったら問題になります」

「そうかい」

「失礼します。お騒がせしました」

渉は踵を返し、夜の闇に足を踏み出した。

事態はどんどん悪化している。

繁文と話してみて、水面下で話がかなり進行していることを思い知らされた。翔大は、自分に会いたがらない――はっきりとそう告げられた衝撃が、毒のように全身に回っている。

〈お前は、選手を機能として見ているんだな〉

亀井の言う通り、自分は、柵山翔大という人間を、機能としてしか見ていなかったのではないか。

機能として、〈観戦者〉として選手を見ることが、自らの強みだと思っていた。だがその結果、自分は追いかけてきた相手を失おうとしている。翔大が何を考えているのか、全く判らない。自分が人間として彼に寄り添うことができていなかったから、こんなことになっているのではないか。

翔大に会いたかった。彼はいま、どこにいるのか——。

ふと、渉はあることに気づいた。

繁文は、翔大が〈友達と出かけている〉と言っていた。

時刻は二十時を回っている。こんな時間に高校生が、どこに行っているのだろう。カラオケやアミューズメント施設の可能性はある。だが渉が見てきた栅山翔大という少年は、そんな場所で時間を空費したりはしない。

時間があったら、野球に注ぎ込む。それが栅山翔大だ。

渉は、駅に向かう足取りを、別の方向に変えた。

栅山家と小駒高校は近くにあり、このあたりは三年間さんざん通ったエリアだ。どこに何があるかは地図を見なくとも判る。長年に亘《わた》って見てきた栅山翔大という人間が、いまいる場所は——。

早足になった。道に街灯は少なかったが、どこを通ればいいかは頭に入っていた。

球音が、遠くから聞こえてくる。

金属バットが硬球を打つ、澄んだ音。投げられた球が空気を切り裂き、打たれたゴロが地面を叩き、放たれたフライがネットを揺らす。球音。野球というスポーツをすることでしか生まれない、音楽。

小駒バッティングセンター。

六つのマシンが置かれ、そのうちの二台は軟球ではなく硬球を投げる。リトルシニアの選手や高校球児御用達の、本格的なバッティングセンターだった。静かな夜、住宅街の中にあるバッティングセンターからは、断続的に野球の音が響いている。

一番奥のエリア。

柵山翔大が、そこにいた。

小駒高校の野球部員、四人のグループだった。翔大、三年生、残りのふたりは二年生だ。バッターボックスで打っているのは二年生の選手で、新チームで四番を打つであろうプレイヤーだった。

もうひとりの二年生がこちらに気づいた。慌てたように、翔大の肩を叩く。

翔大と、目が合った。

――疲れている。

翔大は、別人のように疲れ切っていた。素直で伸びやかだったはずの青年が、淀《よど》んだ湿地のような、じめじめとした雰囲気を放っている。

「何しにきたんですか」

突っかかってきたのは、三年生の部員だった。翔大とバッテリーを組んでいた捕手だ。

「こんなところまでショウを追いかけてきたんですか。こんな夜に」

「別に追いかけてきたわけじゃない。たまたま、ここにきただけだよ」

「もっとマシな言い訳してくださいよ。こんなとこ、たまたまくるような場所じゃないでしょう」

「おい、やめろ」

翔大がいつの間にか近くにきていた。捕手と自分の間に両手を入れ、距離を取ってくれる。

彼の左手を、久しぶりに見た。

翔大の指は、長くて太い。彼の球が高い回転数を誇るのは、身体の使いかたが上手いのと同時に、指が物体として強いからでもある。まっさらな手のひらにはゴツゴツとしたまめができていて、硬球を投げることに最適化されている。

投手の指だ。大勢のプロ志望者が欲しがってやまない、才能の結晶だった。その機能としての美しさを前に、自分が失おうとしているものの大きさを改めて突きつけられた気がした。

「ショウ、下がってろよ。ちゃんと言っとかないと、これからも付きまとわれるぞ」

「落ち着けって。この人はそんなことはしない」

「してるだろ。こんなところまできてんだぞ」

「とにかく、俺の恩人に絡むな。いい加減にしないとキレっぞ」

——恩人？

その言葉が、耳の中を駆け巡った。自分は翔大から、いまでも恩人だと思われているのか？

翔大は気まずそうに目を伏せている。球数を使い切ったのか、バッターボックスから二年生が出てきて、並んで遠巻きにこちらを見つめている。

翔大から、強烈な贖罪《しょくざい》の気持ちが伝わってきた。

このところ起きている一連の出来事に、翔大は苦しんでいるのだ。

——赦《ゆる》そう。

自然と、そう思った。

恐らく、彼が調査書の返答を書かず、自分と連絡すら取ろうとしないのは、彼の意思ではない。父親に従っているだけなのだろう。安定したキャリアを望む父親の意向に沿い、彼は仕方なくクラウンズを選択した。ウェイブスや自分を裏切ったのは確かだが、そこに強烈な罪の意識を感じている。

彼の表情を見て、これまでたまっていた怒りや苛立《いらだ》ちが、身体の中から消えていくのを感じた。赦そう。いまなら翔大を、諦めることができる。

「すみません。帰ります」

「ああ」

会話はそれだけだった。渉は四人の野球少年の背中を、無言で見送った。

空いたベンチに腰掛ける。このところため込んでいた負の感情が綺麗に消え去っていて、渉は呆然《ぼうぜん》としてしまっていた。

バッティングセンターでは、仕事帰りのサラリーマンと思《おぼ》しき人が、スーツ姿で軟球を打っている。正直、よいところを探すのが難しいほどに醜いフォームだ。それでも彼は楽しそうにバットを振り、七十五キロの球を空振りしている。その醜さもまた野球なのだと感じた。

渉は、奥の打席に向かった。先ほどまで、二年生が打っていた打席だ。

自分はろくにバットを振ったこともない。未経験者上がりのスカウトだという矜持《きょうじ》を守るために、頑《かたく》なに自分が野球をすることを避けてきた。石のような硬さの硬球を打ったりしたら、手が痺《しび》れて使いものにならなくなるだろう。

それでもいい。渉はバッターボックスに入り、財布から百円玉を取り出した。いまから自分は、生まれて初めて野球をやる。禁を破ることで、柵山翔大を追っていた日々に決別することができると思った。

百円玉を投入口に入れようとしたところで、金属バットが目に入った。

「――ん?」

違和感を覚えた。

　プロが使う木のバットと異なり、金属バットは握る部分に黒いグリップテープが巻かれている。だいぶ使い込まれているのか、ポリウレタン製のグリップテープはささくれ立ち、かなり汚れていた。

　バットを握る。素振りをする。向こうで打っているサラリーマンよりも醜いフォームだろうが、そんなことは気にならない。それよりも――。

　渉は、バットを置いた。自分の手を見る。

　古いグリップテープを握った汚れが、手のひらに黒い線を描いていた。

　ささやかな違和感が、胸に生まれた。〈見る〉ことを武器にしてきた己の感性が、告げている。

　自分は何か、大きな勘違いをしているのではないか――。

　バッターボックスを出て、ベンチに腰を下ろす。断ち切ったはずの翔大への思いが、渉を強制的に思考に誘っていた。翔大たちは、バットを持ってきていなかった。備えつけのバットで、打席に立っていたのだ。

　ということは――。

　仮説がひとつ、生まれた。

　渉にとっては信じたくない、重たい仮説だった。

## 7

一週間後、渉は小駒高校の警備室にいた。

警備員との関係性を築いていたのは、僥倖《ぎょうこう》だった。翔大が出てくるまでここにいていいと言われ、昼前から留《とど》まっている。

翔大が出てきたのは、午後に入ったころだった。今日は午前中で授業が終わりのようだ。

渉は警備室から出て、翔大の前に立った。涼やかな目が、驚きに見開かれた。

「いいんですか。スカウトがこんなに堂々と、ドラフト候補生と会って」

「構わんよ。調査書の返答もしてこない人間は、ドラフト候補生でもなんでもないだろ」

翔大がぽかんと口を開けた。こんなことを言われるとは思っていなかったのだ。

「少し、散歩でもしようぜ」

翔大は頷いた。並んで歩き出し、校門を出た。

「なぜ、俺から逃げ回る」

言葉は用意していなかった。最初に口からこぼれ落ちたのは、愚痴にも似た醜いものだった。

「すみません。逃げ回っていたつもりはないんです。父の見舞いに忙しくて」

「お父さん、お怪我は大丈夫か？　大事にならなくてよかったな」

「大丈夫です。頑丈が取り柄の親父ですから」

翔大の言葉には、力がない。この時間が終わってほしいという思いだけが伝わってくる。

「先日、東京クラウンズの亀井さんに会った。うちにこいと誘われたのか？」

「そこまでじゃないです。興味があると言われたくらいで」

「クラウンズは名門だ。嬉しかったか」

「チームとか、関係ないです。真剣にやってることを評価してくれるなら、誰でも嬉しいっすよ」

「ところが、君のお父さんは違った」声が硬くなってしまうのを、抑えられない。

「安定志向のお父さんは、うちのような弱小球団よりも、セカンドキャリアの安定しているクラウンズに君を行かせたがった。君にとって、父親の意向は大きい。君はウェイブスからの調査書を無視し、俺から逃げ回ることにした。すべては父親の差し金なんだろ？」

「親のことを悪く言うの、やめてもらっていいですか」

「君が、それを言うのか」

言葉を打ち返すつもりで、渉は言った。

「クラウンズに行きたいから、うちのことは無視している。その首謀者は、父親だ――それは、真実じゃない。君が真実だと思わせたがってるストーリーだ。違うか」

「何言ってんすか。意味が判らねえ」

「最初におかしいと思ったのは、先週のバッティングセンターでのことだ」

渉は、仮説を話しはじめた。

「あのとき、君たちが打っていたマシンを、俺も打とうと思ったんだ。そこにあったバットを握ったら、手のひらに黒い痕《あと》ができた。古いグリップテープがボロボロになっていて、握ると色が移るんだよ。だとすると、ひとつおかしなことが出てくる」

あの日渉は、翔大の左手を見ている。

指が長く、太い、才能の結晶のような、投手の左手。あのまっさらな手のひらに、ゴツゴツとしたまめができていた。

「君の手は綺麗だった。君はあの日、バッターボックスに入っていなかったんじゃないのか。誰よりも練習熱心な君が、球を打っていない。それはなぜだ」

「……あの日は、後輩を指導してただけっす。悩んでたみたいで、アドバイスを送ってたんです」

「ただ君は、小駒高校の四番打者でもある。一番バッティング能力の高い君が、ただ見ていただけだった？　なぜバットを振らず、見本を見せてあげなかったんだ？」

「そういうこともあるでしょう。言いがかりですよ」

「ほかにも、おかしなことはあったんだ」

涉は、話を先に進めた。

「バッティングセンターに行く前、俺は君の家に行っていた。おかしなことのひとつは、ヤスだ。あの犬の散歩当番は、君だったはずだ。ところがあの日は、繁文さんが散歩をしていた」

「空いてる人が散歩をするなんて、当たり前でしょう。本気でそんなこと言ってるんですか」

「もうひとつは、酒だよ。あの日、繁文さんはお酒を飲んでいた。これもおかしい」

「仕事明けの晩酌が日課なんです。何が悪いんですか」

「繁文さんは、怪我をしてるんだろ？」

翔大は、口をつぐんだ。

「入院するほどの怪我を負っていたのに、なぜ晩酌を？　血行をよくしてしまったら、怪我が痛むだろう。さらにヤスは、大きなセントバーナードだ。怪我人が片手で散歩をするのは大変だし、ましてや酔っ払った状態で散歩なんかしていたら、事故になりかねない」

「何が言いたいんですか」

声には力がない。自分が追い詰められていることを、感じているのだ。

「翔大」

初めて、彼の名前を呼んだ。

「怪我しているのは、君なんじゃないのか」

少年は、ハッと息を呑んだ。驚いた翔大の顔は、ひどく幼く見えた。

「君は、怪我をしている。だからバッティングセンターでは打席に入らなかったし、犬の散歩も繁文さんがやっている。彼は無事だ。だから酒を飲むこともできるし、酔い醒ましがてらに犬の散歩にも行ける。ではなぜ繁文さんは、怪我をしたふりをしているのか」

渉は続けた。

「君は治療のために、病院に行く必要があった。その姿を万が一俺に見られたら、怪我をしていることがばれてしまう。だから君は、繁文さんを盾に使ったんだ。たまたま勤務している建設会社で、大きな事故があった。そのときに怪我をしたということにしてね」

いつの間にか、歩みは止まっていた。

公園にきていた。野球場があり、土日ともなると近隣のチームが集まって試合で賑《にぎ》わう。

三年前、柵山翔大という投手に出会った球場だった。

野球場に足を踏み入れる。一塁側のファウルグラウンドから、誰もいないフィールドを並んで見つめた。

「ただ、判らないことがある。なぜ怪我のことを、俺に隠す?」

考えても、どうしても判らなかったことだった。

「確かに怪我持ちはドラフトでは避けられる。君が怪我をしているという情報が入ったら、ウチが指名する可能性は著しく下がるだろう。君は繁文さんとの約束で、ドラフト会議に挑戦できる機会は今年しかない。怪我を隠してウチに入団したいのなら、まだ判る」

だが――。

「君は、調査書の返答すら出していない。怪我をしていようがいなかろうが、このままならウチが君を指名する可能性は皆無だ。なぜこんなことをしている？　君が怪我を隠している相手は俺ではなく、クラウンズの亀井さんなのか？　俺なんかは眼中にないってことか」

「そんなこと、ないです。俺は、ウェイブス一本でした」

諦めたような声音になっていた。翔大は、左腕を伸ばしてきた。

「内側側副靭帯《ないそくそくふくじんたい》の損傷です。医者からは、全治四週間って言われてます。グレードが軽いから、保存療法とリハビリで大丈夫だって」

「靭帯か」

安堵のため息が出た。肩関節唇《かたかんせつしん》損傷などと違い、靭帯は投手として致命的な怪我ではない。適切な治療をすれば、まずもとに戻るだろう。

「高梨さんは、マジで恩人だと思っています」

翔大の声が、変わっていた。

「プロに行くことなんて、考えたこともなかったんです。でも、ことあるごとに声をかけてもらって、絶対にプロになれる、お前には才能がある、自分を見限るなって言ってもらって

「……自信を持つことがすべての礎《いしずえ》なんだって、教えてもらいました」

自信を失った人間は、何もすることができない。

渉の持論だった。そうやって潰れてきた人間を、何人も見てきたのだ。

氷が這うように、背筋が冷えていった。

翔大が何を言おうとしているかが、判ったからだ。

「医者に言われました。怪我の原因は――スプリットだって」

足元が、崩れた気がした。

間抜けな自分を、殴ってやりたかった。翔大に怪我を負わせたのは、自分だったのだ――。

「高梨さんのせいじゃないです」慌てて、付け加えるように言う。

「俺が練習しすぎたんです。ブルペンでスプリットを投げすぎて、肘がちくちく痛かったのにそれを無視して――。高梨さんには、無理をするなって言われていたのに」

それは、違う――。

翔大が野球に打ち込み、オーバーワーク気味であるということを、自分は知っていた。スプリットが肘に負担のかかる変化球であることも、知っていた。

だが、それを重ね合わせて考えていなかった。翔大のスタイルに落ちる変化球が加われば、強い武器になる。そのことしか、頭になかった。

〈お前は、選手を機能として見ているんだな〉

翔大を、人間として見ていなかった。それがすべての、原因だ――。

「高梨さんは、選手に積極的にアドバイスをすると言ってましたね。誰かを見ると、改善点がすぐに判る。それを伝えて成長を促すことが、スカウトとしての強みだと」

頷いた。プロ野球OBが鎬《しのぎ》を削るスカウトの世界において、〈観戦者〉である自分が戦うには、自分なりの武器を持つしかない。

「俺がスプリットのせいで怪我をしたことが判ったら、高梨さんの自信を傷つけてしまう。それが、怖かったんです」

そうだったのか――。

翔大は、スプリットの練習をしすぎたことで、左肘の靭帯に傷を負った。

その時点で彼は、プロの道を諦めたのだ。ドラフト会議に挑むのは今年だけと、翔大は約束をしていた。だが怪我の原因を渉に伝えたら、自信を決定的に毀損してしまう危険性がある。

恐らく、その時期に東京クラウンズの亀井が接触を図ってきたのだろう。翔大は、ウェイブスを捨て、クラウンズに乗り換えるふりをした。本当の原因を隠すために、父親も協力したのだ。

三年生が一斉に練習に参加していないのも、不思議だった。恐らく彼らは、翔大に協力したのではないか。すべては、スプリットによって怪我をしたと渉に知られないための策だった。

恩人の自信を、守るための——。

「翔大」

震える手を、鞄《かばん》の中に突っ込んだ。

取り出したのは、一枚の封筒だった。

「ここで、メディカルチェックを受けてこい」

翔大が怪訝《けげん》な表情になる。渡した封書は、ウェイブスが懇意にしている医院への、紹介状だった。

「お前が恐らく怪我をしていることは、GMに伝えてある。怪我持ちは指名しない——GMは言ったが、食い下がったよ。何度も頭を下げて、お前がいかにうちに必要なのかを伝えた。そしたら〈怪我の状況によっては指名を考える〉と譲歩してくれた。お前はまだ若い。入団してから怪我を治す時間は充分にある」

翔大の目が、驚きで見開かれた。

「怪我してる俺を、指名してくれるんですか」

「判らない。最終的には上が判断することだ。お前は、お前にできることをやれ。この病院に行って、検査結果と調査書をすぐに出せ」

封筒を渡した。それ以上持っていたら、取り落としてしまいそうだった。

翔大が涙ぐんでいる。あまりにも眩《まぶ》しく感動している少年を、渉は直視できなかった。

〈選手は機能じゃない。血の通った人間なんだぜ〉

自分は選手を、機能として見続けてきた。それが自分の生きる道だと思っていたからだ。

その結果ひとりの人間に怪我を負わせ、将来の夢を潰す寸前まで追い込んでしまった。

――俺は、スカウトを続けてもいいのだろうか。

スカウトを続ける資格が、あるのだろうか。

＊

「第七巡選択希望選手……大阪。峰俊三《みねしゅんぞう》。外野手。三波《みなみ》自動車」

控え室の空気は、弛緩していた。ドラフトは一位から下位に向けて指名していくので、後半になるにつれどうしても緊張感が失われていく。

翔大は、まだ指名されていない。

〈この程度の怪我なら、問題なさそうだな〉

翔大から送られてきたメディカルチェックの結果を見て、権田は安心したように言っていた。

〈過去にも、怪我持ちの選手を取ったことはある。むしろ怪我してるなら、その情報をクラウンズにも流してやれ。ライバルを下ろしちまおう〉

言われるまでもなく、翔大は怪我の状況を亀井に話したという。亀井からは返事すらなかったそうだ。

緩んだ控え室の空気の中、渉は会場を映したモニターを凝視していた。ウェイブスの円卓は、皆真剣な表情を保っている。勝負師の権田は、緩むことを許さない。緩むことで運を取り逃がすと考えている。

「第七巡選択希望選手……湘南」

渉は、両手を握り合わせた。

頼む。頼む——震えるほどに、両手に力を込めた。

「選択終了」

目の前が真っ暗になった。

選択終了。柵山翔大は、指名されなかった。彼がプロ野球の世界にくることは、なくなった。

このあと育成枠の指名があるが、ウェイブスは権田の方針で育成選手を取っていない。もし指名されても、身分の不安定な育成選手など、柵山繁文が許さないだろう。

「おい、どこへ行く」

誰かの声がする。自分でも気がつかないうちに立ち上がり、部屋を出て行くところだった。足が止まらない。誰かが嘲笑う声が、背中に降りかかった。

スカウト失格。

自分は柵山翔大という才能を、潰してしまった。〈観戦者〉としての矜持にこだわり、翔大に怪我を負わせた。そして、彼のプロ野球選手の夢を、摘み取ってしまった――。

自信が、音を立てて崩れていくのが判った。自分を支えてくれていた、根底だった。深く、昏い穴が見えた。

目の前に、真っ黒な穴が広がっていた。決定的に自信を失った人間を食う、昏い穴だった。立ち止まらなければいけない。このままでは自分もこの穴に落ち、二度と戻ってこられなくなる。判っている。だが、足が止まらない。

俺はもう、おしまいだ。

吸い寄せられるように、渉は穴の方向に歩いていった。

そのとき――ポケットに入れていたスマホに、着信があった。

見ると、発信してきたのは、翔大だった。

「高梨さん」

第一声を聞いて、渉は虚を突かれた。指名されなかった悔しさも、自分を無視したウェイブスに対する恨みも、何もない。夢をきっちりと捨て去ったような、澄み切った声をしていた。

「すまなかった」

涉は、頭を下げた。彼の声が爽やかなことが、たまらなかった。

「俺のせいだ。本当に申し訳なかった。俺はもう――」

スカウトを、やめるよ。

翔大に申し訳ないと思う以前に、続けられると思えなかった。一番の武器が使えなくなった自分が、この世界で大成できるわけがない。

「謝罪なんか、やめてください。泣き言は聞きたくないっす」

「でも……」

「高梨さんには感謝してます。高梨さんがいなかったら、俺、高校で野球やってなかったですから。高徳のやつらも抑えられましたし、ここまで連れてきてくれて、ありがとうございました」

電話口から、決心するような雰囲気が漂った。

「俺、大学でも野球やります」

涉は、息を吞んだ。

「いいのか？　その、お父さんは」

「説得します。高梨さんがやったみたいに」

「説得――」

彼と出会ったころのことを言っているのだろうか。プロ野球選手など無理だと決めつけていた翔大に、渉は声をかけ続けていた。それとも、権田との交渉を言っているのだろうか。怪我持ちの選手など取らないと言った権田を、渉は必死に説得し続けた。

「高梨さんはすごいです。色々な人と粘り強く話して、人の心を動かして……そういうところ、尊敬してます。俺もやってみます。父が折れるまで、ずっと説得します」

子供のころから、自分は、見る側の人間だった。

この三年間、自分はずっと、翔大を見てきた。彼の美しい直球を、ひたむきなプレイを、追いかけ続けてきた。見ること。自分の根底にあるものを、彼に注ぎ続けていた。

だが、それだけではなかったのだ。翔大もまた、自分のことを見てくれていた――。

「ただ、今度は取れると思わないでくださいよ」翔大の声に、不敵な色が混ざる。

「四年後はドラ一で複数球団競合ですから。クジ運弱いウェイブスが、引き当てられますかね。クラウンズに入っても恨まないでくださいよ」

「……自信過剰だ。自信を持つことはいいことだが、過剰なのはよくない」

「また球場で会いましょう。今度は無理しませんから、気になることがあったら教えてください。それが渉さんでしょ？」

こちらを慰めるための電話ではなかった。翔大はもう前を向いていて、それを伝えるためのものだった。下を向いているのは、自分だけだ。

——俺は、未熟者だ。

十八歳の少年に心配され、発破をかけられている。スカウトとして未熟だからだ。未熟な人間が自信を持つなど、おこがましい。ゼロからまた、築いていくしかないのだ。

「図に乗るなよ。お前なんかまだまだだ。改善点をリストに書いて送ってやる。長いリストになる」

笑い声を残して、電話は切れた。うつむいていた渉は、いつの間にか背筋を伸ばし、正面を見ていた。

広がっていた昏い穴は、見えなくなっていた。

J MYSTERY 2023

# 笑う君影草《きみかげそう》

*

長岡弘樹

**長岡弘樹**

（ながおか・ひろき）

1969年山形県生まれ。筑波大学卒。2003年に「真夏の車輪」で第25回小説推理新人賞を受賞。'05年『陽だまりの偽り』で単行本デビュー。'08年「傍聞き」で第61回日本推理作家協会賞（短編部門）を受賞。'13年『教場』がミステリーランキングを席巻、第11回本屋大賞で6位にも選ばれ話題に。その後「教場」シリーズはテレビドラマ化もされ、多くのファンを獲得している。その他の著書に『にらみ』『殺人者の白い檻』『新・教場』などがある。

1

教室の窓際に置かれた鳥カゴのなかで、小さな生き物が動き回っている。

いま、そのカゴのなかを覗《のぞ》いているのは順次《じゅんじ》と幹也《みきや》だった。

「昨日よりも体が大きくなったみたいだね」

順次の言葉に幹也が「せやな」と頷《うなず》く。

「尻尾《しっぽ》にも、やっと毛が生えてきたで。順調に育ってる証拠や」

カゴは小鳥用だけれど、なかにいる生き物はインコでも文鳥でもなかった。

じゃあ何かというとシマリスだ。

名前はカスミという。その由来はシンプルだった。今年の四月、一学期が始まって間もないころ、一人の児童が、このリスを校庭の木陰で見つけて拾ってきた。発見者であり保護者であるその児童の名前をそのままつけた、というだけのことだ。

カスミがオスなのかメスなのかは、調べていないから誰も知らない。

たぶんまだ赤ん坊だから、あまり大きくないカゴでも飼える。教室の窓際に設けられた棚はそんなに幅はないけれど、小鳥用のカゴならじゅうぶん置くことができた。

「それにしてもさ、今日はやけに興奮しているように見えないか」

「言われてみれば、そうやな」

小さなシマリスは、回し車から餌箱《えさばこ》へ、餌箱から木の枝へ、木の枝から天井へ、目まぐるしくカゴのなかを動き回っている。

ひとしきりそうしたあと、カスミはきゅうきゅうと鳴いた。飴玉のような黒い目は、真剣みを帯びている。何かを欲しがっているようだ。

「あっ、これ見ろよ」

順次がカゴのなかを指差した。飲み水を入れておく容器が空《から》になっている。

「いつの間にか、全部飲んじゃってる。あんまり動くから、喉が渇くんだな」

「ほな補給したろか」

いったん容器を取り出すため、幹也はカゴの扉を押し上げた。

人間の手がにゅっと近づいてきても、カスミはぜんぜん恐がらない。恐がるどころか、幹也の腕をよじのぼろうとしている。もしかしたらこのリスは元々、誰か他の人に飼われていたのかもしれない。

そのとき教室のドアが開いた。

姿を見せたのは祐太郎《ゆうたろう》だった。先ほどまでトイレに行っていたが、用を足し終えて戻ってきたところらしい。

「おい、リスなんて放っておけよ」

そう言いながら祐太郎は、教室の後ろに置いてある道具用のロッカーを開けた。そこからサッカーボールを取り出しつつ、まだ教室に残っている何人かの児童に向かって声を張り上げる。

「早くグラウンドへ行こうぜ」

毎日の放課後、校庭でサッカーの練習をしてから帰る。それが、祐太郎とそれにつき従う者たちの行動パターンだった。だいたい三十分間ぐらいやっているが、今日みたいに金曜日だと、いつもより長めにボールを蹴ることになる。

生活のあらゆる面で、可能なかぎり男女の区別を持ち込まない。それが学校側の教育方針だから、放課後のサッカーには、男子たちに交じって女子が参加することも珍しくなかった。

「でもユッちゃん、カスミに水をやらないと」

順次がそう言ったところ、祐太郎はサッカーボールを床に置き、それを足で転がしながら窓際にやってきた。

「水なんて、おまえらが来週の朝イチにでもやっておけばいいだろ。おれもできるだけ早めに登校して手伝ってやるから」

順次も幹也も家が近いため、いつも朝は一番か二番目ぐらいに早く、二人そろって登校してくる。

「だけど、月曜日で間に合うかな。土日のうちにカスミがミイラになっちゃうかもしれないよ」

「じゃあ、おまえらの水筒から移してやったらどうだ」

熱中症防止のため、六月から九月のあいだは、児童が学校に水筒を持ってきていいことになっていた。

「ぼくのは駄目だよ」

「わいのも、ちょっとまずい」

規則では、水筒の中身は水に限定されていた。だが調べられたりはしないため、こっそりジュースを入れてくる者も多い。順次も幹也もそのクチなのだ。

「しょうがねえな。――じゃあ、とっておきの方法を教えてやる。わざわざ水道の蛇口まで行かなくても、水ならちゃんとあるんだよ、ここに」

鳥カゴの隣には、瓢簞《ひょうたん》のようなかたちをした花瓶が置いてある。

その花瓶に活けてあるのは特徴的な植物だった。小さな白い花がいくつか鈴なりになっている。それらの花は、どれも照明用のランプみたいに下向きの状態だった。しかも葉っぱに隠れるようにひっそりと咲いていて、なかなか風情がある。

祐太郎はその花瓶を持った。そして幹也の手から飲み水の容器を奪うと、それに向かって花瓶の口を傾けた。

花瓶内の水が、トクトクと容器のなかへと注がれる。

「な、これでOKじゃねえか」

さきに六年生からグラウンドを占領されてしまうと、五年生はあとから割り込むことができなくなる。いや、できないことはないのだが、どうもやりづらい。だから思う存分ボールと戯れるには、どうしても早めに校庭へ行って場所を先取りしておかなければならない。サッカー好きの祐太郎が、こうも急《せ》いている理由はそこにあった。

「うまいこと考えよったね」

幹也が感心してみせたところ、祐太郎は顎《あご》をくいっと上げた。

「だろ。実はこの前ぱっと閃《ひらめ》いた方法だ」

こうやって花瓶の水をカスミにやるのは二回目さ、と自慢気につけ加える。

「じゃあ、いますぐ外へ集合だぞ。分かったな、ジュン」

順次は、祐太郎と幼稚園のころからの付き合いで、もう長く一緒に行動している。

その順次とウマが合い、いつもコンビを組むようになったのが、去年関西地方から転校してきた幹也だった。

今週と来週は、この三人がカスミの世話をする当番になっている。朝と夕方に、餌と水をやったりカゴを掃除したりするのが仕事の内容だ。

「うん。でも……」

どこか煮え切らない口調で返事をしながら、順次が容器をカゴのなかに戻す。

「この水だとカスミがお腹《なか》を壊すかもよ。ちゃんと蛇口から汲んだ水をやった方がいいんじゃないかな」

「そうかもしれへんなあ……」

「ん？　いま何か言ったか」

祐汰郎が不機嫌そうな声を出したため、「あ……」の形に口を開けたままにしていた幹也は、とっさにそれをつぐんだ。

順次も気まずそうに視線をそらす。

小学五年生にして身長が百五十センチを超え、体重も五十キロに近い祐汰郎は、クラスのリーダー格として君臨している。リーダーといえば聞こえはいいが、別の表現を用いるなら、いじめの主導権を握った悪ガキの大将、ということになる。

自分に逆らったり、自分の気に障る言動をした者がいると、祐汰郎はその人を徹底的に無視し始める。するとクラスの全員も彼に加担し、その人を〝いない人〟として扱い出す。それが五年三組に存在する暗黙のルールだった。

そんな目に遭わないよう、順次も幹也も祐汰郎に対しては弱腰なのだ。

「みんな、あまり遅くならないうちに帰るようにな」

そのとき背後から聞こえてきたのは大人の声だった。

振り返ると、教室の出入り口に担任の紺田《こんた》先生が立っていた。

少し前からそこにいて、こっちの様子を見ていたようだ。

先生は腕に丸めた画用紙をたくさん抱えている。教え子たちが図工の時間に描いた絵を、これから掲示板に張っていく作業をするつもりのようだ。

「はあい、分っかりましたあ」

祐汰郎は、先生に対してもなめた口調で受け答えをし、カスミのカゴを指さした。

「ほら見ろよ、ジュン。何が『お腹を壊すかも』だ。前より元気になったじゃねえか」

たしかに、いまのカスミはいつもより激しく動き回っていた。

2

月曜日の朝、登校して教室に入ってきた順次と幹也は、そろって目を丸くした。教卓に紺田先生が座っていたからだ。こんなことは珍しい。

おはようございますの挨拶を交わしたときに気づいたことだけれど、先生の表情はずいぶんと曇っていた。

紺田先生が悲しそうな表情を見せるのは、実は珍しいことではない。

先生はこの学校へ転勤してくる前、別の小学校で教えていた。六年生の担任をしていたようだ。


そのクラスでも、ある女の子が徹底的に無視されるといういじめが起きていた。

授業の時間以外に、その〝いない人〟と目を合わせたり、会話をしたりすると、今度は自分が〝いない人〟にされてしまう。そうした嫌なルールまで作られていて、みんな戦々恐々としていたそうだ。

先生は、その問題を解決するため、女子児童に一つのアドバイスを行なった。それは、次のようなものだった。

――きみが小さくなっていることはないんだ。いっそのこと〝いない人〟になりきってしまったらどうだろう。どんなに無視されても一切かまわず、とことん図々しく、クラスメイトの誰かといつも一緒に行動してみるといい。つまり、相手にベッタリくっつくという地道な嫌がらせを、こちらから逆にしてやるわけだ。

そして、

――一緒に行動する相手は、中心になっていじめをしているグループの誰かにするといい。ただしリーダーではなく、それにくっついている手下の連中から選びなさい。

とも教えたようだ。先生の考えでは、そうして相手が根負けするのを待つことが、いじめグループを内側から壊滅させる効果的な方法らしかった。

女子児童は頑張ってその助言に従ったようだ。そうしているうちに、たしかにいじめっ子のリーダーである男子児童には謝罪させることができた。

しかし、それでも無視は続いたという。そのときにはもう、いじめという行為自体が力を持ちすぎていて、誰にとっても習慣化してしまっていた。いくらいじめっ子のリーダー一人が謝ったところで、クラス全体に対してそれを止めることは不可能になっていたのだ。

結局、無視され続けた女子児童は校舎から飛び降り、大怪我を負った状態で転校してしまった。

この話は、一学期の初めに紺田先生の口から教えてもらった。将来、小学校の教師になりたいと思っている者にとっては、とても参考になる話だと思った。

そういう苦い経験があるから、先生はときどき悲しい顔を見せるのだ。

でも、いま紺田先生が見せている曇った表情は、いじめの一件とはまた違った事情によるもののようだった。

祐太郎も登校してきたところで、先生は教卓から立ち上がった。

「みんなに伝えなきゃいけないことがある。こっちに来てくれるか」

そう言いながら先生は窓際へと歩いていき、カスミのカゴの前に立った。

小さなシマリスは、いまは巣箱で眠っているらしく、その姿はここからでは見えなかった。

「寝床を覗いてごらん」

祐太郎たちが言われたとおりにする。

腰を屈《かが》めて目を凝らすと、巣箱のなかに水道管を洗うブラシのようなものが見えた。カスミはまだ毛の薄い尻尾をこちらに向けて眠っているようだ。

「カスミの体に触れてみてくれないか」

先生が言うので、みんなを代表して祐太郎がカゴの扉を上に押し上げ、巣箱の中に手を入れた。

祐太郎の手で触られる前に、気配を察知して起き出してきそうなものだが、カスミはじっとしたままだった。

「あれっ……」

祐太郎の声には珍しく動揺があった。

「このリス、動かない」

「そう」先生は厳しい顔つきで頷いた。「今朝、ぼくが見たときには、もう死んでいた」

その言葉に、順次も幹也も祐太郎も、口を半開きにして、嘘だろうという表情を作った。

カスミを手に載せたまま、祐太郎がカゴから手を引き抜く。

幼いシマリスは目をつぶっていた。本当に死んでいる。ただ寝ているだけなら、お腹が膨らんだり萎《しぼ》んだりするけれど、いまはまったく動いていない。体がもうコチコチに硬くなっているのが見ただけで分かる。

眼鏡越しに見える紺田先生の目には、いつの間にか涙が滲《にじ》んでいた。

教え子たちの視線に気づいたか、先生は少し照れたような顔になり、ティッシュで洟《はな》をかんだ。

「実は、ぼくも小学生のころリスを飼ったことがあってね。ある夕方、部屋の窓を開けっ放しにして、ぼんやり夕日を見ていたら、枝をつたって何かが部屋に侵入してきたんだ」

先生はしんみりとした口調で続ける。

「そのリスは、そうやって迷い込んできたんだよ。すぐ逃げていくと思ったら、反対に、ぼくのベッドへ上がってきて、ちょこんと居座るんだ。もう可愛くてたまらず、ケージに入れて飼い始めた。そのとき、ぼくはクラスメイトからいじめに遭っていてね。だから、そのリスがどれだけ心の支えになってくれたか知れなかった」

教室のなかが一段と静かになったような気がした。

「だけど、あるとき急に死んでしまったんだ。たぶんケージから出して遊ばせているとき、体の毒になるものを、うっかり食べてしまったんだと思う。そのことを思い出したら、ちょっと泣けてきちゃったよ。恥ずかしいところを見せてしまったね」

順次もぐすっと洟を啜《すす》り上げた。そして、

「ここで簡単な葬式をやってあげる、というのはどうですか」

そんな提案をした。

「いい考えだと思う」紺田先生は順次の肩を軽く叩いた。「じゃあ、どんな葬式がいいかな」

おずおずと手を挙げたのは幹也だった。

「みんなでカスミの気持ちになってみる、というのはどうやろなって思いました」

「なるほど。ではこうしようか」

先生は、教室に備え付けてあるウェットティッシュを一枚抜き取った。それで消毒した手を餌袋に入れ、ひまわりの種を四粒取り出す。

「カスミと同じものを食べれば、同じ気持ちになれるんじゃないかな」

そう言いながら、先生は教え子たちの手にひまわりの種を一粒ずつ渡した。

祐汰郎は迷うことなく、それをひょいと口に放り込んだ。

順次と幹也は、ちょっと戸惑ってから口元に持っていった。

嚙《か》んでみたところ、そんなに美味《おい》しいものではなかった。その代わり、種が放つ匂いが刺激となって、カスミの姿がありありと思い出された。

カゴに指を当てると、それを餌だと思ったのだろうか、カスミは、ちょっと湿り気のある鼻面《はなづら》をケージのあいだから出して、小さな歯でつかみ取ろうとしたものだった。

ビスケットのような本物の餌を与えてやれば、左右四本ずつの指でしっかりとそれを持ち、けんめいに齧《かじ》っていた。歯の動き方といったら、まるでフルスピードで動くミシンか工事現場で道路に穴をあける機械みたいだった。目にも止まらない速さで上と下の歯がくっついては離れ、離れてはくっつく。そのあいだに、ビスケットの体積はどんどん小さくなっていくのだった……。

「うわ、苦《にげ》え」

そう呟《つぶや》いたのは祐汰郎だった。

「それにしても」紺田先生は言った。「何が原因でカスミは死んじゃったんだろうね」

この問い掛けに答えられた者はいなかった。

「ぼくの経験から言えば、カスミは何か毒になるようなものを食べたり飲んだりしたとしか思えないんだが……」

先生は独りごとのような口調でそうつけ加えた。

3

「だからさ、おまえら、もたもたすんなって」

サッカーボールを抱えた祐汰郎が廊下に立ち、まだ教室のなかでぐずぐずしている順次と幹也を睨《にら》みつけた。眉毛と眉毛のあいだに深いしわを作っている。そのせいで、まぶたがちょっと垂れ下がり、目が三角形になっていた。

順次が体をちぢめて震える真似《まね》をしながら小声で、

「おおこわ」

と言った。その台詞《せりふ》は、まんざら冗談でもなかった。今日は祐汰郎の顔が、いつにもまして青ざめている。だからよけいに恐ろしく見えるのかもしれない。

「おれたちはもうカスミの世話なんかしなくていいんだぞ。当番を外れたし、そもそもあのリスはもうこの世にいねえんだからな」

カスミが死んでから、早くも一週間がたとうとしていた。

「だったら教室でノロノロしている理由はねえだろ」

「でもなユッちゃん」幹也が口を開いた。「そんなに焦らんでも、六年生はまだ帰っとらんのとちゃう？」

今日の六時間目、上の学年は奉仕活動とやらで、全員が学校の外でゴミ拾いをしている。何かの事情で長引いているらしく、放課後になってもまだ戻ってきていないようだ。だから、グラウンドを先に取られてしまう心配はない。

「それでも急げって」

「もう、うんざりやな」

幹也が、祐汰郎に聞こえないよう小声でそう呟いてから、順次の耳に口を寄せた。

「なんであんなに興奮してるんや？」

「さあ」順次が首を傾《かし》げる。「理由は分からないけど、ユッちゃん、昨日もこんな感じだったよな」

「せやな」

祐汰郎に急かされ、教室でぐずぐずしていたほかの児童たちは、急いで廊下へと出ていく。今日は男子と女子の割合が八対二ぐらいだ。

順次と幹也も水筒を手にして彼らのあとを追った。

もう六月も下旬だ。昇降口からグラウンドに出ると、むわっとする暑さに体全体が包まれた。

やはりグラウンドで遊んでいるグループは下級生だけだった。六年生はまだ帰ってきていない。これなら堂々と割り込んでいくことができる。

校庭の隅に顔を向ければ、こんもりと土が盛り上がっている部分が目についた。あそこが一週間ぐらい前に、冷たくなったカスミを埋めた場所だ。

人数が少ないときは輪になってパスをし合うことぐらいしかできないが、今日は十人以上いるから、二つのチームを作って簡単な試合をすることが可能だった。順次と幹也がグラウンドに出たころには、祐汰郎の一存でチーム分けがすでに済んでいた。

最初に順次がボールを蹴り、同じチームの祐汰郎にすぐパスを出した。

順次のパスは正確だった。激しく回転するサッカーボールは、白と黒の模様を目まぐるしく入れ替えながら祐汰郎の方へと転がっていく。

ところが、パスを受ける直前になって祐汰郎の足がもつれた。体がふらふらと泳ぐ。そのためボールは、彼の右足と左足のあいだをすり抜けて、止まることなく転がり続けていった。パスを受けそこねた祐汰郎は慌ててボールを追いかけたが、後ろから走ってきた男子に、あっさりと抜き去られてしまった。

その子はゴールへ向かって一直線にドリブルしていく。

ゴールキーパーの幹也が前に出てきたが、相手にいとも簡単にかわされ、楽々と最初のゴールを決められてしまった。

ゴールポストは古くなってよれよれだ。支柱は、ところどころ白いペンキが剝がれ、錆《さび》が浮いている。ネットにも穴が空いているため、ゴールしたボールは外へ転がり出ていってしまった。

そのボールを幹也が取りに行って戻ってきたときには、ゴール前に順次やほかのみんなが集まって、一か所を指差していた。

センターラインのあたりだ。そこに祐汰郎がうずくまっている。ぐふぐふと咳《せ》き込んでいるようだった。口から地面まで届くほど、長いよだれを垂らしてもいる。それがこの位置からでもよく分かった。

誰もそばに駆け寄ってやるつもりはないようだ。背中をさすってやったりもしない。下手《へた》に体に触ったりしたら祐太郎の怒りを買ってしまうおそれがあるからだろう。

「なんや。さっきはさんざん人を急かしといたくせに、今度はあのざまかいな」

苦々しい顔をしつつも幹也は、順次の方へ顔を向け、

「水を持っていったろか？」

と訊《き》いてくる。

順次が頷くと、幹也はゴールポストの横に置いてあった祐太郎の水筒を手にし、彼のところまで走っていった。

順次たちもそれに続く。

「ほら、これを飲んだらどうや」

祐太郎は水筒を受け取るや、蓋を外すのももどかしく中身の液体を喉に流し込んだ。

ようやく咳が止まる。

そうして一、二分もしたころ、やっと祐太郎が立ち上がり、近くに転がっているサッカーボールの方へと歩き始めた。まだ足取りがおぼつかない。

「続きをやろうぜ。おれは何ともないから」

そう言って祐太郎は、砂の上に唾を吐き捨てたが、口調の弱さからして、いまの言葉がただの強がりに過ぎないことは明らかだった。

「もうやめた方がいいんじゃないかな」順次が言った。「いま全員で相談したんだ。ここでおひらきにしようって」

相談などしていないが、ほかのみんなは頷いてその意見に賛成した。

「そっか……」

祐太郎は小さく呟き、下を向いた。

「分かった。それじゃあ、おれは先に帰る」

祐太郎は、みんなのあいだをすり抜けるようにして、その場から離れて行った。

校舎の方を見やると、五年三組の教室の窓に紺田先生の姿があった。心配そうにグラウンドに視線を向けている。

小学校の先生は、テストの採点や保護者への連絡などの仕事が山積みで、とにかくゆっくりしている暇がないという。紺田先生もその点に変わりはないはずだ。そうではあっても先生は、教え子たちの様子に目を配るようにできるだけ努力をしているようだった。

それはたぶん、以前いじめの対処に失敗しているせいだろう。

## 4

教室の窓際に設けられた棚。

カスミを飼っていた鳥カゴは、住む者を失っても、まだその上に鎮座している。カゴの隣に置いてある瓢箪のかたちをした花瓶もそのままで、相変わらず白い花がうつむいた状態で咲いていた。

ほかに、誰かのシューズや習字道具も乱雑に置いてあったりする。

その棚を拭くための雑巾《ぞうきん》を、順次も幹也も一応は手にしていた。だが、それを使おうとはしていない。雑巾を持った手は、だらりと下に垂れているだけだ。

そんな二人の目は、祐汰郎に向けられていた。

昨日の放課後、サッカーの最中に咳き込んだ彼は、今日も朝から体調が悪そうだった。

そして六時間目が終わって掃除の時間になったいま、祐汰郎の顔色はますます酷《ひど》くなっていた。

順次と幹也は、それが気になって棚を拭くどころではないのだ。

いま祐汰郎は黙って机を動かしていた。教室の床を掃くためにそうしている。

珍しいことがあるものだ。祐汰郎の場合、掃除の時間は休み時間の延長で、サボっているのが常だった。箒《ほうき》を持てばチャンバラ遊びを始めるし、モップを持てば丸めた紙屑を使ってアイスホッケーに興じることもよくあった。

だが今日はおとなしく掃除をしている。サボる元気すらない、ということらしい。こんなに活気のない祐汰郎を見るのは初めてだった。

そのとき、机を運んでいた彼の体がぐらりと横に傾いだ。

祐太郎は、机をかかえたまま、背中向きによたよたと歩いたかと思うと、やがてタイルの上にぺたんと尻餅をついてしまった。

机が大きな音をたてつつ床に倒れ、上に載せてあった黒いランドセルが、中身をまき散らしながらタイルの上に転がる。

近くにいた子たちが二人、祐太郎の方へ駆け寄った。

「ねえ、大丈夫？」

二人が一緒に彼の両脇に手を差し込んで、立たせてやろうとする。

祐太郎の様子は、あきらかにおかしかった。目が虚《うつ》ろなのだ。まるで強いパンチをくらったボクサーがリングの中で、何が起こったんだ？　と自分自身に問いかけているように、目蓋《まぶた》をぱちぱちと閉じたり開いたりしている。

そうしてから祐太郎は、両脇を支える子たちの手をふりほどき、体を丸めた。

ごぼごぼと咳が出て、背中が大きく上下にゆれる。

――またかよ。

と言うように、みんな目配せしあった。

ところが昨日の放課後とは様子が違っていた。水筒の水を飲ませてやっても、いっこうに咳が止まらないのだ。顔色もますます悪くなっているようだ。

やがて祐汰郎はよろよろと立ち上がった。左右の足を力なく交互に踏み出して、ゆっくりとドアの方へ向かっていく。

「ちょっと体調が変だ……。保健室へ行ってくる……」

やっと喉の奥から絞りだしたような声でそれだけの言葉を口にすると、祐汰郎は廊下へ出ていった。

「なあ、ユッちゃん。本当にいけるんか？」

廊下の壁に手をつきつきしながら、身を屈めて歩いていく祐汰郎の後ろ姿に、幹也がそんな声をかける。関西弁で「いけるんか？」というのは、共通語でいう「大丈夫か？」のことだ。

すると祐汰郎は背中をこちらに見せたまま、軽く手を上げてみせた。

「一応、先生に教えておいた方がいいんじゃないのかな？」

誰かが口にしたその言葉に、みんなも黙って頷いた。

順次と幹也のほか何人かの児童が職員室へ向かったところ、紺田先生は自分の机についていた。

順次が先生のすぐ横へと歩み寄って告げた。

「さっき、祐汰郎くんの具合が悪くなって、保健室へ行きました」

すると先生は眼鏡の奥にある細い目を丸くした。

「なにっ。本当か？」

先生の反応が予想以上に大袈裟だったため、順次と幹也はたじろいだ。そうしながらも、二人ともどうにか首を縦に振る。

先生は持っていた書類を机の上に放り出し、職員室から急ぎ足で出て行った。たぶん保健室へ向かったのだろう。

主《あるじ》がいなくなった机には、何やら分厚い本が置いてあった。植物図鑑のようだ。

先生が開いていたページには見覚えのある花が載っていた。間違いない。瓢箪形の花瓶に活けてある植物だ。それについて先生は調べていたらしい。

この図鑑のおかげで、下向きの白い花をつけたあの植物の名前が「スズラン」だと確認できた。

「なあ」

先生の背中を追いかけるようにして職員室を出てから、最初に口を開いたのは幹也だった。

「先生の様子も変やないか？」

順次が頷く。「おれたちも保健室へ行ってみるか？」

「そうやな」

みんなで先生のあとを追い、保健室へと廊下を走った。

だけど、ドアを開けたものの、入口で立ち竦《すく》むしかなかった。ただならない雰囲気を室内に感じたせいで、入っていくことができなかったのだ。

電話の前では、保健医の先生が真剣な顔をして受話器を握っていた。彼女の口からは「救急車」とか「入院」という言葉が聞こえてくる。

紺田先生も、保健室にあったもう一台の電話を使っていた。祐汰郎の家へ連絡しているのだ。彼の名前を口にしたあと「お母さんですか？」と訊いていたから、たぶん間違いない。

肝心の祐汰郎はベッドの中にいた。

苦しそうに目を閉じている。ちょっと離れたところから見ても、霧吹きで水をしゅっとふきかけたような細かい汗が、顔にびっしりと浮いているのが分かった。

電話を終えた先生が、祐汰郎のベッドに屈み、額に手を当てながら熱を測っている。そのあとで、ドアのところに突っ立っている児童たちに気づいて言った。

「祐汰郎のことは心配するな。きみたちは早く帰りなさい」

ここにいても何ができるというわけでもないのだから、先生の言葉に従うほかなかった。

教室に戻ると、倒れていた机を元に戻し、祐汰郎がやり残した掃除の続きに取り掛かった。

箒を動かす児童たちのあいだには重苦しい空気が漂っていた。誰もが祐汰郎の容体ばかり気にしているようで、無駄口をたたく者は一人もいなかった。

5

「みんなに知らせておきたいことがある。祐太郎のことだ」

朝のホームルームで、紺田先生は教室に入ってくるなり、案の定そう言った。

「実は、昨日の夕方、体の具合が悪くなってしまってね。いったん保健室で休んでいたけれど、そのあとで大事をとって県立病院に入院したんだ」

ちょっと教室の中がざわついた。

入院。やっぱりそうなったか。

もっと祐太郎についての情報を得たいと思った。だけど、先生はそれだけ言うと、もう祐太郎の話を打ち切ってしまった。医者はどう診断したのか？　いつごろまで入院しなくちゃいけないのか？　知りたいことがいろいろあったのだが。

「なあ、どうするよ？」

順次が幹也の方へ顔を向ける。

「見舞いに行くか？　先生も言ってたことだし」

六時間目も掃除も済んで終わりの会の時間になったけれど、このときも先生は祐太郎の話を避けていた。

ただ内心では、やはり彼の容体が心配でたまらないようで、

「車に気をつけて帰るように。いいね」

下校時の注意を呼びかける言葉も、心ここにあらずといった感じだった。

みんながランドセルを背負って教室から出て行っても、先生はまだ物思いにとらわれているらしく、教卓の上で同じ書類をなんどもそろえたりばらしたりしながら、職員室へ戻りもせずにぐずぐずしていた。

順次と幹也は、どちらからともなく目配せをし合って、教卓へと近づいていった。

「あの、先生」話しかけたのは順次の方だった。「ユッちゃんは、いったいどうしちゃったんですか？」

紺田先生は硬い表情を二人に向けた。

「……順次、幹也。きみたちは祐汰郎といちばん仲がいいよね」

「はい」

「実はな……」

そこで言い淀《よど》んだ。この先を言っていいのか、言わないでおくべきか、かなり迷っている様子だった。

二人は先生に詰め寄った。その圧力に負けたように、先生はまた口を開いた。

「昼休みに、祐汰郎のいる病院から電話があったんだ。入院が長引くかもしれません、とい

う連絡だった。つまり祐太郎の具合は……よくないらしいんだ」

先生の方へさらに顔を近づけて順次が訊く。「病名はなんですか？」

紺田先生は黙って首を横に振った。

「分からない」

いつもは大きく見える先生の肩が、このときばかりは両側から押しつぶされたみたいに小さくなって見えた。

「見舞いに行ってやりたいが、ぼくは今日、別の仕事があってどうしても学校を抜けられない……」

ここで紺田先生は、そうだ、というように顔を上げ、教室に居残っている児童たちを見渡した。

「順次に幹也。それにほかのみんなに頼みがある。すまないが、バスに乗って病院まで行って、ぼくの代わりに祐太郎を見舞ってやってくれないか。できるだけあいつを元気づけてやってほしい。午後六時まで面会が許されているはずだから」

「ここにいる全員、そのつもりでした」

順次が、いま教室にいるみんなを手で指し示しながら言った。

「分かった。じゃあ頼むよ。バスの代金を渡しておこう」

学校前から県立病院まで、市営バスの往復運賃がいくらなのかは知っている。子供一人二百六十円だ。

紺田先生は体を捻《ひね》って、椅子の背にかけておいた上着を手にした。

そのポケットから財布を取り出し、いくらかの紙幣と小銭を準備し、それを順次に渡した。

「これできっちり間に合うはずだ。すまないな。頼むよ」

そう言い残し、先生は教室から出ていった。

順次は、いま受け取った現金を教卓の上に広げてみせた。全部で千五百六十円あった。

「ちょっと待った。先生の計算、間違っていないか？　学校前から県立病院までなら、子供一人二百六十円だろ。それかける五人だったら、千三百円あれば足りるはずだけど」

「せやな。一人分余計だったわけや」

「まあいい。ここはいったんもらっておいて、あとで返そう」

みんなで小学校前の停留所から、県立病院方面へのバスに乗った。

祐太郎の病室を病院の受付で訊《たず》ねてみたら、五階にある個室とのことだった。

エレベーターを待っているのがもどかしく、みんなで階段を駆け上がった。

ノックして部屋に入ると、祐太郎は、上半身をベッドに起こしていた。

ゲームをするでもなく、本を読むでもなく、ただぼうっとしていたようだ。

しばらくのあいだ、クラスメイトが入ってきたことに気がつかなかったほどだから、体調は想像した以上によくないらしい。

部屋の中にいたのは、祐汰郎をのぞけば、彼の母親だけだった。

「ほら、三組のお友だちが来てくれましたよ」

祐汰郎は母親から肩をぽんと叩かれ、ようやく顔を上げた。

うつろな目でベッドの周りを見回し、ゆっくりと口を開く。

「おう……。みんな、どうした」

彼の母親が、ベッドの脇に椅子を六つ並べてくれた。祐汰郎に近い方から、順次と幹也が腰をかける。

紺田先生から連絡を受けていたらしく、祐汰郎の母親は、クラスメイトが見舞いに来ることを知っていたようだ。

「みんなわざわざありがとう。これ、よかったら食べてね」

病院の売店で買ったものだろうか、母親は、カップに入ったアイスクリームをベッド横に置いてある小さな机の上に用意してくれた。

そうしてから、自分がいては子供たちだけの話ができないだろうと気を利かせたらしく、こちらに軽く会釈《えしやく》をして病室を出ていった。

祐汰郎の母親を見送ったあと、順次はテーブルのアイスクリームへと目をやった。

「これも一つ多いな」

順次が言い、「せやな」と幹也も頷く。

アイスクリームの数は全部で六個あった。

順次と幹也は、一緒に来たほかの三人にアイスクリームを配りながら、祐太郎の方へ視線を戻した。

「ごめん。慌てていたから、こっちは見舞いを持ってこなかった」

みんな手ぶらだ。ただし幹也だけは自分の水筒を肩から斜めにぶら下げていた。

「気にすんな」

弱っているところを見せたくないのか、ここで祐太郎はようやくぴんと背中を伸ばした。

「これでいいんやったら、飲むとええで」

幹也は病室にあったコップに水筒の中身を注いだ。

「ユッちゃんの好きなジュースや」

「サンキュー」

たぶんお医者さんと看護師さんから、口にしていいものを厳重に指定されているはずだが、幹也はそんな知識を持ち合わせていなかった。

渡された水筒の中身を、祐太郎はかまわず飲んだ。

そのあいだ、順次と幹也は病室を見渡した。

心配するな。そう紺田先生は言っていたが、その言葉は信じていいものだろうか。病室がわざわざ個室なのはなぜか。病状が深刻だからではないのか。それに枕元に据えつけられた治療用の装置だって、仰々《ぎょうぎょう》しすぎる。どう考えても軽い病気なんかじゃない。祐太郎の痩せ方も、ちょっと異常だ。たったの数日間で、こんなに体の線が細くなるなら、かなり重い病状と言えるだろう。

そのときだった。

それまで、ぴんと起き上がっていた祐太郎の上半身が、いきなりシーツの上に折れ曲がった。

丸くなった彼の背中が激しくジャンプを繰り返し、髪の毛がばさばさと波を打つ。

同時に、激しい咳の音が病室中に響きわたった。

ちらりと見えた祐太郎の顔は、しわくちゃに歪《ゆが》み、まるで老人みたいだった。

咳はなかなか止まらない。これまで見せた、どんな状態よりも祐太郎は苦しそうだった。

ほどなくして、彼の口からシーツの上に黄色みがかったものが飛び散った。異臭がする。吐き出したのは、たぶん昼食で胃袋におさめた病院食だろう。

「わっ！」

ベッドの周囲に座っていたみんなが一斉に声を上げた。

誰もが完全にパニックに陥っていた。どうしていいのか分からず、ただ椅子から腰をうかせて固まっていることしかできない。

「医者や！　先生を呼ぶんや！」

幹也の叫び声に、順次が病室の出口へ走ろうとした。

すると病室のドアが開き、白衣を着た大人たちが、四、五名ほどかけこんできた。医者と看護師たちだ。どうやらこの病室には、患者に異変があった場合、自動的に彼らのところへ報《しら》せが行く仕掛けが施されていたらしい。

「きみたち、もう面会は終わりだ」

医者が、祐汰郎の腕を取り、脈を測りながら言った。

看護師たちは、枕元にそなえつけられたごちゃごちゃした機械をいじり始める。

もはや役に立たない連中など、居座ることが許されない雰囲気になっている。自然、見舞いのみんなは部屋の隅へと追いやられるかたちになった。

「あんたたち、さっさと廊下に出てっ」

結局、看護師のきつい口調によって、病室の外へと追いやられた。

廊下の椅子で待っていた祐汰郎の母親が、容体の急変を知っておろおろしているが、誰一人として彼女にかける言葉を持っていなかった。

6

また窓ガラスがバチバチと音を立てた。

朝から荒天が続いている。今朝、登校前にテレビで見た天気予報では、午後から回復に向かうと言っていたが、それは何かの間違いだろう。夕方が近くなるにつれ、窓ガラスを打つ雨粒の大きさは増す一方だ。

暗いのは空模様だけではなかった。この教室の雰囲気もそうだ。

クラスを支配している祐太郎が不在だと気が楽だ。そう感じている者が、もしかしたら何人かいるかもしれない。

でも、大部分の人は、かなり重い気分で半日を過ごしたはずだ。なにしろ人の命がかかっているのだ。そのクラスメイトがどれほど煙たい存在でも、死んでほしいとまでは、誰も本気で思ったりはしないものだろう。

そう、命がかかっているのだった。

昨夕、急に容体を悪化させた祐太郎は、一夜明けても回復せず、それどころかいまは予断を許さない状態にあるという。

そのせいもあってか、今日の紺田先生はかなり忙しそうだった。休み時間がくるたび、五年三組の児童を何人かずつまとめて職員室に呼んで、何やら聞き取り調査みたいなことをしていた。

掃除も終わりの会も済み、放課後になっても、祐太郎に代わって「サッカーをやろうぜ」と言い出す者はいなかった。みんなおとなしく紺田先生にさようならの挨拶をして帰っていく。

順次と幹也もランドセルを背負おうとした。そのとき、

「きみたち、ちょっといいかな。少し話をしたいんだが」

紺田先生が、そう声をかけてきた。

二人は、例によって顔を見合わせたあと、同時に頷いた。

先生は、いつかの朝もそうしたように、教卓を離れて窓際の方へと移動した。

順次も幹也も、彼の背中を追うようにして同じ方向へと歩いていく。

祐汰郎もそうだったが、紺田先生の様子もまた、この数日間でだいぶ変わってしまったように見えた。

かなりの心労があったからだろう、厳しい修行をしているお坊さんのように、体全体に近よりがたい雰囲気をまとっている。そんな感じだ。ずっと食欲がなかったせいか、頰に深い窪《くぼ》みができてもいた。どちらかといえば丸かった顔が、いまではすっかり細くなってしまい、妙な迫力があった。

カスミを飼っていたカゴは、すでになくなっている。いつの間にか紺田先生が学校の倉庫かどこかにしまってしまったようだ。

一方、瓢簞形の花瓶は、今日もちゃんとそこに置いてある。紺田先生は棚の上に顔を向け、ちょうどあの鳥カゴが置いてあった位置にしばらく視線をやってから言った。

「きみたちは、まだカスミのことを覚えているだろう?」

二人を代表して順次が「はい」と返事をした。

「いまから数日前のことを、ちょっと思い出してみようか。死んじゃう直前、金曜日の放課後、カスミはいつもより元気にちゃかちゃか動き回っていたね」

「はい」

「そして翌週、月曜日の朝には冷たくなってしまっていた」

「そうでした」

「だけど、おかしいよね。あんなに元気だったのに」

「はい。変だと思います」

「だとしたら、本当は元気じゃなかったのかもしれないね」

「……それは、どういう意味ですか」

「表向き、元気に見えただけだった、という意味だよ。ほら、例えば覚せい剤みたいな悪い薬を注射すると、人の動きは活発になる。けれど、そういう不健康な状態を〝元気〟とは言わないだろ」

「はい」

「では何と呼ぶかというと、そうだな、異常興奮とでもいう言葉が適当だと思う。元気と興奮は似ているけれど違うよね。あのときカスミが見せたのは興奮の方だった。しかも異常な興奮だ。それは言い換えると、病的な状態にあったということだね。その病的な状態が高じて死亡につながった。――どうだろう、そんなふうに解釈することも可能なんじゃないかな」

順次は瞬きを繰り返した。そうして、いま紺田先生が言った言葉を自分なりに理解しようと努める。

幹也も同じような仕草を見せていた。

やがて二人は頷き合った。「可能だと思います」

「だよね。だったら、もう一つ考えてみてほしいことがある」

「どんなことですか」

「あのときのカスミの様子は、誰かが見せた症状と似ていると思わないか」

順次と幹也には、先生の問い掛けに対する答えが、すぐに分かったようだった。

「もしかして、その『誰か』って、ユッちゃんのことですか」

紺田先生は深く頷いた。

「そうなんだ。振り返ってみると、カスミと祐汰郎が見せた症状は、かなり似ているんだよ。同じと言ってもいいくらいだ。どちらも興奮状態に陥ったあとで倒れているだろ。結果、カスミの場合は死んでしまった。祐汰郎も、もしかしたらそうなってしまうかもしれない」

「でも、どうして……」

「どうしてそんなことが起きたのか？　当然そういう疑問が出てくるね。——実は、祐汰郎の体を調べたところ、あんなふうに具合が悪くなってしまった原因が、だいたい分かってきたんだ」

　また窓ガラスを大粒の雨が打ちつけ、バチバチと音が響いた。

「はっきり言ってしまうと、祐汰郎は毒物を飲まされていたのかもしれないんだよ」

　順次と幹也はしばらく絶句した。

　ややして顔を見合わせたあと、

「どんな毒ですか」

「どんな毒ですか」

　ほぼ同じタイミングで同じ質問を口にする。

「コンバラトキシンという毒物だ。聞いたことがあるかな」

　順次と幹也はもう一度お互いの顔を見やってから、「ありません」と声をそろえた。

「だよな。コンバラトキシンなんて言葉は、先生も最近になるまで聞いたことがなかった。こんな難しい名前の毒物を、小学生のきみたちが知っているわけがない。だけど、名前は知らなくても、簡単に手に入れることはできる。それはどこにあるかというと——」

　先生は棚の上に向かって手を伸ばした。

「ここだ」

先生の手が取り上げたのは瓢箪形の花瓶だった。

「この花瓶に活けてあるのは、なんという花だか分かるかい」

「スズランだと思います」

「おや、よく知っていたね」

「この前、先生の机にあった図鑑で見ました」

「ああ、あのときか。いや、ちょっと思い当たることがあってね、スズランについて調べていたんだ。――この植物は五月に花盛りになるようだ。五月は英語でメイというからメイフラワーという名でも知られているそうだ」

天気予報はまんざら間違いでもなかったようだ。雨音が少しだけ弱くなってきた。

「別名はもっとあって、『谷間の百合』や『キミカゲソウ』とも呼ばれているらしい」

順次も幹也もきょとんとした顔をした。

「たしかに『キミカゲソウ』とは耳慣れない言葉だね」

先生はいったん窓際を離れ、黒板に白いチョークで「君影草」と書いてから戻ってきた。

「漢字で書くと、ああいう字になる。花が葉っぱの下に咲いて、陰に隠れるように見えるところから、そんなふうに呼ばれるらしい。そこにあるのに、ないと思われてしまう悲しい花だ」

そこにあるのに、ない……か。まるで〝いない人〟のようだ。

「話を戻すと、このスズランという植物がコンバラトキシンという毒を含んでいるわけだ。コンバラトキシンは水に溶けやすい。だからスズランを活けてある水は毒だということになる」

先生は花瓶を振ってみせる。なかの水がチャポチャポと音を立てた。

「スズランに毒があったなんて、ぼくもいままで知らなかった。この花瓶の水はすぐに捨てて、花も別の種類にするか、あるいは造花に替えておこう。――さて、スズランを活けた毒水をうっかり飲んでしまったら、その生き物の体にはどんな症状が現れると思う？」

さらに雨音が弱くなった。もうじき完全に上がるかもしれない。

「具体的には、よだれを流したり、激しい腹痛に襲われて、胃のなかにあるものを吐いたりする。場合によっては、わけもなく興奮し、体を激しく動かしたり、他人に強く当たったりすることもあるらしい。というのは、この毒は主にここ――」

紺田先生は自分の左胸に手を当ててみせた。

「心臓に作用するからだ。素人《しろうと》の考えだけど、たぶん激しい動悸を脳が興奮状態と勘違いしてしまうせいじゃないかと思う」

「………」

「そして、摂取したコンバラトキシンの量が多かったり、そのとき体力が弱っていたりすると、次第に体が冷たくなり、不整脈を起こして、ついには心臓を完全に破壊されて死亡に至る。死ぬんだ、ちょうどカスミみたいに」

「じゃあ……カスミが死んだのは、スズランの水が原因ってことですか」

「そうだと思う。先日の放課後、祐太郎が蛇口から水を汲んでくる手間を省いて、カスミに飲ませた水。あれが原因と考えて間違いないだろう。あのせいで、カスミは異常に興奮したあと、週明けまでのあいだに死んでしまったわけだ」

「だったらユッちゃんにも、誰かがスズランの水を――」

紺田先生はもう一度深く頷くことで、順次の言葉を途中で遮った。

「そう。たぶんクラスの誰かがみんなの目を盗み、この花瓶から祐太郎の水筒にこっそりとスズランの水を混入させ、飲ませていたんだろうね」

「その犯人は誰なんですか」

「まだ分からない。調査中だよ。いまこうしてぼくが順次や幹也と話しているのは、それを突き止めるためだ」

「じゃあ、理由は？　ユッちゃんを恨んだ理由は何なんですか」

「それも不明だ。でも、これまでの状況からすれば、カスミを殺されてその恨みを晴らしたかった、ということはまず考えられると思う」

雨音はまったく聞こえなくなった。

「それにクラスのリーダー格である祐太郎の主導で、何か嫌なことをされていた、なんて事態も考えられるかな」

「嫌なことっていうのは、いじめとかですか」

「もしかしたらね」

順次も幹也も、ここで急に瞬きの回数が多くなった。息も荒くなる。

「……でも、誰を」

「たぶん、祐汰郎の気に障ったことをした誰かだ。徒競走で一位になったとか、サッカーでゴールを決めたとか、そういうお手柄を上げた誰かだと思う。祐汰郎は、自分より目立つ者の存在が許せないタイプだろ」

祐汰郎が常々カスミを雑に扱っていたのも、それが理由だ。クラスの人気者だったシマリスに嫉妬していたということだ。

「順次。幹也。二人とも正直に答えてほしい。きみたちは、誰かが祐汰郎の水筒に」

先生はもう一度スズランの花瓶を手にした。

「この水を混ぜ入れている現場を見たりはしていないかな？」

順次と幹也は何も答えなかった。

「実は、きみたち以外のクラス全員から、すでに聞き取り調査をしてあるんだ。でも、誰もそういう現場は見ていないという。きみたちは、どうかな？」

やはり順次と幹也は、居心地が悪そうにもぞもぞとしりを動かしこそすれ、口だけはかたくなにつぐみ続けている。

「そうか。やっぱり見ていなかったか。困ったな……」

紺田先生は独りごとのように呟いた。

「でもぼくには、これまで教師をやってきた経験から分かるんだ。学校内で、誰にも悟られずに悪事を働くのは不可能に近い、とね。だって、こんなに児童がいるんだ。至るところに他人の目がある。それが学校という場所なんだよ。いくら隠れてこっそりやったつもりでも、きっと誰かがどこかで見ているものなんだな。もしはっきりと目撃していなくても、微妙な手掛かりに気づく子は必ずいる。この事件で言えば、花瓶の位置が微妙にずれていたり、水筒の置き場所がちょっと違っていたりするはずだから、大勢いるうちの誰かが何となく察知するものなんだ」

「……」

「それにもかかわらず、クラスの誰もが『知らない』と言っている。ぼくにはそれが不思議でしょうがない。犯人を知っている者は必ずいる。知っていながら、それを隠している。つまり犯人を庇《かば》っているわけだ」

「……」

「いや、庇っているわけじゃないよな。それじゃあ理屈に合わない。祐太郎はこのクラスのリーダー格だろう。みんな、彼にはできるだけ逆らわないようにしている。だったらむしろ、祐太郎に害をなした人物を積極的に告発するはずだね。庇う道理なんてない。これはいったいどういうわけだろう」

「…………」

「もう一度訊くけど、順次、幹也、本当に何も知らないんだな」

「はい。ぼくは……知りません」

「はい。ぼくも……知ってません」

「分かった。きみたちはもう帰っていいよ」

二人がランドセルを背負い直し、教室から出ていく。

その後ろ姿を見送ったあと、先生は机に肘をつき、顔を手で覆った。

「みんなが口を閉ざしている。この調子だと、警察が来たとしても、捜査はろくに進まないだろうな。祐太郎が助かっても死んでも、単なる自己責任の誤飲事故で片づけられてしまいそうだ」

先生は深く溜《た》め息《いき》をついた。

「これだけ児童がいるのに、誰一人、ひとことも犯人に関する情報を口にしない。こうなったら、その理由は一つしか考えられないな。そう、言うまでもなく、犯人はクラスメイト全員から〝いない人〟にされている、ということだ」

先生の表情は、ますます厳しくなった。

「ぼくの考えをはっきりと言おう。――シマリスを拾ってきてみんなの人気者になり、結果、祐太郎の嫉妬を買って〝いない人〟にされてしまった。その人物が犯人だ」

ここで先生は顔を上げ、こちらをじっと見据えた。

「なあ、きみはそう思わないか？　霞美《かすみ》」

学校で人から名前を呼ばれたのは何日ぶりだろう。

他人に存在を認めてもらえるというのは、やはり精神衛生上いいことだ。

少しほっとしながらも、しかし、わたしは思わず先生の視線から目をそらしてしまっていた。

この三か月ほどで、〝いない人〟と扱われることにすっかり慣れてしまっていたため、誰かに顔を見られるのが、だいぶ苦手になっているようだ。

「思います」

人前で喋《しやべ》るのも久しぶりだったから、声が嫌な感じに粘ついてしまった。

それはともかく、そう返事をしたあとで、わたしは先生に向かって頭を下げた。

紺田先生はもう一度、いじめとそれに関連した事件に巻き込まれてしまったわけだ。その責任の一端は、いや大部分はわたしにあるのだ。

先生にどう謝ったらいいのか。それを考えると申し訳なくてたまらない気持ちになったが、その一方でわたしは、いま自分がにやにやと笑っていることに気づいていた。

7

六時間目の終わりを告げるベルが鳴った。

児童たちが、教科書やノートをランドセルにしまい、机を教室の前に寄せる。

教室を掃除する当番の児童たちが、掃除用具の入ったロッカーから箒を取り出し、掃除を始めた。箒は全部で三本ある。

《ねえ、ちょっと》

男子児童の声がした。

それは下谷草太《しもたにそうた》が、ほかの男子児童にかけた声だった。

その児童は草太の呼び掛けに応えなかった。

《ねえ、ちょっと、＊＊くん》

名前を呼んでも返事をしない。それどころか草太の方を見向きもしない。

草太はあきらめ、今度は、

《ねえ、＊＊さん》

近くにいた女子児童に声をかけた。だが女子児童も返事をしなかった。やはり草太の方を気にもかけない。

《＊＊さん、ねえってば》
草太が声を大きくすると、やっと《ん、なあに》と返事をした。
《もう一本の箒、どこにあるか知らない？》
《掃除用具入れの中を見れば》
《見たけど、ないんだよ》
《じゃあ知らない》
もう一本の箒は、草太の動作が遅いのを見越し、誰かがどこかに隠したに違いなかった。雑巾やモップ当番の児童たちは、横目でこの様子を見ているが、やはり草太を助けようとする者はいなかった。
わたしはそこで映像を止めた。
ノートパソコンのカバーも閉じる。
職員室を出て五年三組の教室に行くと、約束どおり草太は、窓際の自席で一人待っていた。放課後の西日に照らされた彼の表情には今日も一片の笑みもない。
下谷草太がいじめに遭っている。それに気づいたのはつい先日のことだ。担任教諭として、もちろん放っておける事態ではない。原因は何だろう。草太が五年生にしては利発すぎるからか。いずれにしろ、すぐに対処する必要があった。
わたしは彼のすぐ前にある座席まで行き、椅子の向きを反対にして座った。正面から向き合う格好になる。そうしてから口を開いた。

「昨日の掃除の時間、箒を隠されたでしょ」

草太は無言で頷いた。どうして知っているんですか、と目で問うてくる。

いじめが行なわれているとの噂を聞きつけたため、教卓に小型のカメラを設置して撮影しておいたのだ。そう説明しても、草太は大して驚いたふうでもなかった。だが、

「実はね、十五年前にわたしもいじめに遭ってたんだよ。この教室でね」

この言葉には、さすがに目を丸くした。

「いま草太くんが受けているのと同じいじめだった。〝いない人〟にされていたわけ」

ふと当時のことが思い出された。強い雨の降った夏の日、担任だった紺田先生と、この教室でいまのように二人で向き合ったことはよく覚えている。

「中心になって草太くんをいじめているのは、＊＊くんと＊＊さんかな」

「……そうです」

「だったら、彼らにくっついている手下的な人たちは誰？」

草太は何人かの名前を口にした。

「じゃあ、いっそのこと〝いない人〟になりきって、そのうちの何人かに徹底的にまとわりついて行動してみるといいよ」

そうアドバイスしたうえで、わたしは自分の体験を話してやった。

十五年前、五年三組の一員だったとき、同じクラスに祐汰郎といういじめっ子がいたこと。校庭でシマリスを拾って目立ってしまったため、祐汰郎に無視されるようになったこと。そのためクラス全体からも〝いない人〟にされてしまったこと。当時の担任だった紺田先生のアドバイスに従い、思い切って〝いない人〟になりきる決心をしたこと。そうして祐汰郎の手下だった順次、幹也という二人の児童にべったりくっつくという地道な嫌がらせをこちらからし続けてやったこと。

それらを全部話してやった。

草太はこの話に興味を持ってくれたようだった。この面談を開始したときよりもずっと目が輝きを放っている。

「でも」と草太は言った。「ただおとなしくべったりくっついているだけですか」

「そう。相手が根負けするまでね」

「でもそれって、楽なようですけど案外つらいですよね」

わたしは頷いた。

もちろん精神的に大変なことはいろいろあった。

病院へ祐汰郎の見舞いに行ったとき、紺田先生からは事前にバス賃を六人分もらった。けれども、わたしは〝いない人〟にされているから、その分配にあずかることができず、病院までのバス賃は自腹を切るしかなかった。

病室に行ってみると、祐汰郎の母親も六人分のアイスクリームを準備してくれていたが、数に入っていないわたしは、その一つを食べることができなかった。

「そもそも、いま先生が教えてくれた方法は、本当に効果があるんですか」

「紺田先生は『ある』って言ってたよ」

「そうかもしれませんけど、どう考えても、そんなやり方ではもったいないと思います」

「もったいない？　それはどういう意味かな」

「いま、ちょっと思ったんです。せっかく〝いない人〟になっているんだから、ただじっとしているんじゃなくて、それを積極的に利用すればいいんじゃないかなって。例えば、相手の給食に唾を入れたり、ゴキブリを入れたり、好き放題やっても、相手は文句を言えないんじゃないかなって。だってこっちは〝いない人〟なんですから」

この草太の気づきに、わたしは思わず、パンと手を叩いていた。我が意を得たりと思ったからだ。

「草太くんの言うとおりだよ。まさにわたしはそうした。最初はおとなしく順次と幹也にくっついているだけのつもりだったけれど、ある事件が起きたせいで、悠長な真似をしている気が失《う》せてしまったの」

「ある事件というのは、どういうものだったんですか」

「わたしが見つけてきて教室で飼っていたリスがいたんだけど、それを祐汰郎に殺されてしまったのよ」

そう教えてやったあと、わたしは窓際の棚に手を伸ばした。瓢箪形の花瓶が、いまもそこに置いてある。活けてあるのも相変わらずスズランだ。ただし中毒事故を防止するため造花に替えてあるが。

「祐汰郎がリスの命を奪った凶器は、これだった」

草太にスズランの持つ毒性について教えてやった。

「それで、霞美先生はどうしたんですか」

「復讐をしてやったの、同じ方法で」

「それで、祐汰郎という人は」草太はごくりと一つ唾を飲み込んだ。「どうなりました？」

「そんなに心配しないで。幸か不幸か、命は助かった」

草太はほっと息を吐いた。

「霞美先生は、警察に捕まったりしなかったんですか」

草太の疑問を一蹴するように、わたしは首を横に振った。

「するはずないよ。いま草太くんが言ったように、誰も嫌疑をかけようがないもの、〝いない人〟にはね」

かつて紺田先生が言ったとおり、きっとクラスメイトのなかには、わたしが祐汰郎に毒を盛った犯人だと気づいた者が何人かいたことだろう。

それでも〝いない人〟のルールに縛られて、誰もわたしを告発できなかった。

それを思い出したら、あのときと同じように、またにやにやと笑いが込み上げてきて、我慢するのが大変だった。

「ですよね」

わたしに向けられた草太の目には、少し怯《おび》えの色があったけれど、それ以上に尊敬の念が勝っていた。

# 名探偵名前が適当

*

似鳥鶏

**似鳥　鶏**

（にたどり・けい）

1981年千葉県生まれ。2006年『理由《わけ》あって冬に出る』で第16回鮎川哲也賞に佳作入選し、作家デビュー。「戦力外捜査官」シリーズや「育休刑事《デカ》」シリーズがテレビドラマ化され大ヒット。他の著書に「市立高校」シリーズ、「楓ヶ丘動物園」シリーズ、「御子柴」シリーズなどがある。近著に『小説の小説』『名探偵外来』がある。

1

「犯人はこの中にいます」

名探偵がそう宣言すると、会議室に集められていた事件関係者たちは一斉に動きを止めた。早えよ馬鹿、と思いながらも姫野《ひめの》警部補は慌てて関係者たちを見回す。容疑者は五人。今の言葉で動揺したのはどいつだ。今、ガタリと音がした。一人だけ歩き回っていた入江田奈津子《いりえだなつこ》(33)が驚いて停止した際に椅子の脚を蹴とばしたのだろう。隅の方の椅子に並んで座って喋《しゃべ》っていた千種太志《ちくさふとし》(33)と久下連司《ひさかれんじ》(32)も話をやめ、ぎょっとした顔で名探偵を見ている。おっと今新たにゴトリと音がした。窓際の席で一人、携帯でゲームをしていた多宝《たほう》新一《しんいち》(32)が携帯を取り落としたのだ。奴も相当驚いている。一番動きが小さかったのは壁際に置いた椅子に座っている高梨優海《たかなしゆうみ》(33)だが彼女は妊婦で、臨月のでかい腹を抱えていれば反射的に動きが小さくなって当然だろう。要するに全員、同程度に反応して同程度に怪しいいまだ。姫野は「ああもう」と地団太踏みたくなるのをこらえる。こういう台詞《せりふ》は取調の時にタイミングを計って、もっと動揺させる感じで使いたかったのに。捜査対象者の表情を読むのがうまい一係《ウチ》の片橋《かたはし》とかに言わせたかったのに。名探偵の野郎、貴重な武器を雑に撃《う》ちやがった。

姫野は悔しがるが、本件殺人事件に際して名探偵に協力要請を出すことを決定し、片橋刑事に駅まで迎えにいかせたのは他ならぬ姫野である。いつもの機敏さで指示をこなした片橋刑事は現在、車を車庫に入れるため不在。せっかちな名探偵は署の玄関でさっさと車を降り、一人で勝手にここまで来てしまったようだ。奴の気の早さ短さを忘れていた、と姫野は顔をしかめる。名探偵は彼の個人的な知り合い、というか幼馴染《おさななじみ》であり、たまたま近くにいるらしいと知っていたため呼んだのだが、当然、まず別室で話をし、参考意見を聞くつもりだった。それがいきなり、容疑者五人全員の集まったこの部屋に突撃してきた。予想外。いや、予想すべきだったのだ。あいつの性格から。つまり俺のミスだ。姫野は床に視線を落として短く嘆息《たんそく》する。

——今、八重原《やえはら》署の玄関前に車を停めたところなんですが。あの、名探偵氏が、容疑者全員を一ヶ所に集めといてくれ、と言っています。あっ、今、車降りてっちゃいました。そっちに向かう、とのことです。

ほんの二分前、片橋刑事からそういう電話が入ったのである。一応、容疑者五人は全員八重原署内にいたし、現場の指揮権は刑事課捜査一係長である姫野にあったから、急いでこの会議室に全員を集めることはできた。だがその直後にドアがバーンと開き、三年ぶりに会う名探偵が現れて。

……そして第一声がこれである。会議室内が静まりかえったのも、まあ当然といえた。

「……ですので、これから手短に事件の真相をご説明します。車内で片橋刑事から話を聞いて、僕はすぐに分かりました。全部。つまり犯人は誰か。事件時、五人全員に不在証明《アリバイ》があったように見えたでしょうけど、犯人が用いたアリバイトリックはどういうものか」

名探偵が流れるように宣言する。室内にいる制服警官二名も、現場指揮権を持つ姫野も、誰も口を挟めなかった。単にでかいというだけでない「よく通る声」というのはあるし、単に威圧的というだけでない「有無を言わせぬ口調」というのもある。政治家、社会運動家、経営者、あるいは町内会長といった連中にこういう喋り方をするやつが多い。他人の話の途中でもすっと入って喋りだし、自分の話にもっていってしまう例のタイプだ。こいつは昔から喋りだすとこうだった。喋りたくない時は橋脚のように無言なのだが。

名探偵は姫野を振り返る。「あ、事件の概要ってみんな分かってる？」

「全体像は、人によってはまだ」

「じゃあそこからお話しします」名探偵は姫野の言葉が終わる前に容疑者五人を振り返った。「本件は殺人事件です。現場は八重原署管内のリゾート地にあるコテージ。そこの高梨さんの経営で、現在はシーズンオフだったため、設備の定期チェックを兼ねて友人たちを招待した」

名探偵の視線が高梨優海に向き、彼女本人だけでなく、一番近くにいた多宝までがぎくりとして身を固くする。多宝はその動きで胸ポケットに入れていた携帯をまた落とす。「うわ、割れる」

「高梨さんは無料で快く招待した、とのことでしたね。以前にもそうして経営者一家の友人知人を泊めたことがある。まあそれは事件には関係ないのでどうでもいいことなのですが」名探偵は喋る。「正確に言えば現場は、高梨さんの夫の会社の経営のコテージの敷地内の物置小屋の中ですね」

韻でも踏むように「の」が重複するが本人は気付いていないようだし、耳で聴いている分にはかえって小気味よく響いてこのまま聴いていたくなる。そういえば名探偵の奴、まだ自己紹介も何もしていない。事前に俺から説明を受けていた制服警官二名はともかくとして、容疑者五人からすれば「突然乱入してきて一人で喋りだした謎のおっさん」になるはずなのに、彼らが黙って拝聴しているのは驚くべきことだ。思い出してみるに小学校の学級会の時点ですでにこうだった。名探偵の奴が喋りだすと不思議と皆が黙って聴き入ってしまうのである。よくよく考えてみれば、どんな名推理をしようと皆が聞く耳を持ってくれなければ披露できないわけで、これも名探偵に必要な資質の一つなのかもしれなかった。名探偵と同レベルの推理能力を持ちながら、他人に聴かせる喋り方ができなかったせいで消えていった奴もたくさんいるのではないだろうか。

「宿泊していたのは主である高梨優海さん他、旧知のご友人である、あなた方四人と被害者一人。事件発覚は本日午前六時三十分。現場である物置小屋に火がついているのを、誰ということもなくほぼ全員が同時に発見した」

名探偵は喋る。相変わらず欧米人しか似合わなそうな赤ワイン色のジャケットをぴったり着こなしているが、隣で見ていた姫野は、その襟足に白髪が交じっているのを発見した。一応こいつにも「寄る年波」というやつは来ているらしい。

「119通報が午前六時三十四分。駆けつけた消防隊員が消火。物置小屋は全焼で屋根すべてと壁半分以上が焼け落ちた状態でした。そこから焼け焦げた被害者の死体が発見されたのが午前七時三十分。死体の身元が確認されると同時に、焼死ではなく火災前に殺害されていたことが判明。死因は後頭部の殴打により生じた脳挫傷。凶器はハンマーのようなものでまだ見つからず。死亡推定時刻は死体が焼けてしまっているため曖昧《あいまい》で、昨夜二十一時から今朝四時までのどこか。被害者が『悪酔いしたから自分のコテージで休む』と言って一人になったのが二十一時頃で、それまでは皆と一緒にいたわけですから、昨夜二十一時まで生きていたのは確実だそうですが」

名探偵はちらりと壁の時計に視線をやる。午後六時を過ぎていた。事件発生からそろそろ半日。それでここまで情報が集まったのは早い方ではある。

「ですが始めの方はもう少し絞れる。夕食後、二十二時三十分過ぎの時点で被害者の携帯からメッセージがあり、同じコテージで飲んでいた高梨さんら三人が現場の小屋に向かっている。『物置小屋の中で転んでしまって動けないから助けにきてくれ』という内容でしたね?」

問われた三人がぎくりとし、千種太志が口を開きかけるが、名探偵はそれを無視して自分で続けた。「ところが暗い中、数十メートル離れた物置小屋まで見にいってみても入口のドアが開かない。窓から中を見ようにも段ボール箱が積み上げられてあって見えない。だが被害者は電話に出ない。仕方なく、小屋の屋根に上って天窓から中を覗《のぞ》いたが、中はガラクタと段ボール箱と床が見えるだけで、隅々まで見ても被害者の姿はなかった。なので、三人は被害者がもう自分のコテージに戻ったものだと考え、もとのコテージに戻って飲み会を再開した。まあ高梨さんはずっとノンアルだったわけですが」

姫野も、そのあたりの事情は確認していた。高梨の携帯にメッセージが入り、彼女は皆にそれを伝えたが、皆、「どういうこと?」と首をかしげるだけだったため、高梨は自分で確認しようと立ち上がった。するとさすがに妊婦一人に行かせては、ということで久下が続き、千種も連れて三人で物置小屋に向かった、というのである。ここに関して五人の証言は一致しているし、千種が天窓に上った、ということも三人の証言は一致している。

しかしよく淀《よど》みなく喋れるものだと姫野は思う。駅からここに来るまでの車内で片橋刑事から話を聞いただけのはずなのに、自ら捜査してその目で見たかのように喋る。「あなたは探偵でなく、推理作家になるべきだ」という台詞がよくあるが、見ていないことを見てきたかのようにハッタリをきかせて喋る、という性質は両者に共通のものだった。

「死体には動かされた形跡はありませんでした。となると被害者は、少なくとも現場である物置小屋に死体がないことを確認した二十二時三十分過ぎ以降に殺害されたことになる。ところが二十二時三十分より後は、全員朝までアリバイがあるんですよね」

さすがに名探偵は状況の理解が早かった。そこが問題なのだ。そして昨夜の五人の行動を見るに、二十二時三十分以降は全員がそれぞれ他の誰かと一緒にいたようで、アリバイのない人間は一人もいなかったのだ。

妊婦の高梨ではそもそも犯行が困難な上、彼女は常に飲み会の場であった彼女のコテージ内にいて、一人にはならなかった。今も並んで座っている千種と久下は二十四時前、連れだって風呂に行き、そのまま久下のコテージに二人で行って酔っぱらったまま将棋を二局指したのち、そこで寝てしまった。もともとこの二人は将棋好きらしく不自然ではないという。高梨と入江田も二十三時過ぎに連れだって風呂に行った。とすると、彼女らが戻ってくるまでの約四十分間、多宝が高梨のコテージに一人で残っていたことになるが、多宝は「ずっとブラウザゲームのイベントステージを周回*1していた」と答えた。そして該当のゲームのサーバーを確認したところ、確かに多宝のアカウントはその時間帯、いわゆる「鬼周回」のレベルでイベントステージを繰り返していたことが判明しているのである。殺害および放火の準備をしながらできるゲームではなく、携帯のGPSは高梨のコテージから動いていなかった。アカウントをいじって他の端末からログインした形跡もないとのことで、むしろ「共犯」の可能性が残る千種・久下組と高梨・入江田組と比べ、この時間帯のアリバイが一番強固なのが多宝だった。そして高梨と入江田が戻った後は、多宝らは三人でそのまま飲みそのまま雑魚寝《ざこね》したという。女性二人のコテージに男一人でよくも、と思うが、入江田いわく「今さら気にするような間柄ではない」とのことで、彼女も起きた直後、多宝の顔面を踏んづけたが、別に気にしていないという。踏んだ方が言うことでもない気がするが。

「まあ各々トイレに行ったりして五分ほど外すことはあったそうですが、現場までは往復で十分はかかりますし、犯行と合わせると二十分は必要なわけで問題なし。寝ている間にこっそり抜け出すのも、コテージの床がけっこう鳴ることなんかを考慮するとちょっと危険すぎる。となると五人全員にアリバイがあることになるので、これは不可能犯罪ではないか、という次第なわけですが」

個々人のアリバイに言及するつっこんだ話だが、五人の反応は落ち着いたものだった。動きといえば、入江田が一瞬、他の四人を見たのと、多宝が胸ポケットにしまった携帯を出そうとしてやめたぐらいだろうか。不可能犯罪、という言葉が逆に五人を落ち着かせたのかもしれない。殺された高荒周《たかあらあまね》(30)は五人の大学の後輩であり、五人と比べると付き合いが浅いものの、このコテージに招かれるほどの友人ではあった。被害者と最も仲が良かったらしい千種は最初、泣いて会話にならなかったし、それ以外の四人にしても、自分たちの中に犯人がいる、という前提自体が受け入れられないものだったはずなのだ。そういう情況であればむしろ不可能犯罪とか、いっそ怪奇現象と言ってくれた方がまだ気が楽なのだろう。

　だが名探偵は、そんな五人の安堵《あんど》を無視して喋る。「これはトリックでしてね。二十二時三十分頃に現場の天窓から覗いて誰もいないのを確認した、っていうのがそもそも誤認なんですよ。最近、物置小屋内に置かれていた荷物が動かされた形跡がある、ということが、直前に掃除をした従業員の証言で分かっているわけですから」

　当然ながら誰もついていけない。しかし名探偵は「もうお分かりでしょう?」とでも言わんばかりの調子で喋る。「つまり本当はあの時点ですでに現場に被害者の死体が転がっていて、トリックでそれが見えないようにされていたんです。トリックは何かというと、これは単純です。現場の小屋は床が板敷だった。観測者はそれを天窓から、つまり真上から見て

＊1　ブラウザゲームにはしばしば期間限定で遊べるステージが設定され、期間中にそこをクリアすることでしか得られないアイテムが登場する。上位のアイテムを手に入れるためには相当数クリアしてポイントを溜めなくてはならないケースがあり、それらのアイテムが欲しいプレイヤーはイベント期間中、回し車のハムスターのように同じステージを何十、時には何百回も繰り返す。これを「周回」と呼ぶ。

『死体はなかった』と判断した。だったら床の、死体の上にもう一層、床板を張り渡して二重底にすれば、少なくとも上から見た時は何もないように見えますね。板を張り渡すのは大変ですから、板敷に見えるシートを張ったんでしょうね。ホームセンターでそういうの売ってるでしょ」

二重底。姫野は若い頃、机の引き出しをそういう構造にして中に日記帳を隠していた事件関係者を見たことがある。床があり、死体が倒れていて、その上からまた床模様のシートで覆う。確かにできる。天窓から確認したのは千種で、ちゃんと中をハンディライトで照らしたというが、その程度の明かりではシートと床板を判別することは困難だろうし、「床」との距離感覚にも、床に置かれた物と「床板」の位置関係がおかしいことにも気付かなかっただろう。

「これで犯行時刻は『少なくとも二十二時三十分以降』と誤認させることができる。犯人としては、そこから朝までの間にアリバイがない人間に罪を着せるつもりだったんでしょうが、たまたま全員にアリバイがあったのは誤算でしたね」

確かに、一人一人にコテージが用意されていたのに、結果的に全員が誰かと一緒にいる形になっていた。これは計算外だっただろう。

しかし、と姫野は思う。別に勿体《もったい》ぶる必要など皆無なのだが、核心をさっさと言いすぎだ。容疑者五人から一気にアリバイがなくなった瞬間なのに、すっと通り過ぎてしまって衝撃が一切ない。

「犯人の行動を順に追いますとね、まず昼間のうちか、宿泊前の段階で、物置小屋内の荷物を移動させ、トリックの実行に都合のいい配置にしておく。二十一時過ぎに被害者を呼び出す。被害者に『ちょっと秘密の話があるから、気分が悪くなった』とでも言って抜け出してくれ、と頼んだんでしょうね。で、物置小屋内で殺害。死体の横に発火材と燃料をセットし、あらかじめ用意していたシートを死体の上の高さで張って二重底の『偽の床』を作り、死体とそれらを隠す。あとは小屋を施錠して高梨さんのコテージに戻ればいいわけです。で、おそらくは遠隔操作の端末でもって高梨さんにメッセージを送り、物置小屋に死体がないことを『確認』してもらい、以後はアリバイが途切れないように行動する。朝になったら小屋内に落ちている被害者の携帯か何かを起動装置に使って遠隔で発火材に着火。火事が起きたらあとは驚いていればいい。トリックのキモであるシートは、火事で一緒に燃えちゃいますしね」

解決する、と姫野は思う。本件で最も厄介な部分がもう解けた。県警本部が出張ってくる前に、八重原署だけで完結してしまう。名探偵が来てまだ三百秒ほどしか経っていないのに。

いや、もともとこういう奴だったのだ。姫野は思い出す。小学校の頃、夏休みの宿題はすべて（絵日記も含めて）最初の二日間で片付けていたし、高校入試では最後の科目が始まって五分で席を立って帰ったため、同室の姫野の方が動揺してミスをしていた。卒論も六月に出して教官から逆に叱《しか》られたらしい。

はいそれじゃ、と探偵はぱちんと手を合わせ、皆を見回す。「笠原《かさはら》さんを殺害した犯人が誰なのか、もう明らかですよね」

瞬間、会議室の時間が止まった。

……今、誰だと言った?

だが名探偵は「お片付けの時間です」とでもいうような調子でまくしたてる。

「高梨さんは違うことが分かるでしょうから、残ったのは入江田さんら四人。行動を考えれば佐藤《さとう》さんもありえないし、トリックの内容からすれば角田《かくた》さんというはずがないわけでして、まあ消去法でも、当時の行動からしても、犯人は坂田《さかた》さんです」

名探偵は赤ワイン色のジャケットを翻しつつさっと踵《きびす》を返す。「よし片付いた。じゃ、あと始末よろしくな」

「おう。お前な、あと始末って言うがむしろここからが」反射的に応えかけてから姫野は慌てる。「いや、ちょっと待ておい。お前、何の話をしてるんだ」

姫野は急いで会議室を飛び出すが、名探偵はもう会議室を出て、階段の方に消えようとしている。

「おい待て。坂田って誰だ」

姫野の叫びが八重原署四階廊下に響き渡るが、名探偵はちらちらと手を振って微笑《ほほえ》んだだけで階段の下に消えてしまう。姫野はひさしぶりに全力疾走した。くそ。脚が上がらん。そういえば忙しくてここ三年、走っていない。次の術科は若い連中に交ぜてもらおう。

姫野が階段を見下ろした時には、もうどこにも名探偵の姿はなかった。踊り場の窓から飛び降りれば追いつけるか、と一瞬考えたが、足首を怪我して課長に頭を下げる自分の映像ですぐに上書きされる。とっさに携帯を出していたがそこまでだった。長いつきあいなので電話番号は知っていたが、奴の携帯が「すべての電話着信を拒否」という設定にしてあることも知っていた。そんな電話機としての自己を否定するかのような設定ができることの方が驚きだが。

「あの馬鹿……」

もともと人の名前を覚えない奴だった。興味のない事柄はとことん覚えない男だから姫野の名前すら覚えているか怪しい。だが坂田とは誰だ。「佐藤」とも「角田」とも言っていた。一体それは誰だ。そんな名前の奴は事件関係者にいない。いや被害者すら「笠原」と言っていた。どういうことだ。被害者は「高荒」だし、容疑者は「千種」と「久下」と「多宝」だ。「入江田」と「高梨」は合っていたが、その他がこれでは、奴の話の中の「高梨」が本当に高梨優海で、「入江田」が本当に入江田奈津子であるかどうかも怪しくなってくる。

そこまで気付き、姫野は絶望した。これでは結局、何も分からないじゃないか。せっかくトリックが解けて全員のアリバイがなくなったというのに、犯人が全く分からない。推理の意味がない。

仕方がなかった。姫野は決意する。自分は警察官であり、本件は殺人事件であり、八重原署刑事課捜査一係長である姫野正臣《まさおみ》警部補は、死んでも犯人を捕まえなくてはならない立場にある。

姫野は無線機を出し、はっきりと言った。

「至急、至急。八重原署捜査一係長から八重原署内全職員。重要参考人が署内から逃走した。確保願う。四十七歳男性、身長181cm、体重74kg。着衣は赤ワイン色のジャケットでブランドはブリオーニ。及びグレーのシャツ、黒のパンツ……」

## 2

姫野の前でうなだれているのは一係唯一の女性で警察学校時代、教官のおっさんたちから「カエルちゃん」と呼ばれていた酒匂《さこう》巡査である。カエルに似ているのではなく『ど根性ガエル』[*2]からだ。体が小さく力もなく、わりと洒落《しゃれ》にならないレベルで抜けていてついでに字も汚い彼女が脱落せずに卒業できた理由がその渾名《あだな》に込められているわけだが、困ったことに彼女の欠点としてもう一つ、素直すぎるところが挙げられた。

「……で、相手の言葉通りに、処分覚悟で飛ばした俺の無線を無視した、と」

「……申し訳ありません」

結局、全署に向けて緊急無線を飛ばしたのに、名探偵は確保できなかった。クロックアップしているのではないか、というレベルで移動速度が速い名探偵はあの時すでに、たまたまそこにいた刑事一人を捉まえ、一体どうやったのか話術で自分が姫野に呼ばれた捜査協力者であり、仕事が終わったので帰るところである、という状況を説明して信じさせ、車両まで出させて駅に向け出発していたところだったのだ。無論、運転中の酒匂刑事も姫野の無線は聞いたわけだが、明らかに人着の一致する名探偵は「似た服装の人とすれ違った」という露《ろ》骨《こつ》な嘘をこれまた巧みな話術で酒匂刑事に信じさせ、八重原署を脱出して駅に行ってしまったのである。なんて奴だ、と姫野は嘆息する。もう電車は出発している上、見送った後、すぐに署内に取って返した真面目な酒匂刑事は、ちょうど上り線下り線が同時に来ていた電車のどちらに名探偵が乗ったかも見ていないという。こんな事情では電車を停めて近隣の駅に非常線を張ることもできない。電話はつながらないしＳＮＳもメールも気が向いた時にしか読まない男だ。追跡の線は切れてしまった。

＊2　吉沢やすみ作（１９７０〜１９７６年／集英社）。転んで潰してしまったはずのカエルが「ど根性」でシャツと一体化して平面のまま生き残り、一緒に暮らし始める、という人情ギャグ漫画。

「……名探偵だが、車内で何か言ってなかったか？　今後の予定とか」

「……会話はしましたが、そういったことは何も」酒匂はうなだれたままだ。「従姉《いとこ》さんが敦賀にお住まいだそうで。本職も嶺北《れいほく》*3ですが同じ福井なので、福井トークで盛り上がっておりました」

あの美人の従姉か、と姫野は思い出す。結婚したことは聞いていたが、敦賀にいるらしい。だがそれは全くどうでもいいことであった。

「係長」会議室から片橋刑事が出てくる。「やはり名探偵の電話、つながりません。僕も一応、来る時に車内で名刺は交換したのですが……」

片橋刑事から名刺を受け取り、そこに書かれているすべての情報が役立たずであることを伝える。

片橋刑事は表情を曇《くも》らせる。「困りましたね。それでは名探偵氏の言う『坂田』が誰のことなのか、訊《き》く手段がありません」

「……昔から、興味のないことについてはえらく適当な奴なんだ」

「女性二名の名前は覚えていましたが」

そういえばそうだな、と姫野は思うが、酒匂刑事が手を挙げた。「でも、本職のことも『加藤さん』と呼んでいました……」

女性警察官にあるまじき可愛らしさ*4を維持しているがゆえにいろいろ使いどころのある酒

匂刑事ですら覚えられていないのだから、男女は関係ないのだろう。いよいよ「高梨」「入江田」も怪しくなってきた。

片橋刑事が腕を組む。「どうします？　トリックについては分かったわけですが、『坂田』が誰を指すのか……」

そう。分からないままでは捜査が進められないのだ。全員に対する取調を、あくまで任意で続けるしかない。しかも困ったことに、あの名探偵がトリックを暴いてしまった今、犯人は身の危険を感じているはずなのだ。全員に逃亡の危険がある。だが全員を逮捕することはまだできず、任意同行を頼むしかない。なのにもう夜になる。帰宅したいと言いだす奴がいたらどうするか。一人が皆の前でそれを言いだし、他の四人が雪崩《なだれ》をうったらどうなるか。一人一人、全員に対してガチガチに逃走防止をした上で帰さなくてはならない。そして当然、県警本部捜査一課《ほんしゃのれんちゅう》が出てきたら「八重原署は何やってんだ」と散々怒られるだろう。

姫野は決意した。とにかく、名探偵の言う犯人「坂田」が誰のことなのか、なんとかして

＊3　福井県はまん中の細いところ（木ノ芽峠）を境に嶺北（旧越前）と嶺南（旧若狭）に分かれる。おおむね嶺北は東日本、嶺南は西日本という立ち位置で、電力会社も言葉のアクセントも違う。
＊4　姫野警部補の偏見。

特定しなければならない。

……くそ。なんでこんなことで悩まにゃならんのだ。事件は解決しているのに。

もっともな不満ではあったが、ただ吐き出しても何も進展しない。姫野はちょうど廊下をやってきた茂呂《もろ》主任刑事に命じた。「容疑者五人はもう一回バラバラにして任意聴取を継続。なるべく時計を意識させないように頼む」

「了解」

「ただ高梨は臨月だろうから。精神的にも肉体的にも、あまり負担をかけないように頼む。場合によっちゃ彼女だけは自宅でもいい」

「了解」

茂呂主任が早足で去る。片橋刑事が囁《ささや》いてくる。「高梨の線は薄いですか?」

「臨月だしな。被害者は小柄だし、撲殺《ぼくさつ》ができないわけじゃないが」姫野は廊下の隅の小会議室を指さし、片橋と酒匂に囁いた。「君らはちょっと来てくれ」

姫野は廊下の左右を窺《うかが》う。本来であれば一係長である彼はずっと現場にいて指揮にあたっていなければならないのだが、それよりも優先すべき仕事ができてしまった。なんせ名探偵が「解答」を提示してくれたのだ。

「……俺は名探偵に連絡し続けるが、正直望み薄だ。だから奴の言う『坂田』が誰のことなのか、奴の話から特定できないか、一緒にちょっと考えてみたい。それさえ分かれば一挙解決だ」

「了解」

「了解」

変な指示だったが、片橋刑事と酒匂刑事は敬礼した。二人とも真面目であるし、殺人事件《コロシ》を「一挙解決」と言われれば血が沸き立って当然である。

姫野は部下二人を連れて小会議室に駆け込む。茂呂主任にならしばらくの間は任せていいはずだ。うん。なぜか後ろめたいものを感じていて、姫野は少し猫背になっている。


小会議室、と呼んではいたが、隅の方に広報用資料その他の段ボールが積まれており、ホワイトボードがそれら段ボールの隙間に押し込まれていることからして「物置」であることが明らかな部屋である。狭苦しく、壁はくすんでいて、他の部屋と同じLED蛍光灯を用いているのになぜか薄暗く感じられる部屋で、まさに密談の雰囲気であり姫野の後ろめたさが増す。おかしい。別に悪いことをしているわけではない。それどころか早期解決のために最も重要な検討をしようとしているだけなのに、なぜこうも後ろめたいのか。姫野は腑《ふ》に落ちないものを感じていたが、まあ、当然なのかもしれなかった。勝手に外部の者を捜査に入れた上、そいつに一瞬で解決され、しかもそいつの言った意味が分からないから話しあって考えるところである——となれば面子《メンツ》も何もあったものではなく、ひとに言えないことは確かである。姫野は部下二人に座るよう促《うなが》しながらも釘を刺す。「すまんが、ここでしていたことは他言無用で頼む。解決したら焼肉おごるから」

片橋刑事は神妙な顔で頷いた。「了解」

酒匂刑事はなぜか目を輝かせた。「国道沿いの叙々苑《じよじよえん》でもよろしいですか？」

姫野はボーナス支給日までの日数を計算した。「もちろんだ」

それから二人の正面に座り、手帳を出す片橋刑事と「にく、ニク……」とグールのように繰り返す酒匂刑事に訊く。「君ら、名探偵の喋るの、全部聞いてたよな？」

「記憶しています」

「半分くらいは……」

75％は情報が残っていることになる。「それらの話の中から、『坂田』が誰なのか、分かるヒントは出ないか？」

片橋刑事が腕組みをする。酒匂刑事も同じ仕草をするが、この二人では意味合いが違う。片橋刑事はこうなると必ず何かいいことを言うが、酒匂刑事は十分も腕を組んだ後、真顔で「分かりません」とか言ったりするのだ。姫野は酒匂刑事に訊いた。「帰りの車の中で、事件についての話は全くしなかったのか？」

「福井トークでした。８番ラーメンはなぜ関東に進出しないのかとか、『ハニー』の油揚げコーナーの充実ぶりは実は全国的には異常だとか」

清々《すがすが》しいまでの雑談だ。「事件関係者の誰かと知り合いだったような話は？」

「いえ。行きの車で片橋さんから話を聞いただけだそうです。あっ」酒匂刑事は人差し指を立てる。「いい香りがしました。ウッディ系の」

そういやあいつ、大学ぐらいから何か香り立つようになっていたな、と姫野は思い出す。それ自体はどうでもよかったが。「……あいつ助手席に座ってたのか？」

酒匂刑事ははいと頷《うなず》き、片橋刑事もああ、と応じる。「行きの車でもそうでした。話はかなり集中して聴いてくださっていたようで」

「じゃあなんで人の名前が適当なんだよ……」

もっともあの名探偵が、他人の話をそれだけ熱心に聴こうとしているだけでも珍しいことだといえた。さっさと片付けたいから集中して聴く、といったつもりだったのだろうか。

「でも、適当でない人もいましたよね」酒匂刑事が言う。「高梨と入江田の二名は、とりあえず外していい……ということでしょうか？」

「高梨は臨月だしなあ……」

「臨月だからこそ殺人という行動にまで追い詰められた、という可能性もありますよね」

「まあ……それは言えるが」

酒匂刑事は間が抜けているだけで馬鹿ではないのである。腹の中で育つ赤ん坊は待ってはくれないわけで、そのことに追い詰められるような事情があった、という可能性は確かに考慮しなくてはならなかった。そうした事情であれば、体に障るようなこともしただろう。

「……まあ、だが。だとしても可能性は低いな。名探偵の言ったトリックを用いたとなると」

「あのトリック、本当に使ったんですよね？」

「そこは間違いないだろうな。そうでなければ、物置小屋内のガラクタが動かされていた理由に説明がつかない。それに君も現場、見ただろ。物置小屋自体は狭かったが、死体が倒れるスペースも、犯人が高荒《ガイシャ》を殴り殺せそうなスペースもあった。なのに窓は積み上げられた段ボールで塞《ふさ》がっていた。普通はそれだけスペースがあるなら、わざわざ窓を塞ぐような置き方はしない。トリックのためには証言者に天窓から覗いてもらわなきゃならなかったから、犯人があああしたんだ」

「そうか」酒匂刑事はしなくていいのに指を鳴らした。「とすると、実際に天窓から覗いて証言をした千種は『坂田』ではないわけですね？」

「そうなるな」名探偵のせいで「坂田」が「ファントム」だの「レッドラム」だののように聞こえる。「高梨も『坂田』である可能性は小さいな。肉体的な問題もあるが、奴が『坂田』なら、事前にいくらでも準備ができた。現場のコテージはシーズンオフだったわけだからな。『つい最近』急いで物置小屋内のガラクタを移動させる必要はない」

「残り三人ですか」酒匂刑事は唸《うな》る。「あと一人くらい除外できませんかね。入江田は違う、とか」

「なんでだ？」

「いえ、なんとなく」

推理と願望を混ぜて話されても困る。姫野は片橋刑事を見るが、彼は何やら携帯を見ながら熱心にメモを取っていた。さっきから喋らないな、とは思っていたが、何やら集中している様子である。こうなった時の片橋刑事は邪魔しない方がいい、ということは経験上知っていたので、とりあえずそっとしておくことにする。

だが姫野は唸るしかなかった。廊下を通り過ぎていく足音が聞こえる。この態勢で頭をひねっていられる時間はあまりない。

「多宝のアリバイが、どうも穴がある気がするんだが……」酒匂刑事を見る。「君、ブラウザゲームなんかやってるか？」

「そんな暇があると思いますか？　土日は片方休めればいい方、非番は体力回復で精一杯」酒匂刑事は微笑み、椅子の下で踵《かかと》を揃えて挙手の敬礼をした。「合コンする余裕もない生活であります」

「悪かった」笑顔が怖い。そもそもが酒匂刑事は刑事課内の貴重な女性枠ということで、女性被疑者の取調だのカップルに扮《ふん》した潜入捜査だのでしょっちゅう駆り出されており、一人だけ仕事が多い。「いつもよくやってくれていると思っている。マジでマジだ」

日本語が変になるほどの本心が伝わったのか酒匂刑事は微笑をやめてくれたが、事件の方は進展していない。「そもそも二十二時半以降のアリバイは関係ないわけだしなあ。うーむ……」

片橋刑事が呟《つぶや》いた。「珍名……」

「ん？」

「あ、いえ」片橋刑事は携帯を見たまま手を振った。「独り言です。お気になさらず」

気になるわい、と思ったが、いま問いただせば集中が切れてしまうかもしれない。姫野は邪魔をしないことにした。

だが「坂田」の正体を特定するいい考えは浮かばない。さっきはあまりに急だったので見るべきところを見ていなかったことが悔やまれた。「坂田さんです」と言った時、名探偵は誰を見ていたか。それさえ覚えていればこんなに困らなかったのだが。

姫野はアブラゼミのように同じトーンで唸り続ける。まったく。名探偵の雑さのせいでこのざまだ。とっとと去っていきやがって、おそらくまたしばらく連絡が取れない。むこうが気が向いて何か言ってくるまでは。あいつはいつもそうだ。勝手にどんどん一人で先に行ってしまう。しかも、どこをどう通ってどこに向かっているのかすら言ってくれないから追いかけようがない。追いかけてこなくていい、とでも思っているのだろう。

酒匂刑事が溜《た》め息をつく。「もうすでに、名探偵さんが解決にかけた時間よりだいぶかかってますね」

「あいつは昔からそうなんだ。まわり見やしねえ。おかげでこっちはいつも大変でな？　修学旅行の山歩きで一人だけ先に行ってはぐれるわ、試験の日付を一週間近く間違えるわ、飲もうとすりゃ一人で先に店に行っててこっちに待ちぼうけ食わせるわ。そのたびに俺がフォローに走り回ってだな。あ、いや」姫野自身の個人的な愚痴を言う場ではない。「仕方ないな。残り三人については、もう取調の反応からなんとか絞るしか……」

廊下から「失礼します」という声とノックの音が同時に入ってきて、ほぼ同時に茂呂主任がドアを開けた。「係長。本部から連絡がありまして、大会議室の方に……」

なぜか酒匂刑事が立ち上がった。「あ、はい」

「いや、君が応えても仕方ないだろ」

だが、立ち上がりながら思わずつっこんだ姫野の脳内で、ことん、と何かが動く感触があった。押し入れの中で一つだけ斜めになってつっかえていた荷物がぱたりと落ちて然《しか》るべきところに収まったような。そのおかげでスペースができ、これまで入らなかった荷物が次々にぴったり収まっていく。そういう感覚。

……そうだ。考えてみればそうだった。

「係長？」

「いや、すまん」姫野は茂呂主任に言った。「容疑者五人、まだ集まってるか？」

「いえ、今はバラバラに話を」

「じゃ君が聞いてくれ。たった今だが……」

「犯人が分かりました」

姫野が言う筈《はず》の台詞が取られた。見ると、片橋刑事がメモと携帯をじっと見たまま立ち上がっている。「……分かりました。『坂田』が誰なのか」

「あー……俺も今、分かったところだが……」

茂呂主任は怪訝《けげん》な顔で片眉を上げている。そういえば、茂呂主任には先刻の名探偵暴走の顚末《てんまつ》は共有していないのである。

「……あの、係長」

「茂呂君。悪いが」姫野は茂呂の肩を押し、部屋から出した。「先に大会議室行っててくれ。しばらくしたら行く。五分以内に行く。それまで間をもたしといてくれないか」

「はあ」

事情は話せない。そもそも名探偵に協力を依頼したこと自体、一部の者しか知らないのだ。その名探偵が来て五分で解決し、犯人名を間違えて言い、それを「解読」するために唸っていた、という事情が八重原署内で共有されたとして、姫野にとっていいことは一つもなかった。だが。

姫野は茂呂主任を追い出してドアを閉め、部下二人に振り返った。「分かったぞ。『坂田』の正体」

片橋刑事も頷いた。「僕も分かりました」

二人は顔を見合わせ、酒匂刑事が二人の間で視線を往復させる。

3

「犯人の」

「名探偵氏の」

姫野と片橋刑事は同時に喋り始め、衝突事故を起こして二人とも黙った。

お互いをちらりと見て、咳《せき》払いを同時にする。

「トリックを」

「関係者の」

「コントですか？」酒匂刑事が肩を落とす。

姫野は「なんで上司の発言を遮るんだ」と片橋刑事を見た。片橋刑事も「なんで部下が発言しようとしているのに遮るんですか」という目で姫野を見たが、そこで無駄な意地を張るタイプではない。すぐに手を差し出し「どうぞ」と姫野を促す。それで喜んで喋りだすのもいまひとつ恰好《かっこう》悪いのだが、と思いつつも、姫野の脳裏には「レストランのレジ前で延々譲りあい、最後は敵意すらまじった『いいですいいです』の応酬になるおばちゃん」が浮かんだのでありがたく発言権をいただくことにする。

「よくよく考えてみれば簡単なことだった。犯人の用いたトリックを考えれば、五人のうちの誰が『坂田』なのかはすぐに分かったんだ」

同じく分かっているはずの片橋刑事までがなぜか「ほほう」という顔で頷いた。

「このトリックを実行するには条件がある。二十二時三十分の時点で、誰かに現場を『天窓から』覗いて、死体がなかった、と証言してもらわなけりゃいけないんだ」姫野は言った。

「言葉で言うのは簡単だが、実際にゃこれはけっこう難しい。普通は屋根に上ってまで天窓から中を覗いたりはしない。ドアをノックして反応がなく、窓から中が見えなかったら、そのまま帰っちまうのが自然だ」

人間はなかなか予想通りには動いてくれない、という事実は、警察官なら誰もが頷くところだった。日常的に部下を使う姫野はもとより、片橋刑事も酒匂刑事も、研修や防犯指導の現場を見ていて思い知っているのだ。

「『坂田』は被害者からのメッセージを装《よそお》って高梨たちを現場に向かわせた。この呼び出しが実際には難しかったはずなんだ。危機感に欠《か》けたメッセージでは屋根にまで上ってはくれないが、危機感のありすぎるメッセージだと今度は『ドアを破ろう』なんて流れになりかねない。そうならないよう、『坂田』は物置小屋に自ら同行して、場の空気をコントロールしなきゃならん」

危機感を煽《あお》りすぎると、最悪の場合110や119に通報されかねない。犯行計画が台無しになってしまう。

「そうなると、『坂田』は当然、物置小屋に同行した三人の中の誰かということになる」

姫野は指を三本立てた。高梨、千種、久下。

なぜか酒匂刑事が手の形に反応した。「係長、『3』が中指と人差し指と親指なのってなに県の文化ですか？　普通、人差し指、中指、薬指だと思いますが」

片橋刑事が口を挟む。「県というより国ですね。ドイツやフランス等ヨーロッパでは、親指が『1』でそのまま人差し指、中指……と立てていきます。係長はドイツ出身では」

「千葉だ」ドイツ村には何度か行ったが。「どうでもいいところに引っかかるな。続けるぞ」

「了解」

「了解」

「だから、冷静になって考えりゃ簡単だったんだよ。残り三人のうち」姫野は親指を折って薬指を立てる。「千種と高梨が違うことは話したな？　千種は天窓から確認した本人だ。自分で確認してしまってはトリックの必要がなくなってしまう。高梨も除外される。高梨が犯人なら、物置小屋内の荷物を動かすなどの仕込みはもっと早くにしておくことができた。

……消去法で、『坂田』の正体はもともと久下しかありえないんだ」

このトリックを実行するにあたっては、物置小屋に確認にいく人数が多い方がありがたい。

久下は一人で歩かせるのが心配な高梨にメッセージを送ることで、自然と「ついていく」と言いだせるようにし、また他の誰かも手を挙げるだろう、と予想していた。そして事実、千種が手を挙げたわけだ。

「『坂田』は久下連司だ。奴を引っぱる」姫野は片橋刑事を見る。「……だろ？」

「私も結論は同じです」片橋刑事が頷く。「しかし、全く別の理由でその結論になりました」

「……何？」

酒匂刑事が指を鳴らす。「そういや片橋さん、さっき『珍名』とか呟いてませんでした？」

「うん。それ」片橋刑事も頷き、姫野を見る。「係長、変だとは思いませんでしたか。名探偵氏の言動が」

「奴はいつも変だ」反射的にそう言ってから、姫野は「いや」と付け加えた。「だが、確かにそうだった。あいつ、他の奴は名前はことごとく間違えていたのに、なんで君の名前はちゃんと覚えていたんだ？　酒匂君のことは『加藤』と呼んでいたんだろ？」

片橋刑事は頷き、答えた。「……おそらく、私は名刺を交換していたからだと思われます」

一度は「ああそうか」と頷いた姫野は、すぐに首をかしげた。「ちょっと待て。ならなんで高梨と入江田の名前も合っていたんだ？　事件関係者の名前については、車の中で聞いただけなんだろう。条件は他の関係者と同じなのに」

そう。名探偵は、なぜか一部の人間だけはちゃんと名前を覚えていた。姫野の頭の中でクエスチョンマークが花咲く。おかしい。気まぐれ、と言われればそれまでだが……。

「そうです。そこが気になったので私は、名探偵氏の名前の間違え方に法則性があるのではないかと考えました」

姫野は腕を組んだ。これまでの、名探偵の間違え方。確かに、そちらから考えた方が話が早かったかもしれない。

・「高梨」は間違えなかった。
・「入江田」も間違えなかった。
・「片橋」も間違えなかった。
・「酒匂」を「加藤」と言っていた。
・「千種」を「角田」と言っていた。
・「多宝」を「佐藤」と言っていた。
・被害者の「高荒」は「笠原」と言っていた。
・そして「久下」を、おそらく「坂田」と言っている。

後ろでがたがたごろごろと音がしていると思ったら、酒匂刑事がホワイトボードを引っぱりだし、関係者の名前を書き出していた。

・SAKOU♡→KATOU
・TIKUSA→KAKUTA
・TAHOU→SATOU
・TAKAARA→KASAHARA
・HISAKA→SAKATA

自分の名前のところにハートをつける必要はないと思うが、こうして並べてみると分かりやすかった。

「なんとなく、音が一致しているな……？」

「はい。それと、珍名です」姫野の視線を受け、片橋刑事はホワイトボードを親指で指す。

「偶然ですが、本件の関係者はかなり珍しい苗字が多いようです。計算方法によって違いは出ますし、こうしたランキングは『異体字』『同音異字』『別音同字』の処理が困難なので、一概には言えないのですが。……たとえば『高荒』姓は多い方から数えると約12000位。『多宝』に至っては48000位。私の『片橋』も実は珍しく、22000位あたりです」

「『酒匂』はどのくらいですか？」

「3000位あたりだね。同音異字で『酒向』も合わせるともっとメジャー。……係長の

『姫野』は１５００位程度です」

「……そうか」なんとなく負けた気がする。いや、珍名対決をしているわけではないのだが。

「対して、名探偵氏が間違えて口にした方の苗字はどれも非常にメジャーです。言わずと知れた『佐藤』は全国1位、『加藤』も10位。『笠原』も３２０位程度です」

　１５００位の姫野は唸る。なるほど法則性はあったわけだ。名探偵は珍名が多い本件関係者の名前を、よりメジャーな苗字だと勘違いしていた。

「次に、名探偵氏の間違え方を詳細に見ていきますと、どうも彼は母音はあまり間違えず、『一部の子音』が出た時だけ間違えるのではないかと思えます」

　何やかやで動き出しの早い酒匂刑事がホワイトボードに書き足していく。

・SAKOU♡→KATOU
・TIKUSA→KAKUTA
・TAHOU→SATOU
・TAKAARA→KASAHARA
・HISAKA→SAKATA

「確かに、だいたい母音は一致してるな」だがそれを認めると、別の不可解が出現する。

「どういうことだ？　あいつは適当に覚えてただけじゃなかったのか？　なんで母音だけ器用に一致させながら間違えるんだ？」

「間違えざるを得なかったのではないでしょうか」片橋刑事が姫野を見る。「だから高梨と入江田、それに私だけは間違えずに済んでいたのではないかと」

「どういうことだ？」

なぜか勿体ぶられている気がする。片橋は普段、あまりそういうことしないはずだが――と姫野は訝《いぶか》る。その間に酒匂刑事がホワイトボードに書き足した。

・KATAHASI
・TAKANASI
・IRIEDA

片橋刑事は酒匂刑事に頷き、新たに書き足された三つの姓を拳で叩く。

「この三人には、間違えられた五人とは違う部分がそれぞれあります。『高梨』は珍名ではなく、約650位のメジャーな苗字です。『入江田』は約37000位の珍名ですが、他の苗字にはない『R』や『D』の子音が入っている。そして片橋《わたし》は、名刺を交換している」

「あっ」

姫野より先に酒匂刑事が何かに気付いたように目を見開き、呟いた。「私も、交番勤務時代に会ったことある……」

「何？」時代も何も君は昨年までそうだっただろ、と姫野は思ったが、つっこむ余裕はなかった。「誰にだ？」

「係長」心なしか、片橋刑事の声に困ったようなトーンがある。「お気づきになりませんか？　名探偵氏は特定の子音が入った音に限って間違えているんです。『R』や『D』なら間違えない。『N』もおそらく間違えていない。名探偵氏が間違えるのは『K』『S』『T』『H』の時です。つまり日本語の『カ・サ・タ・ハ』行です。日本語の苗字には『P』はまず出てきませんが、出ていたらここも間違えていたはずです。そして名刺を交換した相手なら、『カ・サ・タ・ハ』行が多くても間違えなかった」

「ちょっと待て」姫野は手を突き出した。頭の整理が追いつかない。「じゃあ、あいつは『適当に聞いていて間違えた』んじゃなく」

「『聴き取れなかった』んです。特定の発音を」片橋刑事は携帯を操作する。「『K』『S』『T』『H』……『カ・サ・タ・ハ』行は喉を震わせずに出す『無声音』です。これは難聴の患者には聴き取りにくい音なんです。その音を名探偵氏が聴き取れていなかったとなると」

きゅきゅきゅきゅ、と音がして、酒匂刑事がホワイトボードの文字を消していく。

・□A□O◇U（酒匂）→加藤
・□(I)□U□A（千種）→角田
・□A□O◇U（多宝）→佐藤
・□A□A◇ARA（高荒）→笠原
・□(I)□A□A（久下）→坂田
・□A□ANA□I（高梨）→高梨
・◇IRI◇EDA（入江田）→入江田

「こう、ですね」酒匂刑事が頷く。「名探偵氏には、こう聴こえていた可能性が大きいです。◇の部分は、実際には何も入らないが、『何も入らない』かどうかがそもそも分からないため、『K』『S』『T』『H』のどれかが入るかもしれない、と仮定して考えなければならない部分……です」

片橋刑事はホワイトボードを確認して頷く。「酒匂、早いね」

「任してください」

「で、酒匂が書いてくれましたけど」片橋刑事は姫野に言う。「()がついた『I』は、名探偵氏が『母音すら聴き取れなかったため、間違えた部分』です。『千種』の『ち』と『久下』

の『ひ』。なぜここは母音すら聴き取れなかったかというと、おそらくアクセントがあるからでしょう。難聴には様々なパターンがありますが、高音になるほど聴き取りにくいことが多い。アクセントがついて高音になった分、聴き逃してしまったのだと考えます」

そういう話は姫野も聞いていた。聴力は高音部分から衰える。若者にしか聴こえない『モスキート音』などもその一例だ。

「名探偵氏は、ご自分が『K』『S』『T』『H』を聴き取れないと知っていた。その上で、この穴の開いた部分に入る『K』『S』『T』『H』または母音ナシのパターンを推測した。該当する発音は無数にありますが、名探偵氏はその中から『この発音の中で最もありふれた苗字』を選択しています。『加藤（酒匂）』『佐藤（多宝）』『笠原（高荒）』に加え、約250位の『角田（千種）』、『酒田』等も合わせればおそらく250位弱の『坂田』。『高梨』が合っていたのも、この発音で最もメジャーな苗字がそれだったからでしょう」

奴なら考えられる、と姫野は頷く。日本の苗字は多様だが、見ての通り母音だけ抜き出して考えれば発音のパターンは限られる。いや、名探偵《あいつ》が以前から難聴だったのだとすれば、聴こえたパターンをとっくにすべて記憶していたのかもしれない。

「あっ、いえ、でもちょっと待って片橋さん」酒匂刑事がマーカーを持った手を挙げる。

「私と多宝、発音同じですよね？　なんで私のことは『佐藤』じゃなく『加藤』って呼んだんですか？」

それも言われてみればそうだった。「佐藤」は1位で「加藤」は10位。さっき片橋刑事自身が言っていたことでもある。

だが姫野が口を開くより先に、片橋刑事が答えた。

「酒匂、盛り上がってたんだろ？　福井トークで」酒匂刑事を見る。「『佐藤』は確かに日本で一番メジャーな苗字だけど、苗字っていうのはかなり地域性があるらしいんだ。たとえば関西では『佐藤』姓は10位以下で、多いのは『田中』や『山本』。宮崎だと1位が『黒木』で2位が『甲斐』らしいよ」

驚くような話だったが、苗字というものの成り立ちを考えれば当然のことだった。関東の常識が日本の常識ではないのだ。

片橋刑事は言った。「福井なら、『佐藤』は31位。対して『加藤』は7位だ」

「……あいつらしい」

姫野は溜め息をついた。出身の判明している酒匂に対しては福井県のランキングを当てはめ、他の関係者は全国のランキングで判断した、というわけだ。とんでもない記憶力と判断速度だったが、奴なら可能だ。

かすかに違和感を覚えていた部分も、それで解決した。行きの車も帰りの車も、奴は後部座席でなく助手席に座っていたようだ。つまり奴なりに、運転している片橋と酒匂の話を聴き取ろうとしていたらしい。

……いつから、そうだったんだよ。

姫野は溜め息をつく。学生時代からの、いくつかの記憶がくるりと反転し、別の様相になる。試験の日付を間違えたのは、「一」と「七」を聞き間違えたからではないか。山歩きで先に行ったあの時も、「休憩します」の呼びかけが聴こえていなかったのではないか。

これまで適当な奴だと思っていた。まあそれは本当で、そもそも今回だって適当な名前で言わずに関係者名簿をちゃんと確認していれば済むことだったわけだが。……過去のあれこれのうち、何割かは「聴き取れなかった」ことが原因かもしれないのだ。

奴はいつの頃からか、誰にも言わずに一人で、聴き取りにくい世界にいた。溜め息が出る。だが今の姫野には、思い出をほじくり返している暇も、名探偵に対する自分の感情を整理している暇もなかった。

「よし。『坂田』……じゃない。久下連司を拘束する。二人で茂呂君に今の、話してくれ。あと片橋君は調べに当たれ」

「了解」

「俺は課長に連絡して令状をとる。自宅を捜しゃ何か出るだろう」姫野はドアを開ける。「八重原署《うち》で解決しちまうぞ。今から署内に捜査本部《チョウバ》立てるなんてぞっとする」

部下二人を連れて廊下を急ぎながら、姫野の心中はまだらにうねっている。殺人事件が解決する。だが外部の名探偵の手を借りてしまった。そして名探偵には、これまでずっと知らなかったことがあった。何十年も友人をやってきたつもりだったのだが。

……ずっと、気付けていなかった。学生時代から、「世話係」みたいになっていたのに。

「……あの馬鹿、なんで言わなかったんだよ」

こっそり呟いたつもりだったが、片橋刑事が応えた。「係長の性格を御存知だったからかと」

「俺の？」

「知られれば、気を遣われると思ったんでしょう」

あいつがそんな殊勝なタマか？　と言いかけたが、言わなかった。「……あとでメッセージ送ってみるよ。いつ読むか分からんが」

とりあえず耳の状態については訊けるだけ訊いておきたかったし、事件解決の礼も言わねばならない。伊勢海老でも奢《おご》るかな、と頭の片隅で考えながら、姫野は大会議室のドアを開けた。今は仕事だ。名探偵の去った後こそ、警察は忙しいのだ。

# 夏を刈る

*

太田愛

## 太田　愛

（おおた・あい）

香川県生まれ。1997年にTVシリーズ「ウルトラマンティガ」のシナリオライターとしてデビュー。「相棒」などの刑事ドラマの脚本を手がけるかたわら、2012年『犯罪者』で小説家としても執筆活動を開始し、社会派ミステリーの書き手として注目を集めている。'14年『幻夏』で第67回日本推理作家協会賞（長編及び連作短編集部門）にノミネート。'21年『彼らは世界にはなればなれに立っている』で第4回山中賞を受賞。そのほかの著書に、権力に忖度するマスメディアの危うさを予見的に描いて話題となった'17年『天上の葦《あし》』。近刊に共謀罪をテーマに4人の若者が闘う姿を描いた'23年『未明の砦』がある。

〇月×日午後、R県栂杁《とがいり》市内の芦田邸解体作業中に、庭園の涸れ井戸の底から五十数年前のものと推定される白骨化した遺体が発見された。骨は若い女性のもので、身元を示すものは所持しておらず、死亡時に握っていたと思われる鉄製の風鈴が同時に見つかっている。県警では身元に心当たりのある者の情報提供を求めている。　　とがいり日報

……薄い闇のなかで、何かが震えて鳴るような儚《はかな》い音がしておりました。目を覚ましますと一瞬なにが起こったのかわかりませんでした。私は二間続きの離れに茉莉子《まりこ》お嬢様と二人で休んでいたのですが、すでに襖《ふすま》も障子《しようじ》も何もかも開け放たれ、まるでお庭の一部になったかのように朝の光に満たされたお部屋で、お嬢様が和箪笥《わだんす》の半月鈬《はんげつかん》をカタカタと鳴らして振袖のたとう紙を次々と取り出されているではありませんか。そう、あれはちょうど今日のような秋晴れの日のこと。お嬢様が十七、私が十五の年でした。

びっくりして跳ね起きて枕元の時計を見ますと、なんと八時過ぎ。大慌てで寝間着《ねまき》の浴衣

から着替える間にも、赤い襦袢《じゅばん》姿のお嬢様は振袖を半身に当ててはお気に召さぬご様子でそこらへ投げやり、別のたとうの袖紐を解《ほど》きにかかる。私が二人分の寝具を押し入れに片づけた時には、お部屋はもう畳の目も見えぬほど色とりどりの振袖の海となっておりました。いずれも豪奢な絹衣《すずし》は、若くして胸の病で亡くなられた奥様がお嬢様のために買いそろえておいたものだと、芦田《あしだ》のお屋敷に昔からいる通いのおよしさんから聞いたことがありました。見ると、お義姉様《ねえさま》の水絵《みずえ》様が前夜に出しておかれたお着物は、たとう紙ごと縁《えん》に放り出されております。私は胸の轟《とどろ》くような思いで、今日はお兄様がお戻りになる日ですよ、と申し上げるのが精一杯。お嬢様に、ええ、だから綺麗にしてお迎えしたいの、と微笑《ほほえ》まれるともう返す言葉もありません。お嬢様が和鏡に目を向けられたまま、「さよちゃん、鹿の子の帯揚げ」「さよちゃん、菊の丸ぐけ」などとおっしゃるたびに、私は言いつけどおりのものをお嬢様の掌《て》に載せて差し上げるほかありません。それでもなかなかこれとお決まりにならないらしく、出来上がりかけては崩すの繰り返し。

そうするうち、廊下をやってくる足音が聞こえました。はんなりとした裾捌《さば》きが目に浮かぶようなしめやかな白足袋の音で、水絵様だとわかりました。離れに続く短いお太鼓橋を渡って水絵様が縁に姿をお見せになった時、私はちょうど畳に両膝をついてお嬢様の丸帯を立て矢に結んでおりました。お嬢様は水絵様にも気づかぬご様子で帯揚げを手に和鏡に見入っておられます。私は、どうかお嬢様をやさしく諭《さと》して下さるよう、縋《すが》るような思いで水絵様を見上げました。けれども、水絵様は踏み越えるのを恐れるように足元の敷居に目を落とされますと、ひとこと小さく呟《つぶや》かれたのです。

——さらわれ者……。

村の人々が陰《かげ》で口をそろえてお嬢様をそう呼んでいても、水絵様はそれまで一度もお口になさったことのない言葉でしたのに。さらわれ者とは、まっとうな魂をさらわれて虚《うつ》ろになった者を指すその地方の蔑称でした。お嬢様は夏の園遊会の日に起こった恐ろしい出来事のせいで、県境の病院、お屋敷では〈心のサナトリウム〉と呼んでおりましたが、そこで二ヶ月あまりの療養を経て十一月の初めに戻っていらしたのでした。

水絵様は、驚いて声もない私から顔を背《そむ》けるようにして、今日一日はお嬢様を離れから出さぬようお命じになるや、たちまち母屋の方に戻ってしまわれました。

事が事だけに、水絵様も尋常なお心持ちではいられなかったのでしょう。その日は、水絵様の御夫君・偉智彦《いちひこ》様のご遺体が司法解剖を終えて警察からお戻りになる日だったのですから。

私はお嬢様のお気が済むまでおつきあいした後、お部屋を片づけ、努めていつもどおりに振る舞いました。療養から戻られて以降、お嬢様は離れとお庭より外へは好んでおいでになられなかったからです。ところが、お昼をいただいたお膳を母屋の台所に下げに行っていた時でした。広い客座敷の方にただならぬどよめきが起こったのです。

胸の冷たくなる思いでそちらへ駆けつけますと、襖を取り払った座敷に整然と箱膳がならんだ通夜席の中央に、紅地《べにじ》に金銀の紅葉散らしの振袖を纏《まと》ったお嬢様が満座の視線を集めてすっくと立っておられました。上座には、死装束の偉智彦様が真っ白な布団に横たわっております。お嬢様は堂々とした足取りでそちらへお進みになると、目を剝《む》いている住職の箱膳から徳利《とっくり》を摑《つか》み上げ、自らの頭上に掲げて高らかにこう宣言されたのです。

——今は秋。収穫の時。刈り取るのだ、あの夏を！

それは、夏の園遊会で上演されたお芝居の台詞でした。通夜に集まった人々に、お嬢様の心の病の再発が知れ渡った瞬間でした。

「その当時、芦田家に住み込みで働いていたお手伝いさんが、あなただったんですね」

僕は、旧姓・川野《かわの》さよ、現在の大島《おおしま》さよさんにそっと話しかけた。庭に出した安楽椅子に身を預けたさよさんは、我に返ったように手元のティーカップに視線を戻した。

「昔は女中と呼んだものですよ」

さよさんの白髪が秋の陽光を受けて銀色にきらめいていた。ガーデンテーブルには〈とがいり日報〉の社名の入った僕の名刺が置かれている。

「白石《しらいし》さん、とおっしゃいましたか。私を見つけるのは大変でしたでしょう」

「実は、かなり骨が折れました」と、僕は正直に白状した。

さよさんは芦田家のあとも住み込みの家政婦としてあちこちの家を転々とし、最後に勤めに入ったのが、東京は武蔵野にあるこのこぢんまりとした大島家。男やもめと高校生の子供二人の家を切り盛りし、子供たちの独立後に後妻に乞われて五十を過ぎて結婚。一回り近く年の離れた夫を看取ってしばらくして末期癌《がん》とわかったさよさんは、最後の時間を静かに過ごしたいと希望して治療はせず、自宅で緩和ケアを受けている。

僕は庭に案内される際に介護士の三木《みき》さんから、くれぐれもさよさんを興奮させたり、疲れさせたりしないようにと言われていた。だが、名刺を見せて旧栂杁村の芦田のお屋敷のことを尋ねた途端、さよさんは突然、ちょうど今日のような秋晴れだったという偉智彦の通夜の日の出来事を話し始めたのだった。

芦田家の嫡男《ちゃくなん》・偉智彦の突然の死と、それに先立つこと三ヶ月、夏の園遊会の日に起きた悲劇に関しては、僕はさよさんを訪ねる前に、当時の地方新聞の記事で事実を確認していた。その不自然なほど簡素な記事は、往事は隆盛を極めた芦田家の当主・武郎《たけろう》の意向で詳報が抑えられたのではないかと察するに十分だった。

あの涸《か》れ井戸の女の骨は、ほぼ同時期に芦田家で起きた二つの事件とどこかで繋《つな》がっているのではないか。そう考えた僕はその頃に芦田家に住み込みで働いていたさよさんから話を聞くために、実に半年をかけて彼女を捜《さが》し出したのだ。

「でも、どうして今になって芦田様のお屋敷のことをお聞きになりたいんです？」

白骨死体の件は仮に事件であってもすでに公訴時効が成立しているため、とがいり日報に小さく載っただけで全国ニュースにもなっていないから、さよさんは知るよしもない。

「実は、長く患《わずら》っていた武郎さんが亡くなってから芦田のお屋敷は廃屋《はいおく》同然になっていたんですが、今年になって解体作業が始まったんです。それで、地方紙の記者としては、かつて地元で随一と謳われたお屋敷のことを知っておきたいと思って」

僕はあえて遺体の件を伏せた。さよさんを動揺させることなく、昔の思い出話をするように喋《しゃべ》ってもらいたかったからだ。さよさんは僕の言葉を信じてくれたらしく「そうですか」とおっとり頷《うなず》いた。

「それにしても、十五歳で住み込みの女中なんて、ちょっと想像がつかないんですが」

「私が育ったような田舎では中学を出ても女では仕事がなくて、農家のお嫁さんになるしかなかったんです。それで」

貧しい農家の長女に生まれたさよさんは、幼い頃に母親を亡くして父が再婚。継母が次々と弟妹を産み、子守に明け暮れる毎日だったという。さよさんは子供時代について多くを語らなかったが、つらい出来事が絶えなかったのだろう。そのあたりのことが、さよさんが家を出て以来、一度も生家に足を向けなかった理由に思えた。

……私は一九六八年の三月に中学を卒業すると、自活を目指して家事サービス職業訓練所に入りました。国の職業斡旋事業でしたので無料で三ヶ月間、女中となるのに必要な様々な訓練を受けられたのです。なかでもとりわけ楽しかったのが電気製品の使い方を学ぶ実習でした。電気掃除機や洗濯機、炊飯器にトースター、どれもこれも生まれて初めて見るものばかりで。当時は、お金持ちのお宅にしかないそのような家電を使いこなせる女中は、オートメーションを略して〈オートメ女中〉と呼ばれ、お勤め先から引く手あまたでした。

芦田様のお宅に決めましたのは、歩いて通える距離に夜間高校があり、夕方から学校に行ってよい、学校行事のある時はこれを優先すると募集票に記されていたからでした。

六月半ば、まだ栂杁村と呼ばれていた頃、私は着替えの風呂敷包みひとつを胸に抱いて芦田様のお宅に参りました。石塀に囲まれた広々とした敷地の正面に見上げるようなロートアイアンの門扉があり、煉瓦《れんが》を敷きつめた小径《こみち》の先に見事な和洋折衷のお屋敷が聳《そび》えておりました。自分がここに住むのかと思うと、嬉しいというより、なにか畏《おそ》れ多いような気がしたのを覚えております。すぐに通いの女中のおよしさんがお勝手に案内してくれました。およしさんは近隣の農家から来ている五十そこそこのおかみさんで、ようやっと人手が増えたと小躍りして喜んでいました。

洋風のお勝手には訓練所にもなかった扉が二つある冷凍室つきの冷蔵庫があり、その上にハンドルのついた手回し式のかき氷器が置かれ、赤や緑のシロップが並んでいました。ここでは、お祭りでもない日にかき氷が食べられるのだとびっくりしました。見回せば花柄の魔法瓶に花柄の炊飯ジャー、花柄のコップ、まるでお花畑のような素晴らしいお勝手で、どうしてこれまで他の女中が来なかったのか不思議でなりませんでした。

　私は毎朝、牛乳配達の硝子瓶《ガラス》が鳴る音で目を覚ますと、すぐにお庭のお掃除と朝食の準備をいたしました。旦那様のお言いつけで朝食には必ず牛乳をお出しすることになっていたのですが、牛乳嫌いの茉莉子お嬢様がいつも私に代わりに飲ませるので、およしさんに、それ以上発育が良くなってどうするのかね、とよくからかわれました。当時の十五歳といえば板切れに棒のような手足がついた子が多かったので、私は年齢の割に娘じみた体形を少し恥ずかしいように感じていたものでした。

　初めのうちはおつかいに出るたびに、村の人がわざと私の耳に届くように、あれが闇成金の家の新入りか、と言うのが聞こえました。果樹園ばかりの小さな村でしたので、人の噂やおよしさんの話でお屋敷の方々のことはすぐにわかってきました。

　旦那様は栂杁村の極貧の農家のお生まれで、小学校の尋常科を出てすぐ都会に丁稚奉公に出されたのですが、敗戦後に進駐軍の放出品などを捌いた資金を元手に一代で巨万の富を築かれたそうです。そうして、かつて自分を馬鹿にしていた村人たちを見返すためか、札束で頬を張るようなやり方で村の果樹園を買い集めたうえに、目を瞠《みは》るようなモダンなお屋敷を建てたのでした。そのせいで、村には旦那様の成功を妬《ねた》んで闇成金と陰口を叩く者も少なくなかったのです。

旦那様は胸を患われた奥様のために小さな太鼓橋を渡した離れを作り、付添婦を雇われたのですが、奥様はそこにいくらも暮らさないうちに幼い兄妹を残して亡くなられてしまったと聞きました。お子様方がお小さい頃は、その付添婦がばあやがわりにお世話をしていたそうです。旦那様ご自身はお仕事の都合で東京の別宅にお住まいで、旦那様がお屋敷に戻るのは月に数日でした。

嫡男の偉智彦様は東京の大学を卒業されてすぐに旦那様の会社に入られたのですが、学生時代に覚えた賭け事の癖が抜けず、翌年には会社のお金を横領したのが露見して東京の別宅を追い出され、転がり込んだ先が馴染《なじ》みの高級クラブに勤めていた水絵様のところ。その水絵様と自由結婚されて村に舞い戻ったのが、私がお屋敷に上がる前年だったそうです。表向きは芦田家所有の広大な果樹園を管理するという名目でしたが、その実は川釣りをなさったり、お庭をいじったりのダラダラ暮らし。およしさんの言うには、偉智彦様が妙に手を入れたせいでお庭の井戸が涸れてしまったそうで、旦那様がおまえはもう何もするなと叱りつけて、危ないからと竹製の井戸蓋を載せたそうです。

それでも小柄で線の細い偉智彦様はそんな有閑貴族のような暮らしが板についてみえました。身だしなみにも気を配られ、外出の折には洒落《しゃれ》たパナマ帽を被るのが常でした。やはり華奢な水絵様と夕刻、連れだって近所をお散歩するご様子などは、二人ともまるで夢二の絵から抜け出たようだと村の者たちも言っておりました。

水絵様は偉智彦様よりお二つ上でしたがとてもそんなふうには見えず、むしろお嬢様の女学校の上級生のようなご風情でした。それこそ夢二風にやさしげに髪を結い上げてお召し物はいつも和服。お茶席でもないのに洒落た市松模様の懐紙挟みを常に襟の合わせから覗《のぞ》かせていたのを覚えています。昔のお勤めのせいか朝にお弱く、たいていお昼前に二階から下りていらして、午後はリビングで刺繡《ししゅう》や読書をして過ごされました。

旦那様は常々ご自身が芦田家の初代当主であると公言されるほど血筋にこだわる方でしたので、偉智彦様ご夫妻はお子様さえお生まれになれば、旦那様も初孫が可愛くなるはずと期待しておいでのようでしたが、一向に子宝に恵まれません。ご夫婦のご寝所をお掃除する係のおよしさんが言っていました。

——毎晩子作りに励んでるってのにちっともだね。若奥様にはお子がおありだから、問題は若旦那様の方だね。

というのも水絵様は一度結婚なさっており、離縁の際に婚家に三つになる子供を置いて出たというのです。なんでも女学校を卒業した年に縁談があって、十八で結婚したのだそうです。およしさんが、このままじゃよくないだろうに、どうする気かねぇと口癖のように案じておりました。

お嬢様の茉莉子様は、私がお屋敷にあがった六月の半ばには女学校で停学処分を受けられておりました。始まりは、お裁縫の時間に浴衣を縫うのに、裕福ではないお家のお嬢様が見切り処分の赤札を外し忘れた反物《たんもの》を持っていらして、それを大きな商家のお嬢様方が取り囲んでからかっていらしたそうです。お上品ぶった嫌味ないじめかたが腹に据《す》えかねたのだそうで、お嬢様がその方々のお口ぶりをそっくり真似て、あら、人の反物の値札を見てどうこうおっしゃるなんてお下劣じゃありませんこと？　と割って入りますと、相手の方が、あら、闇成金よりもお下劣なものってあるかしらとおっしゃって皆でどっとお笑いになったのだとか。そこで茉莉子お嬢様も一緒になってあははと笑った後、その方のほっぺたを思いっきり平手で引っぱたかれたそうです。お嬢様のお言葉で申しますと、その方はまるでサイレンみたいな大声で泣かれたということでした。

茉莉子お嬢様は停学中もへっちゃらで、流行のパンタロンをお召しになって自転車で村をお散歩されていましたが、不思議と村の人々には嫌われていないようでした。お出かけにならない日は、海外から取り寄せたファッション雑誌の写真から巧みに型紙を起こしてミシンを踏まれてみたり、水絵様とご一緒に映画の雑誌をご覧になったり。

さよちゃん、さよちゃんと私を可愛がって下さって、月に一度の私のお休みの日には、峠向こうの隣町に連れていって下さったりもしました。一時間に一本の上りのバスに乗りますと半時間ほどで鉄道の駅のある隣町に着くのですが、そこは映画館や商店街、歓楽街のある賑《にぎ》やかな町で、お嬢様は私のようなものに色々なお店を教えて下さって、お友達のようにやさしくして下さいました。

「その頃、というか、さよさんがお屋敷にいた頃、お屋敷によく来ていた若い女性はいませんでしたか？」

話を不意に遮《さえぎ》られたさよさんは、きょとんとした顔で目を瞬《しばたた》いた。

「若い女性ですか……？」

「ええ。茉莉子さんの女学校のお友達とか、若い女性の先生とか。水絵さんの女友達とか」

さよさんは思い出すまでもないというふうに即座に答えた。

「私のいた間、訪ねてみえた若い女の方はおひとりもいませんでした。闇成金と陰口を叩かれていましたので近づきにくかったのでしょう。ですからお嬢様と水絵様はよくご一緒にお過ごしになって、初めのうちは本当のご姉妹のように仲がおよろしくて」

屋敷を訪ねてきた若い女はいない……。では、涸れ井戸で見つかった女は、いったいどこから現れたのだ。戸惑う僕にお構いなく、さよさんは目の前にぽっと灯が点《とも》ったように嬉しそうに話し始めた。

「……そうそう、こんなことがありました。三時のお茶をリビングへお持ちしますと、お嬢様と水絵様が東京から届いた小包を開けていらっしゃいました。油紙を外しますと、白い箱の中から、お山のてっぺんを平らにしたような形のお菓子が現れて、水絵様が、まあ、糖蜜のお菓子、と弾《はず》んだ声をあげられました。そしてお嬢様が私におっしゃったのです。

——さよちゃん、ナイフとフォーク、それとお皿を三つ持っていらっしゃい。一緒に食べましょう。

偉智彦様は川釣り、およしさんは八百屋で、お屋敷には私たち三人だけでした。私はあの時はじめてリビングのソファに座ったのです。お二人のお茶の時間に加えていただくという思ってもみなかった幸せで胸がいっぱいでした。お嬢様はお菓子を召し上がりながらお喋りを始めました。

——この辺の男子校の生徒ときたら、みんな馬鹿みたいに自慢話ばかり。偉そうにしていれば偉くなれると思ってるみたい。

私は、隣町のレコード店で聞こえよがしに喋っていた制服の男子生徒たちのことを思い出しました。お家にあるステレオやレコードをしきりと自慢していました。

——去年の文化祭に来た時なんか女の子を品定めして順位をつけたりして。

そうおっしゃると、お嬢様は不意に思いついたように水絵様にお尋ねになりました。

——義姉さん、男の人あいてのお仕事って嫌じゃなかったの？

お嬢様がお訊《き》きになると少しも嫌な感じがしないのが不思議でした。水絵様は目元に涼しげな笑みを浮かべてお答えになりました。

——男は馬鹿で狡《ずる》いってわかっていれば、なんともないものよ。

——兄さんは違っていたの？

——いいえ。

——じゃあ、やっぱり馬鹿で狡い。

——ええ。でも可愛かったの。

水絵様はいたずらっぽく小首を傾《かし》げて微笑まれました。

——甘えん坊なのよ、兄さんは。果物なんて誰が剝いたって同じなのに。

偉智彦様は果物を召し上がる時、水絵様が目の前で剝いて差し上げたものにしか手をおつけにならないのです。

——いいのよ、おかげで私も好きにさせてもらってるんだから。

水絵様はやはりこんな半端な田舎よりも都会の水が合うらしく、月に一度は東京の百貨店にお出かけになってお買い物で気晴らしをなさっていました。そのたびに私にまでちょっとしたお土産を買ってきて下さるのです。お嬢様は先《せん》に私がいただいたお土産を思い出されたのでしょう、すぐにこうおっしゃいました。

——義姉さん、さよちゃんを子供扱いしすぎよ。お菓子の入ったお人形なんてもう嬉しくないわよね？

そう訊かれて私は急いで首を横に振りました。私が育った家ではお人形さえ見たことがなかったのです。すると、お嬢様は真剣な顔で私の方に身を乗り出されました。

――さよちゃんはもう十五よ。当然、好きな人だっている年だわ。言いなさい、さよちゃんの好きな人は誰？

突然、ある方のお顔が頭に浮かんで、私は耳たぶまで熱くなりました。きっと赤くなっていたのでしょう、お嬢様は白状なさいとせっつきます。水絵様が笑ってお止めになりました。

――茉莉子さんがさっきあんなに男子校の生徒をこき下ろしたんですもの、さよちゃんだって言えるものも言えなくなるでしょう。

お嬢様は、ああ、しまった、と男の子のように額に手を当てて天を仰ぎました。それから糖蜜のお菓子をざっくりと切っておっしゃいました。

――さよちゃん、お詫びにもう一切れ。お口開けて。

私は胸をドキドキさせながら素直に口を開けました。そしてお嬢様がお口にお菓子を入れて下さいました。それは母にもしてもらった記憶のないことでした。

甘いお菓子の味とあれこれの気持ちが混じり合って私はうっとりと目を閉じたのを覚えています。その耳に、ふとお嬢様の静かな声が聞こえました。

――夏はいろんな儚い音がするから好き。かき氷が硝子の器の中でチリチリと溶ける音や、線香花火の赤い雫《しずく》が散る音や……。

あの頃、お嬢様も水絵様も私も、これから先の長い人生のことを考えるのをなんとなく先延ばしにしておきたい、まだそうしていられる、そんなふうな時間だったような気がいたします。七月が瞬く間に終わろうとしておりました。

「そして八月には、栂杁で最後となったあの園遊会が催されたわけですね？」

さよさん自身はお盆休みでお屋敷にはいなかっただろうが、悲劇の幕開けとなった〈園遊会〉と聞くと、いろんな思いがよぎるのだろう、さよさんは黙って頷いた。

村には都会の名士が避暑に訪れる湖畔のホテルがあり、そこのオーナーでもあった芦田家当主・武郎は夏ごとに趣向を凝らした華やかな園遊会を催していた。毎年、避暑に訪れる各界の著名人とのつきあいは武郎の事業にとって有益であったらしく、武郎は八月の大半を休暇を兼ねて栂杁の屋敷で過ごしていた。園遊会にあわせて湖畔で花火大会が開かれ、綿菓子や金魚すくいやらの屋台が立ち並び、この時ばかりは隣町からもバスで大勢の見物客が詰めかけたのだと村の老人たちから聞いていた。

「さよさんはあの夏、お屋敷に滞在した結城聡介《ゆうきそうすけ》さんのことを覚えていますよね？」

「ええ、それはもう。園遊会の朝お出かけになった時の潑剌《はつらつ》としたお顔は今でも忘れられません」

「ちょっと待って下さい」と、僕は慌てて話を遮った。「さよさんは、園遊会の日、つまりお盆も暇を取らずにお屋敷にいたんですか？」

「はい。すべてお嬢様が取り計らって下さったんです」

話を聞いて、さよさんが女中というよりもまさに園遊会の事件の渦中《かちゅう》の人として、ある役割を果たしていたことを僕は初めて知った。

……八月に入って私が塞《ふさ》ぎ込んでいるのを、お嬢様はホームシックになっていると思われたのでしょう、お盆休みにはお家でうんと甘えてくるといいわ、と声をかけて下さいました。私は思いあまって実家に居場所のない境遇をお嬢様に打ち明けてしまったのです。幼い頃から受けた様々な仕打ちが一度に蘇《よみがえ》り、堪《こら》えきれず涙が零《こぼ》れました。けれども実家よりほかに泊めてくれるような親戚もお友達もおりません。私はお盆も休まず働きますからどうかお屋敷において下さいましと手をついてお願いしたのです。

お嬢様は、可哀想に、と呟かれて私の両手をお取りになると、何か思いつかれた時の癖でぱっと明るいお顔になって私を引っ張るようにして二階のお嬢様のお部屋へ向かわれます。そして洋簞笥から淡いレモン色のワンピースを取り出して私にお当てになると、ああ、思ったとおりぴったりだわ、と嬉しそうな声をあげられました。それから有無を言わせぬ口調でこうおっしゃいました。

——さよちゃんはここにいてお休みするの。私と一緒に園遊会にも行くのよ、いいわね。

お嬢様は園遊会のために私におさがりのワンピースを下さったのでした。ワンピースなど生まれて初めてで、私は言葉も出ず、ただもうびっくりするばかり。開けっ放しの扉から見えたのでしょう、水絵様が、まあ素敵だこと、と満面の笑みを浮かべておいでになると、私の耳元で、さよちゃんの〈木曜日の髪飾り〉にも似合ってよ、と囁《ささや》かれました。私は鼓動がはねあがるのを感じました。

髪飾りといっても小指の爪ほどの小さなクリーム色の花のついたヘアピンで、お嬢様に初めて隣町へ連れていっていただいた時に買ったものでした。私はそれをお下げに編んだ髪の耳元に、木曜日にだけ大切につけて夜学に通っていたのです。私の片恋の相手は木曜日に隣町から教えに来て下さる先生だということを、水絵様には見透かされていたのだとわかりました。知っていて黙っていて下さった水絵様に、私は心の中で手を合わせました。

その先生は、私が初めて見た背広にネクタイ姿の若い男性でした。着古してつるつるになった背広を夏でも脱がず、夜学の生徒たちが、自分たちは昼間の生徒じゃないのだから無理をしなくていいですよ、と言っても、昼間部も夜間部も違いはない、とおっしゃって、時おりハンカチで汗を拭いながら熱心に教えて下さるのです。恋と呼ぶにはあまりに愚かな幼いあこがれでした。ですが、そのために私はたった一度、それも園遊会の当日にお嬢様の言いつけに背いてしまったのです。

八月の最初の週末、旦那様が初めて結城聡介様を伴ってお屋敷に戻られました。聡介様は、その年の春から東京の別宅に書生さんとして入られた法科の学生さんでした。当時、実業家が家に書生を置くことは教育に理解のある教養人としてのステイタスだったのです。聡介様は非常に優秀な学生さんだったのが、お父様が破産されて学資に窮《きゅう》しておられるのを旦那様がご友人に紹介されて引き受けられたそうです。旦那様は聡介様を熱心に後援されていて、夏の休暇にも真新しい自動車を運転させてお戻りになりました。

知的で端正な聡介様と美しく快活なお嬢様は、瞬く間に恋に落ちたのでした。お嬢様は初めて心から尊敬できる男性に巡り合えたとおっしゃって、自転車にパンタロンから日傘にワンピースへの変わりよう。十五の小娘の目から見てさえ、一生に一度の恋と思えるほど純粋でお似合いのお二人でした。ドライブに出て桃の香る果樹園をお散歩されたり、対岸の湖畔のホテルへ昼食に出向かれたり、毎日ご一緒にお過ごしでした。

ある時、隣町の映画館からお戻りになるや、お嬢様は旦那様にパンフレットをお見せになって、日本にもウエディングドレスの時代が来るわ、と高揚《こうよう》したご様子でおっしゃいました。聡介様と一緒に『卒業』という映画をご覧になったそうで、クライマックスにヒロインが着た花嫁衣装のことのようでした。パンフレットのドレスに目を丸くなさっている旦那様にお嬢様はじれったそうに早口になられます。

――子供の頃にお父様が連れていってくれたニュース映画で、美智子《みちこ》妃殿下のご成婚パレードを見たでしょう。あの時にお召しになっていたのがローブ・デコルテ。早い話が結婚式で着る西洋式の白無垢のようなものよ。

説明なさるあいだにもお嬢様のアイディアはどんどん膨らんでゆきます。

——日本人がデザインした日本発のプレタポルテが世界に出ていく時代がすぐにくるわ。私、女学校を出たら東京でデザインと経営を勉強してパリで修業して、いずれは聡介さんと一緒に新しい事業を興《おこ》したいの、お父様みたいに。

旦那様は私がお持ちした食後の珈琲を手に、君はどう思うかね、と聡介様にお尋ねになりました。聡介様は、近年、日本の百貨店や合繊メーカーがプレタポルテに力を入れており、お嬢様の考えは先端的で大きな可能性があると思うとお答えになりました。旦那様は少しお考えになってから、うちの娘には商才があるのかもしれんな、と闊達な笑顔を見せられました。

それから間もなくのことです。聡介様が、僕の知っている一番きれいな夏の音です、とお言葉を添えて故郷・水沢《みずさわ》の南部風鈴をお嬢様にお贈りになりました。そして真剣なまなざしで、いつか僕の故郷を観にいらしてくれますか、とお嬢様にお訊きになったのです。お嬢様は頰を染めて頷かれました。お嬢様と聡介様は旦那様に正式に婚約のお許しを求め、旦那様は快諾されて園遊会で婚約披露を行う運びとなりました。

偉智彦様と水絵様もその頃までには聡介様とすっかり打ち解けていらしたので、お二人のご婚約を祝福しておられました。なかでも偉智彦様はここは兄として一肌脱がぬわけにはいかぬと、園遊会に大学の同窓の劇団を招いて自ら演出を手がけるという力の入れよう。お屋敷はお祝いムードに活気づいておりました。

軒先《のきさき》に吊られた鉄製の風鈴の音色は、夏の時間を縦に貫いて長く深く響きました。それは儚い夏の音の対極のように、なにか決定的なもののような気がいたしました。

園遊会の準備も万端整い、いよいよ明日という日の晩餐の折のこと、偉智彦様がいきなり果樹園の見回りを忘れていたと言い出されました。園遊会には果樹園のお得意先もおみえになるらしく、旦那様はたいそうお怒りになって明日朝一番に行ってこいと命じられました。

お屋敷から山の尾根伝いに歩いていけば近道なので始発のバスより早く着くから、どんなにゆっくり見回っても園遊会には十分に間に合うとのことでした。ところが偉智彦様は劇の総仕上げで今夜はホテルに泊まるから無理だの一点張り。とうとう旦那様は匙《さじ》を投げたように、もうおまえはいい、聡介に行ってもらうとおっしゃいました。

ですが、翌日の午前中は聡介様が自動車でお嬢様を隣町へお送りすることになっていました。美容室で御髪《おぐし》を整え、誂《あつら》えたドレスを試着して持ち帰られるためです。お嬢様は何でもないことのようにバスで行くからいいわとお答えになりました。そこでお嬢様が隣町から戻ったら、旦那様とお嬢様、水絵様と私はホテルからの迎えのハイヤーで園遊会に向かうことにして、聡介様は果樹園の見回りを終えられたら、そのまま自動車でホテルへ直行することになりました。

翌日は早朝に聡介様が出発されました。水絵様は平素から朝のうちは寝室から下りていらっしゃらないので、お嬢様は旦那様とお二人で朝食をおすませになると、すぐに支度をしてお出かけになりました。そこへ旦那様から、いつものを買ってくるように、とのお嬢様へのお言づけ。私は走ってお嬢様を追いかけてやっとお伝えすることができました。

……いつものの、ですか？　昔、奥様の付添婦をしていたおヨネさんという年寄りが隣町で煙草屋を営んでいて、旦那様はお屋敷にいる時は律儀にそこでまとめて買ってやるようにしていたのです。お嬢様がおヨネさんはお喋りで、つかまると長くなって困ると苦笑されるのを見て、私は昨夜から胸にあった考えを、思い切って申し上げてみました。

――お供してはいけませんでしょうか。

大切な晴れの日にお側に控えて、それこそ煙草のお使いなど私が代わりにして、お荷物などもお持ちして差し上げたかったのです。お嬢様はやさしく、だめよ、とおっしゃいました。婚約発表でお召しになるドレスはお嬢様ご自身でデザインされたもので、その日まで誰にも見せたくないと仮縫いにもお一人でいらしたのでした。

――さよちゃんもきちんとお支度をして、楽しみにお家で待っていらっしゃい。

喜びに輝くような笑顔でそうおっしゃるとお嬢様はバス停へと向かわれました。

午後二時を回って、もうそろそろお戻りになる頃だと、私はいただいたワンピースに着替えて表に立って待っておりました。てっきり弾むような足取りで戻られるものとばかり思っておりましたら、お嬢様はなにやらひどく屈託《くつたく》そうに考え込んだご様子で、日盛りの赤土の上を滑る短い影を睨《にら》んだまま足早に帰ってこられました。私が、どうかなさいましたか、とお尋ねしても上の空で門を入っていかれます。その時、裏手からおよしさんの大きな声が聞こえました。

――おかしいですねぇ、お勝手にも見当たりませんが。

呼ばれていってみますと、昼前に下りていらした水絵様が、雅な金駒刺繍の施された絽のお着物でお勝手の敷居際に立っておられて、およしさんが水屋箪笥の抽斗《ひきだし》を開《あ》け閉《た》てして捜し物をしています。聞けば、水絵様がいつもお使いになっている携帯用の赤い握りの果物ナイフがどこにも見当たらないというのです。私も今日は目にしていないと申し上げますと、水絵様は困惑顔で呟かれました。

――去年の園遊会でもホテルのお庭で偉智彦さんに桃を剝かされたから、持っていこうと思ったんだけれど……。いいわ、向こうで借りるから。

気分を切り替えるようにそうおっしゃると、水絵様は廊下を戻っていかれました。

振り返ると、いつの間にかお嬢様がいらしていました。驚いたことに、お顔の色は血の気が引いたように真っ青です。私が何か言うより早く、お嬢様はお勝手に入るやドレスの箱も投げ出して二階のお部屋に駆け上がっていかれました。ただならぬご様子に一体どうしたことかと、私はドレスの箱を抱えておずおずと階段を上っていきました。お声をおかけしてよいものかとお部屋の前で躊躇《ためら》っておりますと、いきなり扉が開いてお嬢様が飛び出していらして、私の手に結び文を握らせてこうおっしゃったのです。

——急いでバスで果樹園に行ってこれを聡介さんに渡してちょうだい。あの人の自動車の所で待っていれば会えるわ。大丈夫、さよちゃんが帰るまで待っているから。今なら三時台の上りのバスに間に合う。急いで！

私はドレスの箱をお渡しすると、お嬢様の勢いに気圧《けお》されるように駆け出しました。ところが階段を下りたところで、さよちゃん、と水絵様ののどかなお声がしたのです。見ると廊下の角で手招きされています。気が急きながらもお側に参りますと、水絵様は艶《つや》やかに微笑んで囁かれました。

——さよちゃんの木曜日の先生も花火大会にはきっといらっしゃるわね。昼花火の煙菊もあるし、良い場所でご覧になるおつもりなら、もうおいでになる頃よ。

そう伺って初めて、先生も隣町から花火見物にいらっしゃるだろうという当たり前のことに思い及びました。夏休みになって週に一度お目にかかる喜びもなくなっておりました。湖畔入り口のバス停に着きますと、湖までの道の両側にぎっしりと屋台が並び、早くも大勢の人で賑わっておりました。上りのバス停の向かい側には、隣町から来る下りのバス停があります。不意に、あそこで待っていればお目にかかれるかもしれないという思いが芽生えました。

その思いつきを打ち消すように、上りのバスがクラクションを鳴らして角を曲がってくるのが見えました。お嬢様の言いつけどおりあれに乗らなければと思いました。ところがちょうどその時、峠から続くずっと先のカーブを曲がって下りのバスが小さな姿を現したのです。遠目にも車内はすし詰めの満員だとわかりました。あの中に、あの方がいらっしゃるかもしれない。そう思うと鼓動が走り出すようでした。生まれて初めてのワンピースを着た姿を、すれ違う間だけでもいいから見ていただきたい。私が、こんにちは、とご挨拶して、先生が、やあ川野君、ご機嫌よう、とおっしゃる。その数秒間だけでも……。

前へも後ろへも動けぬまま私は上りのバスを見送ってしまったのです。

背広姿ではない先生を拝見したのはその時が初めてでした。浴衣に博多帯の先生は、兵児《へこ》帯《おび》を結んだ小さな男の子をバスのステップから抱き下ろすと肩車をなさいました。それから、続いて降りていらした奥様らしい藍の浴衣のたおやかな女性と連れだって屋台の方へ向かわれました。私は言葉もなく、ご一家が人混みに消えるまで見つめていました。

ワンピースのポケットに結び文があるのを思い出し、一時間に一本のバスを待つのを諦めて果樹園の方へ歩き出しました。不思議と悲しくはありませんでした。ただしんとさみしい胸の中で、薄い氷の破片がちりちりと崩れていくような感じがしました。そうして溶けてしまった氷のように、涙が勝手にポタポタとアスファルトの路面に落ちました。

どれくらい歩いたのか、もう陽《ひ》も傾いてきた頃、果樹園の麓《ふもと》からバス道に合流した峠の下りカーブのあたりで、谷から煙が上がっているのが見えました。驚いて走っていきますと、ガードレールもないカーブの外側、山肌の灌木《かんぼく》が将棋倒しになぎ倒され、遥か下方から細い白煙が立ちのぼっております。なにごとかと身を乗り出した拍子に足元の地面が崩れ、急斜面を四、五メートルも滑りおちたでしょうか、私は折れた灌木にしがみついてやっと止まりました。煙の方を透かし見ますと、早朝、聡介様が乗って出られたお車が谷底近くで腹を上にして無惨に潰れ、白煙を上げているではありませんか。膝の力が抜け、私は灌木にしがみついたまま座り込んでおりました。煙がたち消え、ほんの数分にも数時間にも感じられる間、濃い山陰に蜩《ひぐらし》が鳴いていたのだけを覚えております。

いきなり腕を摑まれて見上げますと、制帽を被ったハイヤーの運転手さんが血相を変えて谷底を見下ろしております。運転手さんにバス道まで引き上げてもらいますと、ドアが開いたままのハイヤーの脇に蒼白なお顔の水絵様がいらして、やはり谷底の方をご覧になっています。水絵様は運転手に無線で会社に連絡して警察に通報するようお命じになると、放心している私を抱きかかえるようにして車に乗り込み、ホテルへと急いだのでした。

道中、お屋敷にお迎えのハイヤーが来てもお嬢様が、お使いに出したさよちゃんが戻るまで待つ、と言い張るのを水絵様が、旦那様とお嬢様がいないのでは園遊会が始まらないからと説き伏せてお二人を先にお出しになり、ホテルから取って返したハイヤーで私を捜しにこられたのだと知りました。

水絵様と私がホテルに着きました時にはすでに日も暮れ、庭園に設けられた野外舞台でとっくに劇が始まっているはずの時刻でした。ところが、どうしたことか庭園は真っ黒な闇に閉ざされております。水絵様と顔を見合わせた次の瞬間、大音響で音楽が轟き、つい目の先に暗転後の強烈なライトに照らされた舞台が浮かび上がりました。金色の穂がそよぐ書き割りを背に、荷車の上に立った青年が鎌を振り上げて叫びました。

――今は秋。収穫の時。刈り取るのだ、あの夏を！

照明で明るくなった客席で、お嬢様が私たちに気づいて立ち上がられるのが見えました。そして私の顔をご覧になった途端、お嬢様はまるですべてを悟ったかのように大きく目を見開かれました。水絵様が駆け寄って事態をお話しする間も、何も聞こえておられないかのようでした。間を置かず、警察からホテルに聡介様の死亡を確認したという一報が入りました。運転を誤ってカーブを曲がりきれず、谷に転落したらしいとのことでした。

お嬢様はこの日のために誂えたドレスで冷たくなった聡介様と対面されたのでした。聡介様は嘘のようにお顔だけはきれいなままで、その朝、お屋敷を出られた時と変わらぬようでした。翡翠《ひすい》色のシルクタフタのドレスはお嬢様の華やかな目鼻立ちを引き立てて、聡介様の死に顔にお顔を寄せて見入られるさまは、もの凄いような美しさでした。

霊安室を出ると、お嬢様は黙って私に身を寄せて手を差し出されました。私は無用になった結び文をお嬢様の手にお返ししました。そこへ、劇を終えた偉智彦様があたふたと駆けつけていらっしゃいました。そのお姿をご覧になるや、お嬢様は偉智彦様をまっすぐに指さし、誰もが耳を疑うような言葉を発されたのです。

——あの男、芦田偉智彦が聡介さんを殺したのです。

偉智彦様は啞然《あぜん》として棒立ちになったまま、旦那様はもちろん水絵様も私も警察の方々も息を吞《の》んでお嬢様を見つめました。お嬢様は怒りに燃えるような目で偉智彦様を見据えておりました。

——しばらく前、兄さん、煙草屋のおヨネさんにこう言ったそうね。血筋にこだわる親父は聡介を婿にとって茉莉子の産んだ子を跡継ぎにするつもりだ。そうなると俺はいよいよ穀《ごく》潰《つぶ》しだ。聡介さえこの世からいなくなってくれればと思うよって。おヨネさんは、兄さんにも少しは気を遣っておやりよって言ってたわ。私、兄さんがそんなふうに思っていたなんて今日まで思ってもみなかった。

偉智彦様は情けないようなお顔でうなだれ、力なくお答えになりました。

——そりゃあ俺だって昔なじみの婆さんに愚痴《ぐち》のひとつも零すこともあるよ。でも本心ではおまえたちを祝福して今日だって精一杯、祝いの劇を……。

——嘘！　私、兄さんを見たわ。

お嬢様は鋭く遮っておっしゃいました。

隣町へ向かう途中、峠を越えるとすぐに果樹園が見えるのですが、お嬢様は今頃、聡介様が見回っているのだなと思いながらバスの車窓からそちらを眺めたそうです。すると果樹園の麓、白く乾いた田舎道に聡介様が乗って出た車が停めてあったのですが、その前輪のタイヤの脇にパナマ帽を被った小柄な男が屈み込んでいるのを見たというのです。その時は兄はホテルにいるのだから誰か知らない人だと思ったが、あのパナマ帽はやはり兄だったのだ。屋敷からなくなった義姉の果物ナイフでタイヤを破損させ、事故を起こさせて殺したのだというのです。

ひとりの刑事が、果物ナイフごときでタイヤがパンクするわけがないと言いました。すると別の刑事が、いや、タイヤのサイド部分なら小刀あたりでも穴や亀裂を作れる。果樹園からの未舗装の凸凹道を走る間は不具合に気づかないだろうが、峠の舗装道路に出て下りで速度が上がるとパンクやバーストを起こす可能性がある。そうでなくともハンドル操作が不安定になれば、あのカーブなら事故に繋がると反論しました。

けれども偉智彦様は、お嬢様が上りのバスから目撃なさった時刻、ホテルで劇団員と通し稽古をしていたと主張されました。そこで偉智彦様のアリバイを確認すべく、ただちに劇団員全員が警察署に集められました。そして聴取の結果、問題の時刻、偉智彦様は劇団員たちと確かに稽古をしていたとわかったのです。その直後、お屋敷にやられていた巡査から、例の水絵様の果物ナイフがリビングのソファの下から見つかったという連絡がありました。皿を片づける時にでも落として気づかなかったのだろうということでした。

警察の方々のお嬢様を見る目つきが変わるのがわかりました。十七の娘が婚約発表のその日に、婚約者が事故で死亡したという現実を受け入れかねての妄言《もうげん》だったと考えたようでした。以後、お嬢様が車に細工をする偉智彦様をこの目で見た、大学の劇団を園遊会に呼び寄せたのは金を積んでアリバイを証言させるためだったにちがいない、と言い募っても警察は耳を貸してくれなくなりました。

水沢から聡介様のご両親がいらして、お屋敷で葬儀が営まれました。旦那様のたってのご希望でお二人は初七日まで滞在されたのですが、その初七日の夜のことでした。

風のない蒸し暑く寝苦しい夜更け、ようやっとうつらうつらしかけた頃、ふと風鈴の音を聞いたような気がしました。それからしばらくして、闇を劈《つんざ》いて偉智彦様の悲鳴が響き渡りました。庭の方からとわかり、私は寝間着のまま転げるようにそちらに向かいました。旦那様、水絵様、聡介様のご両親も驚いて出ていらっしゃいました。

地面に尻をついた偉智彦様は、浴衣の左の肩口がばっくりと裂け、傷口を押さえた右手の指の間からどくどくと血が流れ出ております。恐怖に歪《ゆが》んだ顔で偉智彦様が見上げているのは、両手で大きな植木鋏《ばさみ》を握ったお嬢様です。刃先が血に濡《ぬ》れて光っており、何が起こったのか瞬時にわかりました。お嬢様は嬉々として私たちをご覧になりました。

——この男が聡介さんを殺した。今、こいつが白状した。さあ、もう一度言え！

植木鋏を突き出されて偉智彦様はひぃと声をあげ、お嬢様はじれたように足を踏みならしておっしゃいました。

——こいつは、今こう言った。俺が聡介を殺した。聡介がいなくなってせいせいした。おまえもあの世に行ってはどうだ。女だてらに事業を始めるなんて戯言《ざれごと》は忘れて、あの世で聡介と所帯を持って子を育てるといい。

——幻覚の次は、幻聴だ……。

偉智彦様は愕然《がくぜん》としたお顔でそう呟かれました。そして、自分は寝つかれず庭に涼みにおりたら、いきなりお嬢様が襲いかかってきたのだと旦那様に訴えられました。

——嘘、嘘、嘘！　話があるから夜中に風鈴を鳴らしたら来いと言ったくせに！

怒りに駆られて打ちかかろうとするお嬢様を、旦那様が羽交い締めになさいました。

——よく聞きなさい。もしおまえの言うとおりなら、偉智彦はどうやってホテルから果樹園まで往復したんだ。バスかハイヤーか園遊会の客の車か。運転手たちも、毎年園遊会に来る客も、みんな子供の頃から偉智彦の顔を知っている。誰にも見られずに行き来できるわけがない。馬鹿な考えはもう頭から追い出すんだ。おまえは賢い娘だったはずだろう。

聡介様がこの世に残していった風鈴の音を聞いて、お嬢様はおかしくなった。皆様そう思われたのでしょう、風鈴はすぐに取り外されて納戸にしまわれ、聡介様のご両親も遺骨と共に翌朝すぐさま郷里へと戻られました。

偉智彦様が病院に運ばれましたので、この夜のことはたちまち村中に知れ渡りました。幸い身内の間でのことでもありましたし、旦那様のご威光もあって司直が動くことはありませんでしたが、さらわれ者という蔑称が残っていたような村のこと、これまでは多少風変わりでも村の人々から嫌われることのなかったお嬢様が、この刃傷沙汰《にんじようざた》を境に、やはり昔からどこかおかしかったのだと噂されるようになりました。

お心弱くおなりになった旦那様は、偉智彦様に説得されてお嬢様を精神科のお医者様に診せることを承知されました。偉智彦様のご友人に専門のお医者様がいらっしゃるということでした。診断の結果、お嬢様の一連の常軌を逸した言動は、婚約者の死が引き金となって発症した精神分裂病の陽性症状と診断されたのでした。

「茉莉子さんが心のサナトリウムに入ったのは、そういう事情だったんですね」

僕がそう言うと、さよさんは今でも胸が痛むようにつらそうに頷いて、膝の上に載せていた紅茶のカップをガーデンテーブルに戻した。

現在では治療によって回復可能であることが知られている統合失調症は、当時の日本では精神分裂病と呼ばれ不治の精神病のごとく恐れられていた。当主の武郎は、相手が身内の偉智彦だったからよかったものの、万一、茉莉子が他人を傷つけでもしたらと案じて、監獄に入れられるより、病院の方がまだしもと考えたのだろう。だが、芦田家の悲劇はこれだけでは済まなかったのだ。僕はさよさんにその後のことを尋ねた。

……サナトリウムに入られたお嬢様は、お屋敷のどなたが面会にいらしてもお会いになろうとしませんでしたが、私だけは例外でした。私は県境の病院まで捥《も》ぎたての梨や葡萄《ぶどう》を携えて足繁く通いました。お薬のせいでしょうか、お嬢様はたいてい黙ってお人形のように座っていらして、私がひとりであれやこれやとお話しするのが常でした。

お見舞いの翌日は水絵様が帯結びを手伝わせる口実で私を二階のお部屋に呼んでは、お嬢様のご様子をお尋ねになりました。ちゃんとご飯を召し上がっているか、衣類は足りているかと、とてもご心配のご様子で、私はその都度お嬢様のご様子を詳しくご報告したものでした。一度、あんまりお嬢様がお可哀想で、聡介様が生きていらしたらと、つい詮ないことを申してしまったことがありました。すると、思いがけず水絵様が聡介様のことを、私、あの人、あまり好きじゃなかった、とおっしゃったのです。

――あの人、お酒が入るとよく言っていたでしょう。僕の父は破産しましたが、祖父は子爵様の従兄弟《いとこ》でしたって。茉莉子さんは、ああやっぱり高貴な方々に連なるお家柄なんだとすっかり心酔して聞いていたけれど。

そう伺って思い出したことがありました。聡介様が何度目かにお祖父様のお話をされたあと、ふと思いついたように水絵様に、あなたのご両親は、とお尋ねになったことがありました。水絵様が、終戦の年の空襲で……とお答えになると、聡介様はすぐさま、ああ、戦災孤児ですか、とおっしゃったのです。私はそのとき初めて水絵様がご親戚のお家でお育ちになったことを知ったのですけれど。

水絵様のお顔を拝見して、あの時のことを考えていらっしゃるのだとわかりました。水絵様は帯の具合を確かめ、いつもの市松模様の懐紙挟みを襟に差し入れますと、まるで私の視線を避けるようにふらりと窓辺に寄って、百日紅《さるすべり》の梢に目を向けられました。

——戦災孤児という言葉はね、自分で言うのと人から言われるのとでは少し違うのよ。あの時の聡介さんのちょっとした目つきがね……。お義父様や偉智彦さんには上手に隠していらしたけど、女が相手だと自然に出てしまうのね。どこか人を見下した心根が。だからっていうのじゃないけれど、二人が結婚して聡介さんが事業の実権を握ったら、いずれ茉莉子さんを『闇成金の娘』と嘲《あざけ》るようになるような気がしたわ……。

田舎から出たての私のような女中には思いも及ばないことでした。

一方、偉智彦様は旦那様に自動車を買っていただいて熱心に果樹園の見回りをされるようになりました。ただ、聡介様の一件で車へのいたずらが村で取り沙汰されて用心したらしく、お屋敷と果樹園の入り口の両方に鍵のついたガレージを建てさせ、ご自分の他には誰もお車に近づけないようにしておられました。

どういうわけかその頃から偉智彦様と水絵様の折り合いが悪くなったように感じられました。以前は夕方になりますと連れだってお散歩に出るのが日課でしたのにそれもなくなり、晩餐のお席でも言葉を交わされることがなくなりました。

そんなある日、私はおよしさんから出し抜けに、あんた運動会に出るつもりかい、と食ってかかるように訊かれたのです。お屋敷に上がる際の約束に学校の行事は優先するとありましたので運動会には出るつもりでいたのですが、およしさんは、お屋敷がこんな時に無神経だよ、女中にまで馬鹿にされてると思うだろ、となじるのです。そして、偉智彦様と水絵様が、運動会がどうのこうのと大声で喧嘩《けんか》していたというのです。

私はわけがわからず、お嬢様をお見舞いした際にその事を独り語りに話しておりました。すると突然、お嬢様がお口を開かれたのです。お声を聞いたのは一ヶ月ぶりでした。

――運動会……玉入れ……おゆうぎ……お弁当……かけっこ……。

お嬢様は宙に目を据えたままゆっくりとそう呟かれると、いきなり激しく笑い出されました。そして身を折るようにして息も継げぬほど大声でお笑いになると、そのままぽろぽろと大粒の涙を零されたと思うや、たちまちお顔を歪めて、お腹の底から振り絞るようにして号泣されたのです。そのあまりのご狂乱ぶりに私は初めてもうだめなのかもしれないと思いました。私はただお嬢様のお手を握って一緒に泣きました。

何事も底を突いたら上向いてくるということがあるのなら、あれが病の底だったのかもしれません。お嬢様はそれ以後、みるみる快方に向かわれ、十一月の初めにはお屋敷に戻るお許しが出るまでになりました。それからは二間続きの離れで私が一緒に寝起きしてお世話をさせていただくようになりました。

お嬢様はすっかり落ち着かれて、食後のお薬も嫌がらずにきちんと飲んで下さいました。

ただ、私が学校を休むのだけは決してお許しになりませんでした。お嬢様のお世話でお休みをしようとすると、怒ってお食事を召し上がって下さらなくなるのです。それで、私が学校に行っている間は、およしさんと上の娘さんが交替で付き添うようになりました。

そうしてお嬢様がお屋敷に戻って半月ほどして、今度は偉智彦様が亡くなられたのです。

東京から旦那様が戻られる日のことでした。昼頃にお仕事のご都合で最終の列車になるとお電話があり、偉智彦様が夜遅く隣町の鉄道の駅までお車でお迎えに出ることになりました。その途上、聡介様と同じ峠のカーブのひとつで運転を誤り、谷に転落してしまわれたのです。八月にお嬢様が偉智彦様を植木鋏で襲ったことは村中に知れ渡っておりましたから、旦那様はのちのちあらぬ噂が立たぬよう、偉智彦様のご遺体の司法解剖を依頼され、体内に薬物などの痕跡《こんせき》は一切なく、明白な事故として決着したのです。

偉智彦様の突然の死に加えて、お通夜でのお嬢様のあのご狂態。旦那様は葬儀を終えた夜、とうとう心労で卒中を起こして入院されてしまいました。同じ夜、寝る前に私が髪を梳《す》いて差し上げていると、お嬢様は鏡越しに私に微笑んでおっしゃいました。

――この髪が真っ白になっても、私は振袖を着ているのよ。

退院後は小康を保たれておりましたのに、偉智彦様の死で否応なく聡介様の死の衝撃が蘇り、お心の均衡が脆《もろ》くも崩れてしまったのだと思いました。

「それから二週間ほどして、あなたは誰にも告げずに暇乞《いとま》いの短い置き手紙をしてお屋敷を出ていっていますね？」

僕はできるだけ穏やかな口調で尋ねた。

村を離れる際にさよさんは始発のバスの運転手に見られていた。胸に抱いた風呂敷包みに顔を埋《うず》めるようにしていたが、夜学に行く時のいつものカーディガンとお下げに編んだ髪ですぐにさよさんと知れたという。村の老人たちの話では、さよさんがお屋敷から逃げ出した事実はその日のうちに村中に広まったらしい。

僕が居場所を見つけ出して訪ねてきた時から、さよさんはそのことも調べてきていると察していたらしく、心苦しそうに目を伏せた。

「あんなにやさしくして下さったお嬢様を置いて逃げ出すなんて、自分でも本当に恩知らずの薄情者だと思いました……」

よほど後《うし》ろめたかったのだろう、さよさんはその後、夜学の級友も含めて旧栂杁村の誰とも連絡をとっていなかった。

「なにか出ていく理由があったんですよね？」

僕の問いに、さよさんは小さく頷いた。

偉智彦の葬儀から何日かして、およしが裏木戸と植え込みの間に茉莉子の浴衣が押し込まれているのを見つけたのだという。寝間着代わりの浴衣はまるでいたずら小僧が遊び回ったたようにあちこちにかぎ裂きができて泥だらけになっていた。

「心が子供に戻ったら体の方も子供になるのが道理なんだろうけど、とおよしさんがひどく気の毒そうに言いました。私もそういうものかと思いながら離れに目をやりますと、振袖姿のお嬢様が縁側の日だまりでお手玉をしておいででした。そのお姿を拝見しているうちに……私、突然、怖くなってきたんです」

確かに尋常な姿ではない。だが僕がそう言うと、さよさんは強くかぶりを振った。

「そうではなくて、私、お嬢様がいつ寝間着で離れを抜け出されたのか、まったく覚えていないことに気づいたんです。すぐお隣で眠っていましたのに。それでその頃、寝過ごすことが多くなっているのに思い当たったんです。お通夜の朝もそうでした……」

そういえば、さよさんは牛乳配達の音で毎朝目を覚ましたと言っていたのを思い出した。

「私、ものごころついた時から、日が昇ったあとまで眠っていたことなんかありませんでしたのに。そう考え始めると急に不安になったんです。そして、村の人たちが、闇成金が人の恨みをたくさん買って建てたお屋敷だから、あそこに住む者は無事では済まないと噂していたのを思い出して……」

さよさんは自分の身にも何か異変が起こっているような恐怖を感じたのだ。それは突然のことであっただけに、なおさら深甚であったにちがいない。

「怖くなって当たり前ですよ、さよさんはまだ十五歳だったんですから」

僕は励ますように言った。それから保温式のティーポットから新たに紅茶をカップに注いでさよさんに手渡すと、お屋敷を逃げ出した日のことを尋ねた。

「わずかな衣類を風呂敷に包んでお勝手の出入り口に隠してありました。およしさんは上の娘さんのお産でその日はいちにちお休みをとっていましたので、見つけられる心配はありませんでした。私が学校にいくふりをしていつものように縁に両手をつき、行って参りますと申し上げますと、お嬢様は振袖で文机《ふづくえ》に向かって折り紙をなさりながら、いってらっしゃいとおっしゃいました。私はこれを最後にと丁寧にお辞儀をして離れを出ました」

「さよさんがお屋敷を出る時、水絵さんはいましたか？」

「水絵様はリビングで刺繍をなさっていました。私はご挨拶をしてすぐにお勝手に回って、最初に来た時と同じように風呂敷包みひとつを抱えてお屋敷を出たのです」

だとすれば、と僕は考えていた。さよさんの話は、旧栂杁村の老人たちが語ってくれた話と辻褄《つじつま》が合う。しかし……。

「何かあったんですね？」

うかつにも考え込んでいた僕の顔を見て、さよさんは直感したらしい。お屋敷で何があったのだとさよさんに詰め寄られ、僕は隠しきれなくなった。

「実は、お屋敷の解体作業中に涸れ井戸から若い女性の白骨死体が見つかったんです」

さよさんは驚いて手にしていたティーカップを取り落としてしまった。陶器の割れる鋭い音を聞きつけて、すぐさま介護士の三木さんが駆けつけた。三木さんは、今日はこれくらいにいたしましょうね、とやさしく声をかけると、さよさんを安楽椅子から車椅子に移し、庭に面した寝室に連れ去った。そうして、突っ立っていた僕を促して玄関へ向かう道すがら、きっぱりと僕に言い渡した。

「さよさんの平穏を乱すようなお話なら、もうおいでになるのはご遠慮下さい」

僕は平謝りに謝り、三木さんはいくらか態度を和らげてくれた。それにしても、僕は三木さんが雇い主を名前で呼んでいるのを不思議に思った。尋ねると、二人は昔からの知り合いなのだという。三木さんの夫が入院していた頃に、知人を見舞いに来ていたさよさんと出会ったらしい。その夫が他界し、子供が独立して、ひとり住まいの家賃も馬鹿にならないと思っていたところをさよさんに乞われ、住み込みで入ったそうだ。

「とてもやさしくして下さって。さよさんがお元気な頃は、よく一緒にデパートにお買い物に行ったり、ご飯を食べに行ったりしたんですよ」

三木さんは懐かしそうに微笑んだ。僕はなんとなく昔の茉莉子とさよさんのようだと思った。そして、三木さんにまた明日伺ってよいというお許しを得て玄関を出た。

途端に狙いすましたようにスマホが鳴った。社の社会部のデスクからだった。電話を受けると、予想に違わぬ不機嫌な声がした。

「有休は今日までだぞ。さっさと戻れ。人が足りないんだ」

涸れ井戸の白骨死体の件は、これまでも社の仕事をこなしつつ自弁で追ってきたのだ。僕はもう一日だけくれと頼みこんだ。

「仏の顔もこれが最後だ、勝手なことばかりして。大体おまえは記者に向いてないんだ」

電話はブツリと切れた。僕は〈最後の仏の顔〉を有効に使うべく、素早く頭を切り替えて、さよさんから聞いた話とこれまでの自分の調査結果を突き合わせてみた。

今も栂杁市に住むおよしの娘の話では、およしが翌日、お屋敷に行くと、お勝手の卓にさよさんの暇乞いの短い手紙が置かれており、庭に茉莉子がひとり、泥だらけの振袖を着て座り込んでいた。築山が崩れていたのを見てまた泥んこ遊びをしたのだとすぐにわかったという。誰もご飯を運んでくれないのでお腹が空いたのだろう、茉莉子は台所から持ち出したおひつを膝の上に抱えて、手づかみでご飯を食べていた。およしは茉莉子を風呂場に連れていき、急いで水絵を捜したが、すでに邸内に水絵の姿はなかった。

偉智彦が死んでからというもの、村の人間は皆、水絵が屋敷を出ていくのは時間の問題だと考えていた。偉智彦との間に子のない水絵には、義父・武郎の財産に関して相続権がない。だが屋敷に残れば、心を病んだ義妹と卒中で半身不随となって入院している舅《しゅうと》を放っておくわけにもいかない。舅の言いつけであれやこれやとやらされた挙げ句、骨折り損のくたびれ儲けに終わるのは目に見えている。そこで、およしとさよの二人がそろって不在になる夜を逃さず、頻々《ひんぴん》と東京に出るたびに会っていた愛人にでも車で迎えに来させて、こっそり逃げ出したのだろうということになっていた。

それを聞いて僕自身もそんなところだろうと思っていた。だから、涸れ井戸から見つかった骨は、当時、屋敷に出入りしていた若い女性の誰かではないかと考えていたのだ。

ところが、さよさんの話ではそんな女性は存在せず、しかも、遺体が握っていた鉄製の風鈴は聡介が芦田家に持ち込んだものと考えてまず間違いない。聡介が来た後に屋敷からいなくなった若い女は、さよさんと水絵の二人だ。そのうち水絵だけは村から出るところを誰にも見られていない。

あの涸れ井戸の白骨死体は、水絵なのではないか。だが、さよさんの話では茉莉子が入院した頃から偉智彦夫婦の関係は何らかの理由で険悪になっていた。水絵が後追い自殺するとは思えない。涸れ井戸は竹製の蓋を被せていたというから事故の可能性も低い。だとすれば……。

そこまで考えた時、僕の頭にひとつの仮説が浮かんだ。

「僕は、聡介さんの殺害を企てたのはやはり偉智彦さんだと考えています。しかし、聡介さん殺しは、真の目的を果たすための手段に過ぎなかった」

翌日、さよさんを訪ねた僕はそう切り出した。さよさんは昨日と違って庭に臨む寝室で医療用ベッドに入っていたが、しっかりとしたまなざしで黙って僕を見つめ返した。涸れ井戸から白骨死体が出たと知って、さよさんの中で何らかの変化が起こったのは確かだと感じた。僕は昨晩考えた仮説をさよさんに話した。

偉智彦の真の目的は、茉莉子を旧民法における〈禁治産者《きんちさんしゃ》〉にすることだったのではないか。一九九九年に法改正されるまで民法に明記されていた禁治産者とは、精神障害等によって財産を収めることを禁じられた者を指す。後見人が付けられ、禁治産者は遺産分割、相続の承認や放棄から日用品の購入に至るまで自らの意思では行えなくなる。茉莉子が禁治産者となれば、芦田家を継ぐ人間は偉智彦をおいてほかにない。

では、どうやって茉莉子を当時でいう精神分裂病患者に仕立て上げたか。茉莉子と聡介が恋に落ちたことで、偉智彦はこの計画を思いついたのかもしれない。一生に一度の恋、そのかけがえのない恋人の命が、殺人という最も忌まわしいかたちで奪われたとしたら、殺人者が正しく罰されるまで、彼女は死を嘆き悲しむことを自分に許さない。どこまでも事実を主張して、殺人者を糾弾する。実妹の性格を知り抜いていた偉智彦は、彼女の真っ直ぐで激しい気性を利用した。つまり不可能な〈事実〉を捏造《ねつぞう》したのだ。ひとりの人間が同時に別々の場所に存在するのは不可能であるにもかかわらず、ホテルで劇団員たちと通し稽古をしていた兄が、同時刻に果樹園の麓に停めた聡介の車に細工をしていたという〈事実〉だ。

あの日、茉莉子が乗るバスの時刻は芦田家の人間なら誰でも知っていただろうし、婚約発表の当日、晴れのドレスを取りに向かう茉莉子が、バスの車窓から婚約者の停めた車に目をやる心理は容易に想像できる。むろん彼女が見たのは兄の替玉を演じた共犯者だ。

園遊会の日、いつものように昼近くに寝室から下りてきた水絵は、午前中は誰にも見られていない。朝早めに裏木戸から出て尾根伝いに行き、茉莉子の乗ったバスが果樹園の麓近くを通るのを待ち受けた。水絵と偉智彦はそろって線の細い小柄な体形だったというから、タイヤの側に屈んでいるのを走行中のバスの車窓から見れば、パナマ帽にスラックスという簡単な扮装で偉智彦と思わせることは可能だ。そう考えれば、煙草屋の婆さんの件も辻褄が合う。茉莉子が父の使いであの店へ行くのはいつものことだから、あらかじめ偉智彦が愚痴を装って婆さんの耳に聡介への殺意ともとれるような述懐を吹き込んでおいた。お喋りだったという婆さんが、茉莉子に黙っていられるはずがない。

案の定、婆さんの話を聞いた茉莉子は車窓から見た光景を思い出し、偉智彦が聡介の車に細工をしていたのではないかという疑念を抱いた。そして、茉莉子が屋敷に戻る頃合いを見計らって、水絵が果物ナイフがないと騒いでみせた。偉智彦が持ち出したのだと思い込ませるために。茉莉子はまんまと偉智彦たちの術中に嵌《は》まった。そして、茉莉子の言葉を誰も信じなくなるのを待って、偉智彦は計画の核心部を自らの手で実行に移したのだ。

茉莉子を深夜の庭におびき出し、彼女が申し立てたとおりの言葉で聡介殺しを白状して彼女を挑発し、逆上させ、遂に自分を襲わせた。もちろん植木鋏は茉莉子の目につくように偉智彦が置いてあったのだろう。危険な大芝居だが、この刃傷沙汰は茉莉子を精神科の医者に

診せるよう父を説得するのに必要不可欠だった。医者は偉智彦の友人だ。おおかた破格の謝
礼金をちらつかせて、茉莉子に精神分裂病の診断を下すよう唆《そそのか》したのだろう。
　さよさんは感情を押し殺そうとするように固く唇を結んで僕の仮説を聞いていた。ここか
らは訊くに忍びない質問になる。わかっていたが、僕は率直に尋ねた。
「昨日あなたが話してくれたお屋敷を逃げ出した日のことですが、夜学に行くふりをして逃
げ出したのなら時刻は夕方です。まだ上りのバスがいくつもあった。なのに実際にあなたが
乗ったのは翌日の始発のバスです。その間ひと晩の空白がある。あなたは本当はあの日も授
業に出るつもりでお屋敷を出たんじゃないですか。ところが、およしさんが娘さんのお産で
お休みで、離れにひとりになる茉莉子さんが心配になった。それであなたはお屋敷に引き返
したんじゃありませんか？」
　僕はその先の出来事についても推論を立てていた。
「およしさんとさよさんの不在が重なるという千載一遇の機会を利用したのは、水絵さんで
はなく、茉莉子さんだったんですね」
　さよさんは静かに目を上げると、僕が予想だにしなかったことを口にした。
「あなたは、偉智彦様がなさったことの、まだほんの一部しかわかっていらっしゃらない」
「……おっしゃるとおり、夜学に向かった私は、お嬢様が心配でお屋敷に引き返しました。

裏木戸の前まで来ると、納戸に片づけたはずのあの聡介様の風鈴の音が聞こえました。私は禍々しい予感に打たれ、そっと戸を開けてお庭に足を踏み入れました。すると、涸れ井戸の櫓《やぐら》の軒先にあの風鈴が吊るされていて、その傍らに振袖姿のお嬢様がお立ちになっていたのです。母屋の奥から、風鈴の音に驚いたご様子の水絵様がおいでになりました。そしてお嬢様をお認めになると、どこか芯が抜けたような虚ろなお顔になり、沓《くつ》脱ぎ石の庭下駄を履いてゆらりとお庭にお立ちになりました。

——茉莉子さん、私が偉智彦に手を貸すとは思わなかったのね。

——おまえが東京の百貨店に行くたびにさよちゃんに買ってきたひどく子供じみたお土産。あの時に気づくべきだった。本当は何のために東京に出かけていたのか。そうすれば、おまえがあの男にたやすく手を貸すとわかったものを。

お元気な頃とお変わりのない明瞭《めいりよう》なお話しぶりでした。驚きながらも、私のいただいたあのお土産がどうしたのかと、息をつめてお二人を見つめておりました。

——遠くからでも元気な姿が見たかったの。渡せないとわかっているのにあの子の好きそうなお菓子を買って……。偉智彦は言ったわ。うまくいって俺が跡を継ぐことになれば、俺たちには子供ができないようだからおまえの子を養子にとってもいい。金なら唸《うな》るほどあるんだから、いくらか向こうに掴ませれば子供を渡すにちがいないって。あの子と一緒に暮らせると思うと、私は手を貸さずにいられなかった。

それから水絵様は園遊会の日、さきほど白石さんがおっしゃったとおりのことをなさったのだと淡々とお話しになりました。白石さんが私を気遣って、あえて触れなかった結び文のことも……。

いろいろな事が立て続けに起こったせいで、水絵様が口に出されるまで私はあの結び文のことをすっかり忘れていたのです。お嬢様が私に結び文を託した時、水絵様が階段の下で様子を窺《うかが》っていらしたとは……。水絵様は、お嬢様が手紙に何を書かれたのかすぐにわかったそうです。歪んだように笑っておっしゃいました。

――聡介さんに車を使わずに、バスで一旦お屋敷に戻るように伝えようとしたのね。あなたのことだから、疑惑が誤りであってほしいと願って偉智彦のことは書かなかった。でも聡介さんが車を使ってくれなくては偉智彦の計画は台無しになる。ええ、さよちゃんを足止めしたのはこの私よ。どうやったか教えましょうか。

――さよちゃんの名前を口にしないで！　あの子は何も知らないんだから。

私の愚かな恋を水絵様に見透かされ、利用された。私があの時、お嬢様に言われたとおりの上りのバスに乗っていれば聡介様は死ぬことなく、何もかもが変わっていたのです。私は声もなくその場に座り込んでおりました。私は、取り返しのつかないことをしてしまったのです。

水絵様のどこか疲れたようなお声が聞こえました。

――『今は秋。収穫の時。刈り取るのだ、あの夏を！』。偉智彦の通夜の席であの劇の台詞をあなたが叫んだ時、復讐の宣言だとわかった。偉智彦はあなたが殺したのね。

何を言い出すのかと、私は息も止まる思いで顔を上げました。偉智彦様よりほかに誰もお車に近づけなかったのは周知のことですのに。ところが、お嬢様は平然とお答えになりました。

――私が車に近づかなくても、車の方から私に近づいてきてくれた。

お嬢様のお話で私は初めてあの夜なにが起こったのか知りました。偉智彦様が夜遅くに車で旦那様を駅までお迎えに行くと知って、お嬢様は病院でいただいたお薬を私の晩ご飯に入れて早くに眠らせ、それから山の尾根伝いに走って先回りして峠のカーブで偉智彦様を待ち伏せたのです。そうして、ヘッドライトの中に飛び出した。

――あの男が谷底におちる数秒の間に、聡介さんが味わった恐怖を味わえばいい。それができれば、私はどうなっても構わないと思っていた。

およしさんが見つけたあの浴衣、かぎ裂きができて泥だらけの浴衣は、お嬢様が夜の山道を駆けていった時のものだったのです。

――偉智彦はね、あなたのすべてが憎かったの。あなたが若くて、健康で、聡明な妹だということ、そのせいで嫡男の自分を差し置いてお義父さまに気に入られていることも。

冷たい風が流れて、闇の中に風鈴の深い音が響きました。

——私は、あの男のように植木鋏を用意する必要はない。水絵様を振り返りました。そうおっしゃると、お嬢様は井戸蓋を摑んで一気に引きのけ、水絵様を振り返りました。

——ここに飛び込め。さもないと、私がこの手でおまえの一番大切なものを打ち壊す。

水絵様は驚愕に言葉を失ったように肩で息をついておられます。お嬢様のお顔に寂寞《せきばく》とした微笑が浮かんでおりました。

——私はもう何をしても罪には問われない。病院に送り返されるだけだ。おまえたちがそうしたから。飛び込まなければ、おまえが一番大切に思っているものを奪う。おまえたちが、私から永久に奪ったものを……。

水絵様はお嬢様の足元に頽《くずお》れ、お着物の裾に取り縋るようにして訴えられました。

——これだけは信じて。あなたが入院してから初めて偉智彦に知らされた。それまでは、病院に入れるのはただあなたを禁治産者にするためだと。あんなむごいことをするためだと知っていれば、決して偉智彦の言うままになどならなかった……！

私にはお二人が何をお話しになっているのかわかりませんでした。〈あんなむごいこと〉とはなんなのか。もうこれ以上にむごいことなどあるとは思えませんでした。

——あなたが病院に入れられたあと私、偉智彦に頼んだの。もうすぐあの子の学校の運動会だから参観者に紛れてひと目だけでもあの子を見ておいてやってと手を合わせた。そうしたら偉智彦は、運動会なんて埃《ほこり》っぽくて嫌だよと言った。その顔を見た途端、初めから引き取る気などなかったのがわかった。自分が嫡男として家を継げればそれでよかったのよ。欺《だま》された私が馬鹿だった。……あの人は、若いあなたが婚約者の死から立ち直って新しい恋をするのを恐れて、それで……。

水絵様は泣き崩れ、お嬢様は虚空《こくう》に目をおやりになったまま静かにおっしゃいました。

——さよちゃんから運動会の話を聞くまで、私はおまえがあの男に手を貸したとは夢にも思っていなかった。気づいた時には、もう遅すぎた。玉入れ……おゆうぎ……かけっこ……お弁当。……私は一生、我が子の運動会を見ることはできない。我が子を、この腕に抱くこともない。

そのお言葉を聞いた時、私の頭の中ですべてが繋がったのです。

運動会のことを話した時のお嬢様のあの錯乱、およしさんが『心が子供に戻ったら体の方も子供になるのが道理なんだろうけど』とひどく気の毒そうに言ったこと、そしてお嬢様が『この髪が真っ白になっても、私は振袖を着ているのよ』とおっしゃったことの意味が。〈あんなむごいこと〉が、何を指すのか……。

「旧優生保護法……！」

僕は自分の口にした言葉に慄然《りつぜん》となった。

一九四八年から一九九六年まで施行されていた旧優生保護法には、障害のある人に中絶や不妊手術をさせる条文があった。精神疾患等とみなされた者や聾唖者《ろうあしゃ》を対象に、本人の同意が無くとも、不妊手術ができたのだ。裁判が起こされ、現在、問題となっている《強制不妊手術》だ。記者の端くれである僕も、無理矢理、不妊手術を行われた聾者の記事を読んだことがあった。戦時は兵隊を増やすために《堕胎《だたい》罪》で中絶を禁止し、不妊手術も避妊も厳しく規制していた国が、敗戦後、ベビーブームが始まると人口抑制に転じる。数を減らすからこそ健康な子だけを、という優生政策が背景にあったといわれている。

偉智彦の真の目的は茉莉子を当時でいう精神分裂病に仕立て上げ、強制不妊手術をさせることだったのだ。茉莉子が生涯、芦田家の血を引く子を産むことがないように。手術は女性の場合、子宮の摘出やレントゲン照射によったという。僕はおぞましさで総毛立つ思いだった。我が身に起こったことを知った茉莉子が、どれほどの絶望を味わったことか。

だが、さよさんのその先の話は僕の想像を絶するものだった。

……お嬢様は水絵様にお命じになりました。

――どちらかの命を選びなさい。自分の命か、子供の命か。

お嬢様の足元に座り込んでいた水絵様が、泣き疲れたぼんやりとしたお顔をお上げになりました。そうして地面に両手をついて立ち上がろうとした拍子に、緩んだ襟の合わせからいつも身につけている懐紙挟みが落ちました。水絵様がアッと手を伸ばされるより早く、お嬢様がそれを手に取られました。お嬢様は懐紙の間に何かを見つけて、それを取り出しました。一枚の写真のようでした。それをご覧になったお嬢様はまるですべての感情が消え去ってしまったかのような声でおっしゃったのです。

――この子は、あなたを、お母さんと呼ぶのね……。

あの女が自分の子の写真を身につけていたのだとわかりました。お嬢様は恐ろしい手術を施され、もう一生、お母さんと呼ばれることはないというのに、あの女は……。あの瞬間、水絵様に対する怒りと憎悪が奔流《ほんりゅう》となって私の体を突き動かしたのです。私は我を忘れて植え込みの陰から飛び出すや、両手を突き出したまま地面を蹴って水絵様に突進しました。そして涸れ井戸に突き落とした……。ええ、私が水絵様を殺したんです。

僕はあまりのことにしばらく言葉も出なかった。

「それでお嬢様が私に朝一番のバスで村から逃げるようにおっしゃったんです」

「……茉莉子さんがその後どうなったかご存知ですか？」

「いいえ。村を出たら、芦田のお屋敷の方はもちろん、村の誰とも一切連絡を取らないようにとお嬢様にきつく言われておりましたから」

僕は栂杁市で調べてきたことをさよさんに話した。当主の武郎は、介護が終生必要な身となって施設に移り、茉莉子は、通いのおよしが訪ねるだけの屋敷にひとりで暮らした。およしの娘の話では、茉莉子は住職に勧められて写経をして過ごしていたが、やがて少しずつ食が細くなっていった。およしがいくらお医者に診てもらってほしいとお願いしても聞かなかったという。影が薄くなるように体力も失《う》せ、ちょっとした風邪から肺炎になって亡くなった。二十歳の春のことだった。

「そうですか……」

さよさんはそう答えただけだった。初めて室内に沈黙が落ちた。壁掛け時計の秒針の音が聞こえた。

静けさを破ってスマホが鳴った。デスクからの着信だった。僕はさよさんにことわって庭に出ると、気持ちの整理のつかぬまま電話を受けた。そして、帰社を急かすデスクに、涸れ井戸の骨は偉智彦の妻の水絵かも知れないとだけ告げた。ところが、デスクからもたらされた短い情報は、すべてを根底から覆すものだった。

僕は茫然《ぼうぜん》となって電話を切った。足元の地面が傾くような思いだった。僕は、出てきた部屋に戻り、医療用ベッドで身を起こしている老婦人に尋ねた。

「……なんのために、嘘を吐《つ》くんですか？」

彼女は怪訝《けげん》そうな顔で僕を見返した。

「涸れ井戸の白骨死体は、水絵さんじゃない」

老婦人は黙って決然と首を横に振った。

「涸れ井戸で見つかった女性は、経産婦ではない、出産経験のない女性です。水絵さんではありえないんです」

「いいえ、あの遺体は水絵様です」と老婦人は打ち払うように言った。「私が水絵様を涸れ井戸に突き落としたんです」

「社の同僚が県警の捜査幹部から得た未発表の情報です。間違いようがないんです。聡介さんが屋敷に来た年、そこにいた未産婦は二人。茉莉子さんとさよさんです。そして茉莉子さんはその三年後に亡くなっている。行きずりの人間が涸れ井戸に誰とも知れぬ死体を放り込んで行ったのでもない限り、あの遺体は、さよさんです」

老いて薄くなった胸が大きく波打った。

「……あなたは、一体だれなんですか？」

彼女は何かと対峙《たいじ》するかのように答えた。

「あの朝、始発のバスで村を出たさよです」

風呂敷に顔を埋めるようにして始発のバスに乗ったお下げ髪のさよ。十五にしては発育の良かったさよ。茉莉子の上級生のように若く見えたという水絵。夢二の絵のようにやさしく結った髪をおろしてお下げに編めば……。今、自分の眼前にいるこの老婦人は水絵ではないのか。もしそうなら、あの夜、さよと水絵は入れ替わったことになる。茉莉子はさよを大事に思っていたのではなかったのか。しかし、ここにいるのが水絵だとしたら芦田の屋敷を出た後、さよが実家に行方を告げず、父の葬儀も含めて一度も郷里に戻らなかった事実には合点がいく。

「あなたは……」

彼女は微塵《みじん》も揺るぎのないまなざしで僕を見つめていた。胸の上で組んだ手は、他人の家庭を転々として家事労働を担ってきた女性の半生を思わせた。

「白石さん。私はもう、さよとして生きてきた時間の方がずっと長いんです。あの夏のことを、さよちゃんの身になって何千何万回となく思い返して生きてきた……」

「どうしてそんなことになったんです。あの晩、本当はなにがあったんです」

「……最後だけが、間違いでした」

川野さよと名乗って生きた女性は、死を間近にしてようやく水絵の目に立ち返って半世紀あまり前の夜をそこに見ているように、瞬きもせず口を開いた。

「茉莉子さんがあの子の写真をひと目見て、『この子は、あなたを、お母さんと呼ぶのね』と呟いたあの時、茉莉子さんの中で、私に向かって引き絞られていた復讐の矢は折れてしまった……。幼子から母親を奪うことはできない、茉莉子さんはそういう人でした。さよちゃんが両手を突き出して駆け出してきた時、あの人はほとんど反射的に私を背に庇《かば》ったんです。さよちゃんは子供のようにびっくりした顔で両手をつきだしたまま、咄嗟《とっさ》に茉莉子さんを避《よ》けようと身を捻《ひね》った勢いで体が宙に浮いて、虚空に泳いだ手が風鈴を摑んだ次の瞬間、井戸に消えた……」

水絵さんの乾いた唇が激しくわなないた。

「茉莉子さんは井戸の縁に身を乗り出して、さよちゃん、さよちゃん、と叫ぶと、すぐさま振袖を脱ぎ捨て、納屋にあった縄ばしごを下ろして、襦袢一枚で井戸の底に下りていきました。私は恐ろしさに震えながら茉莉子さんに言われたとおりに大きな懐中電灯で井戸の底を照らしていました。さよちゃんは、お母さんのお腹の中の子供みたいに体を丸めて、あどけないような顔で死んでいました。茉莉子さんはさよちゃんの目をそっと閉じてあげると、お下げ髪のさよちゃんを自分の膝に抱いて、長いあいだ井戸の底で身を裂くような声をあげて泣きました」

そう話した水絵さんの目尻からも、深い皺《しわ》を伝って涙が零れおちた。

「そうして、茉莉子さんは井戸から上がってくると、こう言いました。帰る家がないと泣いたさよちゃんだから、ここに柔らかい土を運んで眠らせてあげましょう」

警察を呼んだところで、さよが水絵を突き落とそうとして転落したとは言えない。二人の女は井戸に釣瓶《つるべ》を掛けると、一晩かけて築山を崩した土を井戸に運びおろしたという。

「あの晩、死ぬべきだったのは、水絵だったんです。さよちゃんは死んではいけなかった。だから夜明け前、茉莉子さんと私は、そうなるはずだったとおりに、さよちゃんに生きて朝を迎えてもらおうと決めたんです。茉莉子さんが暇乞いの短い置き手紙を書き、私はさよちゃんとしてお屋敷を出て始発のバスに乗り、それからずっとさよちゃんの代わりに、川野さよとして生きてきたんです」

彼女の静かに凪《な》いだ横顔を見つめながら僕は尋ねた。

「つらくはなかったですか……？」

「いいえ。私は、そうやって償うことでやっと生きてこられたんです。最後に、あなたにお話しできてよかった」

水絵さんは、僕がこの話を記事にする気がないのをすでにわかっているかのようだった。デスクの言うとおり、僕は記者には向いていないのかもしれない。

「白石さんにひとつだけ頼みたいことがあります。お願いできますか」

僕が頷くと、水絵さんはベッド脇の抽斗から鍵のついた小箱を取り出し、鍵を開けて一枚の古い写真を僕に手渡した。懐紙挟みに挟んでいた写真だとすぐにわかった。格子戸脇に珍しいモザイク模様の玄関灯のある家の前で、千歳飴を持った赤い着物の女の子と、水絵さんらしい和装の女性が寄り添って写っている。あの夜、茉莉子が手に取った写真だ。

「その写真をお持ちになって、誰にも見せずに処分して下さいますか」

これは、長い間さよとして生きながらも、自分の手では破ることも燃やすこともできなかった写真なのだ。僕は、わかりましたと答えて写真を胸ポケットに入れた。そして深く一礼して部屋を辞去した。

三木さんが家の前まで送って出てくれた。

写真の家はもうとうになくなっているのだろうと思った。

僕の育った郷里の家ももうない。僕はうろこ雲を見上げてなんの気なく呟いた。

「自分が育った家というのは、なくなってしまっても不思議と覚えているもんですね」

「そうですね」と、三木さんも感慨深そうに言った。「私は祖父母の家で育ったんですけど、格子戸の横にモザイク模様の玄関灯がありましてね。当時は珍しかったんですけど、もうずっと前に取り壊されてしまいました」

僕は驚いて声が出そうになるのをかろうじて堪えた。その同じ玄関が、僕の胸ポケットの写真に写っている。僕は平静を装って尋ねた。

「失礼ですが、三木さんのお母様は」

「母は私が三つの時に離婚して家を出たまま……。よくある話ですけど、祖父母が母の写真を残らず処分してしまったんで、私、顔も覚えていないんです」

三木さんは、水絵さんの娘なのだ。さよと名乗っている老婦人が母であることを、三木さんは知らない。そのまま知ることがないように、自分の死後に三木さんが見ないように、水絵さんはこの写真を僕に託した。

一生、いや、死んでからも、誰からもお母さんと呼ばれないこと。それが水絵さんの、茉莉子さんとさよさんへの償いだったのだ。

僕は三木さんに、お元気でとだけ告げて別れた。

生け垣の緑の光る道を歩きながら、僕はなぜだかふと、茉莉子と水絵とさよが三人で糖蜜のお菓子を食べたという遠い夏の午後を思った。それが、薄い氷が溶ける一瞬の儚い幸福のように思えて胸に沁《し》みた。

# 最後のひと仕事

*

宮内悠介

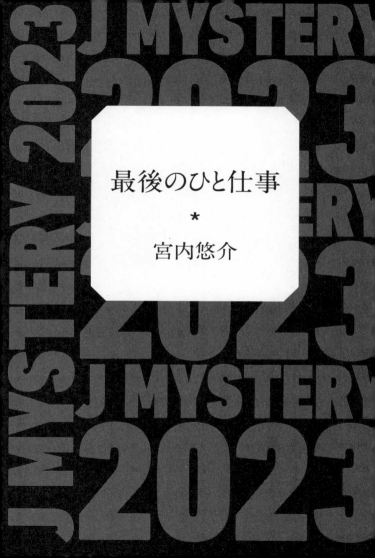

## 宮内悠介

（みやうち・ゆうすけ）

1979年東京都生まれ。早稲田大学第一文学部卒。2010年、「盤上の夜」で第1回創元SF短編賞選考委員特別賞（山田正紀賞）を受賞しデビュー。'12年、同名の作品集で第33回日本SF大賞を受賞。'14年、『ヨハネスブルグの天使たち』で第34回日本SF大賞特別賞、'17年、『彼女がエスパーだったころ』で第38回吉川英治文学新人賞、『カブールの園』で第30回三島由紀夫賞、'18年、『あとは野となれ大和撫子』で第49回星雲賞（日本長編部門）、'20年、『遠い他国でひょんと死ぬるや』で第70回芸術選奨文部科学大臣新人賞など、受賞歴多数。近著に『ラウリ・クースクを探して』がある。

## 登場人物

「ぼく」（29）…………音楽ライター
伊勢原《いせはら》優司《ゆうじ》（31）………元サークルの先輩、自由人
湯原《ゆはら》青一《せいいち》（34）…………「コースティック・タングス」元ベース、リードボーカル、作曲担当
志摩《しま》眞人《まこと》（享年21）……「コースティック・タングス」元ギター、サイドボーカル、作詞担当
平《たいら》資生《もとお》（39）…………「コースティック・タングス」元マネージャー、服役・出所済
焼津《やいづ》友基《ともき》（36）…………元バンドメンバー、会社員
幡井《はたい》桃愛《もえ》（32）…………元バンドメンバー、チェリスト

たとえば音楽に詳しい先輩とかから、ちょっと通向けのおしゃれな曲を教わった。せっかくだから、さも自分のセンスがいいかのように、その曲について話す。そういう人をぼくは責められない。なぜならぼくもその一人で、この場合、音楽に詳しい先輩とは、伊勢原優司《いせはらゆうじ》のことであったからだ。

伊勢原と話していると、とにかく次から次へと固有名詞が出てくる。すべて、ぼくの知らないバンドやミュージシャンの名だ。向こうはこちらが知っている前提で話すものだから、ついていくことすら難しい。居酒屋のトイレでこっそり検索したことは、たぶん、ゆうに二百回を超《こ》すだろう。

それが、ぼくらの軽音楽サークル時代でのこと。

そういう人に小判鮫みたいにくっついていると、それなりに知識も蓄えられるもので、その後、ぼくは音楽ライターになってしまった。ライターを名乗る以上、さすがに受け売りで書くわけにもいかないので、以後は自分の手で情報を集め、自分の耳で判断するようになった。

伊勢原とは近所ということもあって、いまもときおり酒を飲む。

そんな折、無名時代のあの人とかこの人とかを教えてくれたのは、結局のところ彼であった。そんなわけだから、ぼくは伊勢原に一目も二目も置いている。不思議なのは、音楽関係の仕事に就くだろうと誰もが思っていた伊勢原がそうせず、バーテンのアルバイトやら何やらで日銭を稼いでいることだ。一度、それについて訊《たず》ねてみたところ、

「音楽にかかわる気はない、外から見ているくらいがちょうどいい」

とのことで、それがつまり伊勢原の見解だった。

世間ではよく「好きなことを仕事にするものではない」とか言うけれど、伊勢原の口調からはそういうこととも違う、もう少し断固としたものが感じられた。あるいは、一種のマニアの矜持があったのかもしれないが、これについてはわからないし、質問を重ねもしなかった。

お互いのことにはあまり踏みこまないというのが、ぼくらの暗黙のルールでもあった。

あるとき、ぼくの記事が一つバズり、ぼくらは近所の居酒屋で祝った。

伊勢原はちゃんとぼくの記事を読んでいて、「もうちょっとおまえの存在感を上げてもいい」とアドバイスをよこした。ライターたるもの自分語りの類《たぐ》いはしたくないとぼくが反論すると、そういうことではなく、匂いや味に似た部分の話だと伊勢原は答えた。

実のところ、伊勢原はぼくの書いた記事をほとんどすべて読んでいた。ぼくが伊勢原に一目二目置いているのに対し、伊勢原からすれば、ぼくはかわいい後輩であったのだと思う。

ちなみに会話は互いにタメロ。学生時代は敬語を使っていたぼくも、気がついたらそうなっていた。

酒が回ってきて、嫌いなバンドの話になった。

「嫌いなものには触れず、好きなものを通じて物事を語れ」とぼくはSNSで三億回くらい目にしたけれど、伊勢原と話をして一番盛り上がるのは、やはり、どういうバンドのどういうところが嫌いかなのであった。

この日ふと伊勢原が出したバンドの名が、「コースティック・タングス」であった。学生時代よりは丸くなったのか、伊勢原はそれをぼくが知っていて当然という態度は取らず、どういうバンドなのかをぼくに説明してくれた。

コースティック・タングスとは「皮肉屋」の意味で、ぼくらが出会うより前、二〇〇八年から一〇年にかけて活動したインディーズ・バンドであったという。

そうすると、いまから数えて十三年前に解散したということだ。

「コースティックから影響を受けたバンドはけっこうある。知っておいて損はないぞ」

とのことで、ぼくは帰ってから調べてみることにした。

ところで、伊勢原がなぜそれを嫌いなのか。訊ねてみると、こういうことだった。

「天才的。一度それを聴いてしまうと、ほとんどの曲がコースティックのパクリに聞こえる」

「絶賛じゃないか」

「だけどその音楽には何もない。空っぽの器みたいなものなんだ。自分の耳はいい音楽だと言っているのに、なぜだか空虚《くうきょ》な印象が残る。コースティックを聴くと、自分が音楽が好きだということの、その根っこのところが疑わしく感じられてくる」

だから嫌い、ということらしいが、しかしこれもまた、ある種の絶賛にも聞こえる。

ぼくはゆるく頷《うなず》いて、スマートフォンのメモ帳に「コースティック」と書き残した。


酔って炭水化物が食べたくなり、近所のコンビニで鮭のおにぎりを一つ買って帰った。それから仕事のメールをいくつか返して、コースティック・タングスの曲を聴こうと思った。動画共有サイトで検索したら、いくらでも上がっていた。

伊勢原から教わった曲やバンドは、先に調べず、まず曲そのものを聴く。

ぼくは適当にタイトルで一曲選び、再生した。映像部分はアルバムのジャケットの静止画があるのみで、歌っているところは見られない。曲調としてはネオ・アコースティックだろうか。だけれど、エレクトロ・スウィングのようなパートもある。しかしつぎはぎしたような感じはなく、境界なく融《と》けあい、洗練されている。

八〇年代の曲にも、現在の曲にも、あるいは未来の曲にも聞こえた。

当たりだ、と直感した。

音楽のストリーミングサービスやウェブストアを見に行くが、ない。かわりに、活動当時の二枚のアルバムが二十万円ほどで売られているのが見つかった。動画共有サイトでアルバムがまとめられていたので、これを聴けばいいだろう。こちらも映像はジャケットの静止画のみであったが、とにかく曲が聴ければいい。

鮭のおにぎりを食べながら、ぼくはコースティックのすべてのディスコグラフィを聴いた。たちまち、虜《とりこ》になった。

どの曲も、いろいろな音楽ジャンルが渾然一体《こんぜんいったい》となって一つの世界を作り上げている。それでいて、すべてポップにまとめ上げられている。「ほとんどの曲がコースティックのパクリに聞こえる」という伊勢原先輩の言も、なんとなくわかる気がした。

ボーカルの歌声は、抑制された、透明感のあるものだ。これをもうちょっと下手にすると、伊勢原がカラオケで歌うときの歌声と似る。

二枚のアルバムを聴き終わって思ったのは、バンドメンバーはいま何をしているか、だ。ひとかどの、ぼくも当然知っているような、そういうバンドに入っていてもおかしくない。

それで、ウェブの百科事典をあたった。ジャンルの欄は、執筆者も困ったのか、シンプルに「インディー・ポップ」と書かれている。はじめてメンバーもわかった。二人だ。

湯原青一《ゆはらせいいち》、ベース、リードボーカル。

志摩眞人《しままこと》、ギター、サイドボーカル。

「来歴」と書かれた項目を読むと、志摩が詞を書き、タイトルもつけ、それに湯原が曲をつけていたようだ。曲を先に作る、いわゆる曲先のバンドが多いなか、この点は少し珍しい。学生時代は「クワージー・クリスタル」の名で、焼津友基《やいづともき》、幡井桃愛《はたいもえ》、とさらに二人のメンバーがいたらしいが、脱退し、二人体制の「コースティック・タングス」の形になった。

ここまではよく聞くような話だが、この時点で、不思議なことが一つあった。

名前をタップして個別のページに飛べるのが、脱退した幡井桃愛の一人のみなのだ。そちらを見てみると、現在はチェリストとして活動していることがわかる。したがって、ほか三人は、この「コースティック」のページにしか名前が残されていないことになる。

「来歴」の最後にはこうあった。

——二〇一〇年、3ｒｄアルバムの制作中に志摩眞人が急死、事実上の解散となり、すでにチケットの発売も開始されていたライブも中止となった。

情報はここまでである。あとはディスコグラフィと、短い脚注があるのみだ。

何か不穏《ふおん》な予感がよぎった。この手の短い記事は、えてして、おおやけには書けないことが裏に多く眠っているものだからだ。

動画共有サイトに戻ると、コースティックの曲ばかりを聴いたせいで、それの関連動画が出てくる。「伝説のインディーズ・バンド、コースティック・タングスの解散理由がヤバい！　天才・湯原青一の疑惑と努力の人・志摩の悲劇」というのがあったので、興味本位でそれをタップしてみる。

内容としては陰謀論《いんぼうろん》みたいなもので、何が本当で嘘かも全然わからない。とりあえず確からしいと言えそうなのは、コースティックのマネージャーであった平資生《たいらもとお》が、志摩眞人を殺害した容疑で警察に捕まったらしいというもの。

が、動画の配信者は、リードボーカルの湯原こそが志摩を殺したと疑っている。現在、湯原は海外に拠点を移し、ソロで活動をつづけているとのことであった。その箇所では、「海外逃亡?」と大きくテロップが表示された。

ちなみに、ここでも湯原や志摩の顔はわからず、シルエットで表示されていた。おそらく、極端にビジュアルを公開しないバンドだったのだろう。試しに検索をかけてみても、出てくるのはまったく関係のない人の顔写真ばかりだ。

とにかく穏やかではない。もう一度、ぼくは伊勢原に話を聞いてみようと思った。


二日後、ぼくらは近所の安い串カツ屋で向かいあっていた。

コースティックを聴いたこと、傑作であると思ったことなどをぼくは語った。ぼくらは悪口は言うけれど、一方が嫌いなものをもう一方が好きでも、なんら問題もない。そういう距離感が、心地よいのだ。

それから、よくわからない疑惑についてぼくは伊勢原に訊ねた。

「やっぱりそこが気になるか」

伊勢原がビールのジョッキを置き、もち明太子の串揚げを手に取った。

「実際のところ、コースティックの解散劇は疑惑の塊だったからな……。インディーズ・バンドということで、世間的にはさほど話題にならなかったが、それでも、ファンはさまざまに噂しあったもんだ。その最《さい》たるものが、湯原犯人説だよ」

その日――つまり志摩が死んだ日、湯原と志摩は荻窪《おぎくぼ》の音楽スタジオでレコーディングをしていたという。

「ここで録《と》られていたのは、出るはずだった三枚目のアルバム。ファンのあいだで、〝幻の三枚目〟と言われているやつだな。アルバムはほぼ完成していて、残るは一曲のみだった」

徹夜作業だった。必要なレコーディングが終わったのが、朝の八時。

が、ここで湯原が警察に通報をした。

同じ部屋で作業をしていた志摩が、殺されているというのだ。

「……どういうことだ？　二人でレコーディングをしていた。そして、その一方が殺された。となれば、どう考えても、殺したのは湯原のほうじゃないか」

「ところがそうじゃない。作業の途中、マネージャーの平がスタジオを訪ねた。どうやらそのとき、口論か何かがあって、平が志摩を殴り殺したと言うんだな」

「スタジオっていうのは、いわゆるレコーディングスタジオか？」

「いや、通常のバンド練習で使うような音楽スタジオだ。湯原たちは昔からそこを好きで使っていて、レコーディングも同じスタジオでやっていたらしい」

「ということは部屋は一室あるだけ。レコーディングスタジオにあるようなブースはなくって、機材はすべてその一部屋に運びこまれた。出入りは、防音の二重扉があるだけ」

「その通りだ。一応音楽ライターをやってるだけはあるな」

「一応は余計だよ」

「スタジオは八畳程度の部屋で、なかの人間に気づかれずに出入りをすることも、まずできない。ただ、問題はそういうことよりも、時間なんだ」

「時間？」

そういえば、あの陰謀論まがいの動画にもそんな話は出てきていた。

平がスタジオを訪れたというのが、夜の十時。事実とされているのは、そのとき平が志摩を殺害したこと。死体はそのままスタジオに残され、平は逃走。

これだけ聞けば、平が犯人で問題ないように思えるが――。

「通報された時間か。朝の八時。つまり、湯原は死体のある部屋でレコーディングをつづけて――」

朝に仕事を終え、それからやっと通報をした、ということだ。

「怪しいだろう」

伊勢原が口角を歪《ゆが》めた。

「ちなみに凶器は志摩の使っていたギター。そんなものを振り回して殴り殺したわけだから、湯原がそれに気づかず作業に没頭《ぼっとう》していたということは、ありえない」

「ちなみに、志摩の死体というのはどういう状態だったんだ？」

「パイプ椅子に座っていたようだな。そこに、ギターで頭をかち割られたようだ。そして、湯原はなぜかすぐに通報することもせず、十時間もレコーディングをつづけた」

「……というより、犯人は湯原ではないのか？」

「誰もがそう思った。だから湯原は海外への移住を余儀なくされ、いま、アメリカで活動しているようなのだがね……」

「湯原はなんらかの罪に問われなかったのか？」

「さすがにおとがめなしとは行かない。死体遺棄罪で起訴され、執行猶予がついたそうだ」

ぼくは腕を組んだ。

想像していた以上に、何がなんだかわからない話だった。警察が捕まえるくらいだから、マネージャーの平がやったという証拠は残っているのだろう。

でも、やはり湯原は充分に怪しい。

だとしても——湯原がやったとしてもやらなかったとしても、なぜ彼は罪に問われてまで、死体を放置し、そこで朝までレコーディングをつづけたのか？

よほど難しい顔をしていたらしい。

ぱちん、と伊勢原が指を鳴らしてぼくの意識を引き戻した。それから、ジャケットのないCDを一枚差し出される。

「これが幻の三枚目だ。例の、最後の曲もちゃんと入ってる。気になるなら聴いてみろよ」

帰宅して、早速その三枚目をプレイヤーにかけてみた。

端的に傑作だった。曲調のほうは、ドリーム・ポップに近いだろうか。ただ、無邪気な明るさのようなものがあった一枚目や二枚目と比べると、歌詞も、曲も、全体的にメランコリックだ。特に、最後の一曲――湯原が死体の脇でレコーディングしたという曲。

一部引用すると、こんな歌詞だ。

――出口のないパサージュでぼくは踊る、踊る。

――やめてくれ、全部冗談だったはずだろう。

――掲げろ、歌わなくなって久しいギターを。

――ぼくは座したまま死んでいく、死んでいく。

ポップにまとめられているから、直接的なメッセージはない。

ただ、ぼくが全体から強く感じたのは、バンドをやめることへの強い欲求だった。世間の評価が高まりすぎたことへの閉塞感《へいそくかん》、けれども、あとには引けないという思い。自分たちが

「成功」というゆるやかな死にいることなど。

ぼくが読み取ったのは、そういう暗喩だ。

作詞をした志摩は、もしかすると、この三枚目のアルバムで解散するつもりだったのではないだろうか。もしそうだとするなら、志摩の解散への思いが、事件の引き金になったとは言えないか？　とはいえ、詞とはいかようにも解釈できるものだし、勘違いもありうる。

知りたい。

結局、コースティックとはなんであったのか。湯原の不可解な行動は、なんであったのか。

そこで、ぼくは当時を知る者に取材してみることにした。

まず、一番簡単にアクセスできる相手——チェリストとして活動している幡井桃愛である。

幡井桃愛はぼくの名を知っていたらしく、信用してくれたのか、自宅兼仕事場を取材場所に指定してきた。家があるのは、中央線沿い。防音室を備えたマンションだった。

その防音室に通された。

楽器はスタンドに立てかけられたチェロのほか、壁際にアップライトピアノがある。ほかに置かれているのは、マイクやミキサー、コンピュータなどだ。パイプ椅子に座ったところで、いったん幡井がその場を離れ、紅茶を淹《い》れて持ってきてくれた。

猫が一四、防音扉をすりぬけて一緒にやってきた。

「この部屋がお気に入りみたいで、すぐ入ってきちゃうんです」

「練習の妨げになりませんか」

「案外、邪魔にならないです。わたしのチェロを聴きながら寝るのが好きみたい」

それから、コースティックの話になった。

ぼくがいまさらコースティックを扱うことに幡井は疑問を示したが、「どうせわたしはコースティックの人間ではないし」と、いろいろと話を聞かせてくれた。

幡井が湯原らとバンドを組んでいたのは学生時代。

バンドの名前は、「クワージー・クリスタル」というものだった。編成は、湯原がベースボーカル、志摩がギター、そして幡井がチェロ、焼津がドラム。その後、幡井と焼津が脱退し、バンドは「コースティック・タングス」と名を変える。

このあたりは、ウェブの百科事典と相違なかった。

ただ、幡井と焼津が脱退した経緯は、円満なものではなかったようだ。端的に言うなら、湯原が幡井と焼津の二人を馘首《くび》にした。理由は、湯原が求める水準に二人がないこと。

そこまで言われてしまえば、幡井と焼津の二人も、それ以上バンドに留《とど》まりたくはない。

結局は、喧嘩《けんか》別れのようになってしまったということだ。

「脱退のとき、志摩さんはどういう態度だったのですか」

「志摩はわたしたち二人の脱退に反対してくれました。でも、湯原は一度思いついたことや口に出したことは絶対に曲げないタイプで……。結局、わたしたちのほうから、こんなバンドはごめんだと出て行くことになりました」

幡井がややうつむき加減になる。

どうしましたかと問うと、「いえ」と幡井が応じた。

「志摩に、すべてを押しつけてしまったようで申し訳なくて。しかも、あんなことになってしまって……。志摩は、バンドを解散しようとしていたというのに」

やはりそうか、と思った。

ぼくは軽く頷き、幡井がつづけるのを待った。

「志摩は、三枚目のアルバムとその後のライブをもって、〝最後のひと仕事〟にするつもりだったようです」

「湯原はそれに賛成していたのですか」

「いいえ。湯原はバンドを存続させたがっていました。〝俺たちは心の双子だ〟とか、〝志摩が俺を人間にしてくれる〟とか、そういうことを言って志摩を説得したようですが、志摩の決意が固かったようで」

志摩が解散を求め、湯原がそれに反対した。それが動機になったということはあるだろうか。

幡井は、ぼくが何を考えているか察したようだ。

「例の疑惑については、わたしから言えることは何もありません」

「……とある動画を観てみたところ、湯原さんが天才型の人で、志摩さんが努力型の人であったとありました。湯原さんは、別に志摩さんがいなくても活動をつづけられたのでは？」

「世間はそのように見ているようですね。ただ、わたしは志摩の存在も大きかったと思います。志摩の詞は、まるで詞の時点で曲が完成しているような、そういう代物でした。いま湯原が海外でどういう活動をしているかは知りませんが、少なくともあのとき、湯原にとっても志摩は欠かせなかった」

湯原は志摩を求めていた。そう見てよさそうだ。

次の質問を考えあぐねていると、幡井がチェロを手に取って簡単な音階練習をした。

第三弦の駒のあたりに筒状のパーツが取りつけられている。見たことのないものであったので、それは何かと訊ねた。

「ウルフキラーと呼ばれるパーツです」と幡井が答えた。「チェロという楽器は、構造上、嫌な唸《うな》りが出てしまう音程が存在しまして……どうしても、楽器の胴体と共振してしまう音があるのです。ですから、これをつけておくとそれが緩和されるのです」

それから、逆に幡井のほうから訊かれた。

「これから焼津や平さんにも取材するのですか」

「ええ、もし可能でしたら。平さんも服役を終えて出所しているようですからね。ただ、幡井さん以外は連絡先すらわからなくて」

そう言うと、幡井は少し考えてから、

「焼津と平さんであれば連絡先がわかります。ただ、勝手にお伝えするわけにもいかないから……わたしのほうから連絡して、先方が了承すればお伝えしますよ」

「助かります」

そう軽く頭を掻《か》いてから、ふと、疑問がよぎった。

「平さんとも交流はあるのですか。つまり、その……、彼が志摩さんを殺したのですよね」

「いえ」幡井が抑揚なく答えた。「わたしは、湯原のほうを疑っていますので」


コースティックの元マネージャー、平の住まいは風呂なしのアパートだった。

六畳間で、小さなキッチンがついているだけの物件だ。壁際に本が積まれているほかは、ローテーブルが一つあるだけ。不便ではないかと問うと、銭湯やコインランドリーがすぐ近くにあるので楽なものですと平が答えた。

普段は、清掃員の仕事をしているとのことであった。それも、百社以上を受け、やっと得られた仕事なのだという。が、それについての話はあまりしたくないようだった。

「わたしが志摩を殺したのは本当ですよ」

いきなり、平がそんなことを言った。

「わたしは、コースティックというバンドに入れこみすぎていて……それで、あの日、バンドを解散したいという志摩と口論になりまして」

それで、かっとなって志摩のエレキギターを奪い、殴り殺してしまった、ということだ。ライブ映像などでは軽やかに演奏されるギターだが、重量はだいぶある。当たりどころが悪ければ、たちまち絶命してしまうだろう。

「やったあとは絶望でしたね……。解散させたくなかったのに、結果としてわたしがコースティックを終わらせてしまった。そして、スタジオから逃げました。湯原が目の前で目撃していて、ギターにはわたしの指紋もついていたというのに……とにかく、動顛《どうてん》していたのでしょうね」

平の言を反芻《はんすう》するが、不審なところはない。ただ、疑問はあった。通常、こうした罪を犯したものは、あまり話したがらないのではないか。それなのに、平はよく喋る。まるで、自分が話すことでコースティックを守ろうとしているかのように。

「……スタジオに行ったのは夜十時だったのですよね。それはなぜ？」

「湯原に頼まれました。徹夜でレコーディングをすることになるから、弁当か何かを買ってきてほしいと。それで、幕の内弁当か何かを買って……着いたとき、志摩はすでにギターの録音を終え、残るは湯原のボーカルのみになっていました」

その後——平の言にしたがうなら、犯行があった。

弁当が一つ無駄になった、というわけだ。

「スタジオから逃げて、それから逮捕された？」

「逃げると言っても、あてもありませんから……。スマホのGPSを切っておくという知恵さえ働きませんでした。翌日の昼、近くのカラオケボックスに籠《こ》もっていたところを警察につれて行かれました。ただ、その後の展開はわたしの予想とはだいぶ異なっていましたが」

当初、警察は湯原を疑い、湯原が犯人という線を考えていたそうだ。

状況から考えるなら、それは当然そうなる。平は参考人であったが、現場から逃げたことや、湯原と平の証言が一致したこと、その後に証拠が揃ったことから起訴に至ったという。

「確認させてください。当日の夜、スタジオに籠もっていたのは湯原さんと志摩さん。そこに、夜、平さんが訪れた。ほかにスタジオに入った人間はいないのですか」

「訪ねたのはわたしだけだと思います。もしほかにいたとするなら、湯原が目撃しているでしょうが、わたしはそれを知りません」

「レコーディングにしては、ずいぶん小規模に思えるのですが……」

「プロのレコーディングでは話も変わるのでしょうが、湯原と志摩の二人は、あの荻窪の音楽スタジオで二人で録ることにこだわっていました。昔から使っていたというのと、いい感じにインディー感のある音が録れるというので……。本当は、ああいう長方形の部屋は音響的によくないはずなのですけれどね。そこがいいんだ、というのが湯原の意見でした」

「彼らなりのこだわりがあったのですね」

「特に湯原は自分のボーカルに厳しくて、ちょっとでも響きが悪いと思えば何度でも録り直した。湯原のそういうストイックな態度が、わたしは好きだったものです」

「それにしても、ボーカルの録音に十時間もかけるものなのですか。録音の後処理もその場でやっていたということですか」

「その通りです。ボーカルはただ録音して終わりではない。ボーカルのレコーディングの場合、録音後に音程《ピッチ》やリズムの編集といった後処理が入ります。これは、だいぶ時間がかかるものですので、十時間は妥当な線かもしれません」

「世間では、一部、あなたの犯行ではないと見る向きもあるようですが」

「それこそ、わたしにとっては寝耳に水でした。湯原が何を考えてあのような奇妙な行動を取ったのか、いまとなってはわかりませんが……。とにかく、なんらかの事情があったのですよ。なんといっても、犯人はこのわたしなのですから」

それから、平が押し入れを開けてがさごそと何かを探し出した。

差し出されたものを見て驚いた。ジャケットのないCD——あの、幻の三枚目だ。

「問題の三枚目ですね」

「おや、すでにご存知でしたか」

そもそも、なぜ平がそれを持っているのか。平によると、こういうことのようであった。

出所後、平はコースティックの三枚目がマスタリングまで終わっていることを知った。この三枚目は、一部、関係者のあいだで出回っていた。そこでかつての伝手《つて》で頼みこみ、一枚、わけてもらったということのようだった。

コースティックに入れこみすぎていた、という彼の話は本当のようだ。

「幻の三枚目。傑作です」

と平が言う。

「わたしは、いまもこれを世に問いたいと思っています。そのために、湯原にかけられた疑惑を晴らしたい。だからあなたとの話にも応じたのです。どうか――」

と、そこで平はいったん言葉を区切った。

「皆の納得する解決を。いまからでもいいのです。それを見つけ出してやってください」

元ドラマーの焼津は会社員をしており、妻と二人の子供がいるということだった。忙しいらしく取材には消極的であったが、休日、家の近くらしい喫茶店を指定してきた。

「コーヒーがおいしいけれど空《す》いていて、話をするにはちょうどいいんですよ」

焼津はそう言うと、玄関近くで丸まっているシベリアン・ハスキーを指した。

「あの犬が看板娘のようです」

犬があくびをし、それにつられたのか、焼津があくびをする。のんびりした性格のようだ。

「幡井はまだ湯原を疑っているのですよね。わたしは、どうあれ、もう終わったことだと思っているのですが……。コースティックは、消えるべくして消えたバンドだと思います」

「消えるべくして消えた？」

「曲は高く評価されていましたし、インディーズ・バンドとは思えない熱狂をもたらしていたのは事実です。でも、こうも言われていたのですよ。曲はよくできていたけれど、〝血が通っていない〟と。かくいうわたしも、その意見には賛成です。湯原は、これを聞いて苛立《いらだ》っていたようですがね」

「ははあ……」

これは伊勢原が言っていたことと通じる。

――空っぽの器みたいなものなんだ。

と、彼は言っていたはずだ。そのように感じる人間が、一定数いるというわけか。

「湯原は洋楽のコラージュがとにかくうまかった。あなたも曲を聴いたならわかるでしょう。けれど、みずから生み出したものがあるかというと、これが疑問なのです」

いろいろな意見があるようだ。

が、コースティック論はこのあたりでよいだろう。

「湯原さんは、死体の横で録音を終えるという、一種異常な行為に出ました。これについて、思い当たることなどはありませんか」

「いかにも湯原らしいとは思いましたよ」

「と言いますと？」

「湯原は異常な集中力の持ち主でした。自分のボーカルにこだわりをもって、周囲がもういいと言うのに、何度もリテイクして録り直したりなどしていました。響きが悪いからもう一度録るとかなんとか言ってね……。どのみち、一緒にやっていたわたしを馘首《くび》にするような人間です。単に、志摩の死体のことなど忘れて、集中していたのではないですか？」

まあそれは冗談ですが、と焼津が目尻のあたりを掻いた。

「あれは最後の曲の録音だったので、例のスタジオは、事件の日以降、押さえていなかったはずです。つまり実際のところ、湯原は徹夜で曲を仕上げる必要があったのです。警察の調べに対しても、湯原もそのように説明したと聞いています」

「スタジオは、荻窪のスタジオでなければならなかったのですよね」

「マネージャーの平さんはレコーディングスタジオをすすめていましたがね。荻窪のあそこは、無名時代から使っていたから愛着があったというだけでなく、なんでも、部屋鳴りがいいらしくて。部屋鳴りというのは……スタジオごとに変わる音の響きです。部屋の形状とか、そういうやつが変わってきますからね」

「なるほど」

答えて、次の質問を考えていると、「あなたはどう思うのです？」と逆に問われた。

「どうも何も……まだ五里霧中《ごりむちゅう》です。焼津さんには考えがあるのですか」

「幡井はまだ、湯原が志摩を殺したと考えているようですが、わたしの考えは少し異なります。あれは、湯原による不作為の殺人であったと考えています」

「不作為?」

「簡単な問題を出しましょう。太郎君が道を歩いていて、川で溺れている次郎君を見つけた。溺死しそうに見えるが、太郎君は助けなかった。この場合、太郎君を罪に問えますか」

「それは……」

たぶん、問えないはずだ。

「道徳的には人助けをしたほうがいい。でも、法律でそれは強制できない」

「その通りです。では、第二問。太郎君が道を歩いていて、倒れて死にそうになっている次郎君を見つけた。が、太郎君は助けず、次郎君は亡くなった。この場合は?」

「同じです」

「では、太郎君が次郎君の父親であった場合は?」

「ふむ……」

難しい。でも、社会通念に照らすならば——。

「罪になるような気がします」

「そうです。保護責任者遺棄罪というやつですね。法律というやつは、冷たいようで常識に沿っているものですから……。では、このケースはどうでしょう。太郎君は父親ではない。でも、いったん次郎君を助けようとして、それから放棄した。次郎君は亡くなった。この場合は？」

「保護責任が問われる？」

「その可能性があります。さて、話を戻しましょうか。たとえ通報せずとも、湯原は、死にゆく志摩を前に救急車を呼ぶなどの行為が容易にできたのです。これは法的には〝作為の可能性・容易性〟と呼ばれるようですね。不作為犯を罪に問う条件の一つです。それなのになぜ、湯原を罪に問えなかったのか。それは、湯原が志摩の保護者でも父親でもなく――」

刹那、焼津が暗い表情を覗かせた。

「まったく助けようともしなかったからなのです」

「少しでも助けようとしたなら、保護責任者遺棄罪が発生したかもしれないと？」

「そうです。たとえば傷の手当てなどを試みれば、保護責任が発生するかもしれない。でも、法律というやつは冷たいようで常識に沿っている。だからこそ、あまりにも非常識な人間に対しては案外脆弱《ぜいじゃく》なものなのです。湯原の行為は、社会通念に沿っていない。そういう人間を罰することが、難しいのですよ。だから警察としても、死体遺棄の線を採《と》ったようですが……」

「すると、焼津さんの考えというのは……」

「法律的には平が犯人。けれど、道義的には湯原が犯人と考えています」

翌日、ぼくと伊勢原はまた例の串カツ屋で向かいあうこととなった。ぼくはこれまで調べたことを伊勢原に伝え、その上で、自分の思考の整理にかかった。

「普通に考えるなら、平が犯人だ。証拠があったということだし、そう考えるのが自然だろう。ただ、その後の湯原の行動については……」

ぼくはハイボールのジョッキを傾け、口を湿らせた。

「やはりわからない。確かに、湯原は朝までに曲を仕上げる必要があったかもしれない。それ以前に、天才とはそういうものだという気もしなくもない。でも、志摩が死んでしまえば曲も何もあったものじゃないんだ。やっぱり、湯原の行動はおかしいよ」

「では、湯原が犯人だったと?」

「バンドの解散を求める志摩を湯原が殺した？　そうすると、平の行動がよくわからない。コースティックに入れこんでいた彼が湯原をかばった？　だとしても妙じゃないか。平が出頭したならわかるが、平は現場から逃げることを選んだんだ」

「そうだな」伊勢原が答え、チーズの串揚げを口元に運んだ。

「一応、幡井や焼津が犯人という可能性も検討しておくか。荻窪のスタジオは昔から使っていたという話だから、彼らも訪ねることはできたかもしれない。でも、それなら湯原が彼らが来たと証言するだろうし……」

「第一、二人を追放したのは湯原。湯原を殺すならわかるが、志摩を殺すのはおかしい」

「そういうことになるな」

伊勢原は伊勢原で、すでに、この事件について考えたことがあるようだ。

たちまち話は沈滞《ちんたい》し、二人でちびちびと酒を飲むことになってしまった。

「誰がやったにせよ、なんで殺しちまったんだろうねえ……打楽器ですらないエレキギターで」

伊勢原が、そんな益体《やくたい》もないことを言う。

「一応音楽ライターだろう。何か筋書きを思いつかないのか？」

実は、一つ考えがないこともなかった。

が、想像だ。想像でよいかと問うと、かまわないと伊勢原が言う。ぼくは頷いた。

「……世間では、湯原が天才型で志摩が努力型ということになっている。たぶん、これは湯原と志摩の性格にも由来するのだろう。湯原が暴君のようにメンバー二人を追放したときも、志摩は二人をかばった。いかにも、天才型と努力型という感じがしないか？」

無作法に串をくわえたまま、ふむ、と伊勢原が相槌《あいづち》を打つ。

「でも、元メンバーに話を聞くと、どうも違和感が生まれてくる」

たとえば、幡井はこう言っていたはずだ。

――わたしは志摩の存在も大きかったと思います。

――志摩の詞は、まるで詞の時点で曲が完成しているような、そういう代物でした。

それから、焼津が言っていたこと。

――曲はよくできていたけれど、〝血が通っていない〟と。

――みずから生み出したものがあるかというと、これが疑問なのです。

「おまえも言っていたな。コースティックの曲は、空っぽの器みたいなものだと」

伊勢原が鼻を鳴らした。

「それで?」

「つまり、実際は、すべて逆だったのではないか、とね……」

「逆とは?」

「くりかえすぞ。天才と呼ばれていたのが湯原で、努力型と呼ばれていたのが志摩だった。でも、この二人の関係が、本当のところは逆であったなら? 幡井や焼津の話から浮かび上がるのは、実際のところ、こういう構図だ。つまり、努力型だったのは湯原で、真の天才は志摩のほうだった」

伊勢原がビールを飲もうとしたが、すでに空だ。

ジョッキを持ち上げ、店員に追加を催促する。ついでに、ぼくもハイボールの追加を頼んだ。

「でも、世間に流布したイメージは、天才・湯原。これは、一種のプロデュースだったとも考えられる。つまり、リードボーカルとして前に出るのは湯原だからね。前に出る天才湯原を、うしろの志摩が支えているという構図は、世間からも理解されやすい」

「それなりに説得力はある」

酒を待つ前に、伊勢原が新しい串を手に取った。

「でも、そうだとしてなんだというんだ？」

「動機が変わる」

「どういうことだ？」

「たとえば、ぼくらはこういうことを検討していた。もし湯原が志摩を殺したのだとすると、解散を求める志摩に反対したからではないか、とね。でも、それはどうも腑《ふ》に落ちない。だって殺してしまったら、もはや自動的に解散せざるをえないんだから。でも――」

でも、そうでなく。

「もし、湯原が志摩の才に嫉妬《しっと》し、殺したのだとしたら？」

「なるほど？」

伊勢原が眉を持ち上げた。

「モーツァルトをサリエリが毒殺したのと同じ構図か」

「それは俗説だけれどね。でもこれなら、動機としてはすっきりしたものになる」

「平については？」

「やはり、入れこんでいるコーステイックをかばった。逃走したのは、より犯人らしく振る舞うため。平がやった証拠があったというが、その証拠は、湯原とともに十時間もスタジオの密室にあったんだ。ギターの指紋を拭って、かわりに平にそれを持たせるなどして証拠を改竄《かいざん》し、それから平と口裏をあわせる余裕はあったんじゃないか？」

「一番の問題点が解決していないぞ」

伊勢原が目をすがめた。

「なぜ、湯原がその後十時間ものレコーディング――〝最後のひと仕事〟をやったかだ」

「湯原が志摩の才に嫉妬し、殺したとしよう。であれば、次に考えるのは何か」

伊勢原は、ぼくが何を言おうとしているかわかったようだ。

少し面白そうに、口角の片側を歪めている。

「そう、それは自分自身が天才となることだ。だから湯原は、まるで本物の天才がやるように、死体の横で歌い、天才を演じることにした」

「うむ……」

「こうすることで、湯原は歌を本物にしようとした。あるいは、例の最後の曲の歌詞――」

――掲げろ、歌わなくなって久しいギターを。

――ぼくは座したまま死んでいく、死んでいく。

「これらの歌詞を、凶器として用いられたギターや、パイプ椅子に座った志摩の遺体に見立て、その現実通りの曲を歌う。こうして、〝血が通っていない〟と言われた自分の曲を、最後の最後、本物の音楽にしようとした。湯原は、つまり最後だけは天才であろうとした」

　喉が渇いてきたところに、ちょうど酒の追加が来た。

　ぼくはハイボールをあおり、それから伊勢原に頼んだ。

「なあ、伊勢原。ここまでの推理、湯原に伝えてみてくれないか」

　怪訝《けげん》そうに、伊勢原が眉をひそめる。

「湯原は日本を逃れ、外国で活動している。俺なんかがコンタクトを取れるわけないだろう」

「本当にそうか？」

　ぼくは食い下がった。

「たとえ、おまえが湯原青一の弟だったとしても？」

　凍りついたように、伊勢原が固まった。

　新しくやってきたジョッキに、手をつけようともしない。その唇が動いた。

「なぜそう思う」

「ぼくだってこんなことは言いたくない。でも、どうしても疑念が拭えないんだ。……一つには、幻の三枚目を持っていたこと。あれは、関係者しか持ってないはずだからね」

「そんなことで？」

「それから、声が似ている」

——ボーカルの歌声は、抑制された、透明感のあるものだ。

——これをもうちょっと下手にすると、伊勢原がカラオケで歌うときの歌声と似る。

「声の似たやつなんかいくらだっているぞ」

「それから、おまえの態度。そんなにも音楽に詳しいのに、音楽を仕事にはしない。〝音楽にかかわる気はない、外から見ているくらいがちょうどいい〞ということだが……これは、湯原青二の事件があったからこそ、そう思うんじゃないか？」

「うがちすぎだ」

「ぼくも調べたが、あの事件はたいした報道もされていない。詳細を知るのは関係者だけだ。だけどおまえは、被害者がパイプ椅子に座っていたことまで詳しく知っていた」

「うむ……」

「たぶん、元の名前は湯原青二（Yuhara Seiji）——伊勢原優司（Isehara Yuji）のアナグラムだ。荻窪の事件があって、湯原は世間から犯人ではないかと疑われた。きっと、相応の嫌がらせもあったはず。だから、きみが名前を変えていたとしてもおかしくはない」

まいった——。

伊勢原がつぶやいて、軽く両腕を持ち上げた。

「おまえの言う通りさ。ついでに言うなら、おまえがライターになって、記事がバズったころにコースティックの話を出したのは、調べさせ、改めて記事にしてほしかったからだ。できれば、湯原への世間の疑惑を払拭するような記事をな」

「なるほどね」

「だが……おまえは俺が求めていたのと逆の結論を出してしまったようだな。で、それを青一に伝えてどうする？　仮におまえの言う通りだったとしても、あいつは決して首を縦には振らないだろう」

「反応を見てほしい。少しでも、わかることもあるかもしれないだろう」

「わかったよ」

伊勢原が答え、ジョッキをあおった。

「おまえを騙《だま》してた罪滅ぼしだ。だが、本当にあいつに伝えるだけだからな……」

伊勢原はいつそうするとは言わなかった。が、彼が約束した以上、ぼくの推理は湯原に伝わるはずだ。

その日、ぼくは家に帰り、もう一度コースティックの三枚目を聴いてみた。

確かに、よくできている。曲がよくできたコラージュで、これまで聞いた話を総合すると、印象がだいぶ変わってしまった。曲がよくできたコラージュで、血が通っていないと言われれば、そのようにも聞こえる。偉そうに音楽のことを書くせに、ぼくの耳も、ずいぶんと適当なものだ。

いまだに、ありえもしない三枚目のリリースを考えている平が哀れにも思えた。

もし、本当に平が犯人ではなく、湯原がそうだったのだとしたら。

平が、湯原をかばっているだけであったとしたら。

冤罪を晴らすことは、可能だろうか。

たとえばもし、平がなんらかの理由で心変わりして、証言を翻《ひるがえ》したとしたら? たぶん、難しいだろう。刑はすでに確定しているし、いまさら湯原が罪を認めるはずもない。新しい証拠でも出れば話は変わるのかもしれないが、事件は、すでに十三年も前のことなのである。

むろん、ぼくが湯原に対して冤罪をかけている可能性も充分にありえる。

実際に警察が捜査し、逮捕したのは平だからだ。その場合は、冤罪に苦しむ湯原をさらに苦しめることになる。ぼくもぼくで、なんらかの罪滅ぼしを考えなければならないだろう。

ただ、いくら考えても、ぼくは自分の考えのほうが確からしいと思えてしまうのだった。

それでも、はっきりしない。

居心地が悪いような、息がつまるような夜がつづいた。仕事にも集中できない。伊勢原には湯原の反応を見てほしいとは言ったが、落ち着いて考えれば、実際のところ、何もわからないに決まっている。変なことを伊勢原に頼んだことを、後悔しはじめもした。

伊勢原からやっと連絡が来たのは、二週間後のことだった。

通話に出るのを、ぼくは一瞬ためらった。何か引け目のようなものを感じたからだ。それを圧《お》し殺し、スマートフォンの通話ボタンをタップした。

伊勢原の話は意外なものだった。

「兄貴がおまえとリモートで話してみたいと言っている。都合はつけられるか？」

リモートの会合はその翌週にセッティングされた。

何を話すことになるのか皆目わからず、そもそもなぜ湯原がぼくと話したいと考えたのかもわからないので、また居心地の悪い日々がやってきた。

そのうち、伊勢原から会合のためのリンクアドレスが送られてきた。

そして日曜の昼――湯原のいるアメリカでは土曜の夜、会合が実現した。湯原はしばらく現れず、画面にはぼくと伊勢原がいるのみだった。何を話すことになるのか伊勢原に探りを入れてみたが、彼もよくわかっていないという。

それで、湯原を待つまでのあいだ、なんとなく気まずい沈黙が訪れた。

やがて三人目が来た。湯原だ。画面の背景はシンセサイザーのラックで、まだ彼が音楽の仕事をしていることが察せられた。顔は、やはり伊勢原に似ている。が、湯原のほうは白髪も多く、年上だというのを差し引いても、だいぶ老けこんで見える。

「やあ、遅れて悪かったね」

その湯原が口を開いた。口調は、見た目に反して快活なほうだ。

「仕事で遅れてしまって……。それで、慌てて入ってきたってわけ」

「仕事というのは、何をされているのですか?」

ぼくと、画面のなかのぼくが同時に湯原に訊いた。

「スタジオミュージシャンだね」

湯原がすぐに答えた。

「ベースと、それからキーボードをやっている。実入りはそんなに悪くないよ」

「それで、今日はどうしてお話をしてくれることに?」

「いやあ」

なぜか照れでもするように湯原が頭を掻く。

「なんといっても、きみの推理とやらが面白かったからさ」

「はあ……」

「天才だったのは志摩で、ぼくのほうはそうでなかった……それは、まさしくきみが言う通りだよ。コースティックが成り立っていたのは、すべて志摩の詞のおかげだった」

それから、あーあ、と湯原が残念そうに両手を持ち上げた。

「志摩のソロ活動も見てみたかったな。それがかなわなかったのは残念だよ、本当に」

「その、志摩についての疑惑なのですが……」

言いにくいことを切り出したつもりだが、「それね」と湯原が軽く応じた。

「ぼくがやったって話でしょ？　それは、ないない」

「信じてよいのですか」

「ちょっと考えてみてくれよ。ぼくが証拠を改竄したとしても、ギターの指紋からして難しいんだ。何しろ、ぼくの指紋を拭えばいいって話じゃない。そこにすでにあったはずの、無数の志摩の指紋まで復元しなきゃならないからね」

顎に手を添え、しばし考えた。一理ある。

まだあるよ、と湯原がつづけた。

「ぼくらのパートを考えてみてよ。志摩がギターのサイドボーカル、ぼくがベースのリードボーカル。ぼくは、すでに自分のベースギターを持っていたんだ。あえて志摩のギターを奪って殴り殺す必要なんてどこにもない」

「ああ……」

「何より、警察がぼくらの身長やら何やらを考慮して、殴打の傷が、平によるものだと立証した。平のやつが志摩を殴り殺したことは、それは曲げようのない事実なんだ」

湯原の言を反芻してみたが、おかしなところはない。

彼の言う通り、実行犯は平だろう。当事者のことは、当事者が一番わかっているということだ。ぼくは頭を深く下げ、非礼を詫びた。

「頭なんか下げなくていいよ」

フランクな口調で、湯原がそんなことを言う。

「だって、殺意があったのは本当だもん。やっとバンドが大きくなってきて、これからってときに、突然解散とか言い出してさ。平さんがやってくれなかったら、結局、ぼくが殺してたかもしれないね。そもそも、ぼくが救急車を呼んでたら助かってたかもしれないし」

快活な口調が、いやに不気味に響いて聞こえる。

「あの……」

とぼくは口を開きかけ、そのまま固まってしまった。

そこに、伊勢原が割って入ってきた。

「犯人が平だったっていうのはいい。だが、大事なことが何もわかってないぞ」

苛立っているのか、やや早口になっている。

「結局、なんで兄貴は死体のある部屋でレコーディングなんかつづけたんだ？」

「そこの彼の推理じゃ駄目なのかい？　ぼくが、天才のふりをするために死体の横で歌ったっていうやつ——あれは、なかなかいいじゃないか。最後の最後に、ぼくは天才であろうとした。いいじゃないか。美しい話だよ」

ぼくも、伊勢原も、黙りこんでしまった。

ぼくが言いたいことは、伊勢原がかわりに言ってくれた。

「その口ぶりからすると、違うんだな」

録音をつづけた理由はほかにあった、ということだ。

「なぜだ！」

と、このとき、急に伊勢原が感情を爆発させた。

「兄貴がそんな妙なことをするから、警察にも、皆にも疑われて……俺は名前を変えたし、兄貴は兄貴で海外暮らしだ。家族だろう、せめて理由くらい説明しろよ！」

湯原が横を向いて、困ったように鼻の頭を掻いた。

「まあね。別に、話してもいいんだけれど——」

それから、湯原は心底不思議そうに首を傾げてみせた。

「本当にわからないの？」

「わからねえよ」

と伊勢原がしょげたように言う。

「兄貴、本当にどうしちまったんだ。昔は、そんなやつじゃなかっただろう？」

「これが素のぼくだよ。アメリカに来て、隠す必要もなくなったからね。それで、レコーディングをつづけた理由なのだけれど、この流れだと、秘密にしておいたほうが面白そうだね？」

画面の伊勢原が、怒りを抑えているのがわかる。ぼくはまずいと思い、その彼に一声かけようとした。この湯原という男は、楽しんでいる。この状況も、伊勢原の怒りも。

が、わかっているというように、伊勢原が手のひらを画面に向けた。

この様子を見て、湯原が急につまらなそうに表情をしぼませた。

少しだけ考えて、ぼくは口を開いた。

「このままだと、ぼくは記事を書くことになる。湯原は天才のふりをするために死体の横でレコーディングをしたという筋書きでね。何しろ、当事者のきみがそれでいいと言ったんだから」

「言ったな」しばしの間を置いて、湯原が応える。

「でも、本当にそれでいいのか？　きみはそんなことで満足なのか？　つまり本当は、もっときみらしい理由があってそうしたんじゃないのか？」

そう来なくてはとでも言うように、画面の湯原が愉快そうに口角を持ち上げた。

「なるほど、きみの策略はわかった。……いいだろう、乗ってやろうじゃないか」

これでようやく、湯原が話し出した。

「部屋鳴りがよかったんだよ」

「部屋鳴り？」と、これは伊勢原だ。

「ぼくが自分のボーカルの響きにこだわりを持っていたのは知ってるね」

——ちょっとでも響きが悪いと思えば何度でも録り直した。

──周囲がもういいと言うのに、何度もリテイクして録り直したりなどしていました。──響きが悪いからもう一度録るとかなんとか言ってね……。

ああ、とぼくは生返事を返した。

「荻窪のスタジオにこだわっていたのも、部屋鳴りが気に入っていたからだ。でも部屋鳴りってのは反響音だから、ちょっとした家具の配置とかで変わってくる」

「ちょっと待て」伊勢原が顔色を変えた。「するど、おまえは……」

「そうだよ」と湯原が微笑んだ。「志摩の死体が必要だったんだよ。というのもね、志摩と平が口論しているのを見て、なんだかぼくは楽しくなっちゃって、背後で歌を口ずさんでBGMをつけてたのさ。そのうちに、平がギターを奪って志摩を殴り殺して逃げた。するとどうだ、歌の響きがとてもよくなったんだ」

志摩の姿勢がいい具合になったんだろうね、と湯原がつづける。

「それからだよ。志摩が死んで椅子に座っているあいだは、実にいい響きで録音することができた。あれだよ、チェロで言うウルフキラーみたいなものさ。だから、録音を終えるまで、志摩にはその場所で座ってもらわなければならなかった」

「それだけの」──理由で？　と、つづく声が出なかった。

満足そうに、画面の湯原が頷いた。

「正真正銘、それだけだよ。死んだ志摩は、最後に実にいい仕事をしてくれた」

光文社文庫

文庫書下ろし

Jミステリー2023 FALL

編　者　光文社文庫編集部《こうぶんしやぶんこへんしゆうぶ》

2023年10月20日　初版1刷発行

発行者　三　宅　貴　久
印　刷　萩　原　印　刷
製　本　ナショナル製本

発行所　株式会社　光　文　社

〒112-8011　東京都文京区音羽1-16-6
電話（03）5395-8147　編　集　部
8116　書籍販売部
8125　業　務　部



落丁本・乱丁本は業務部にご連絡くだされば、お取替えいたします。
ISBN978-4-334-10077-3　Printed in Japan



組版　萩原印刷

光文社文庫最新刊

| | |
|---|---|
| Jミステリー2023 FALL | 光文社文庫編集部・編 |
| あとを継ぐひと | 田中兆子 |
| 人生の腕前 | 岡崎武志 |
| ほっこり粥《がゆ》 人情おはる四季料理㈡ | 倉阪鬼一郎 |
| 迷いの果て 新・木戸番影始末㈦ | 喜安幸夫 |
| 岩鼠の城 定廻り同心 新九郎、時を超える | 山本巧次 |